新版 世界一わかりやすい『源氏物語』教室

Genji Monogatari

出口汪

きずな出版

はじめに

2001年1月、私は中経出版（現KADOKAWA）から『源氏物語が面白いほどわかる本』を刊行した。430ページもの大著である。

幸い好評を得、ベストセラーになり、後に2冊に分冊して文庫本化した。

その時から二十年以上の時がたった。もちろん「源氏物語」が古びることはない。むしろ、今や世界中から多くの注目を浴びている。

私は今もう一度「源氏物語」を語りたいという欲求を抑えきれなくなった。『源氏物語が面白いほどわかる本』よりももっと手にとりやすく、コンパクトに、しかし、その面白さ、深さを損なうことなく、新しい源氏物語を語りたい。

そうして、新しい「源氏物語教室」が誕生した。

『源氏物語』は、そのスケールや深さにおいて、まさに群を抜いている。世界的に見ても、これほどの作品はそうはない。日本文化が生み出した最高傑作といっていい。

そして、ここはいくら強調してもしたりないぐらいだが、『源氏物語』は無茶苦茶に面白いのである。これほど面白いものを知らずに一生を終えるなんてもったいない、それほど理屈抜きで面白い。

それなのに、『源氏物語』がどんな話なのか、その全体像を理解している人はほとんどいない。古典の先生でも、すべてを読破した人は少ないのではないだろうか。その理由を挙げてみよう。

①全五十四帖という膨大な量。たとえ現代語訳や漫画で読んだとしても数冊、場合によっては十冊以上になる。

②『源氏物語』に関する膨大な著作の大半は専門家向けのもので、一般の読者向けに書かれたものは少ない。また、簡単な概説書といっても、多くは内容紹介程度のカタログ的なもので、作品そのものの面白さを伝えているとはいえない。

③舞台設定が、平安時代の貴族という狭くて特殊な世界のため、現代の私たちの価値観や生活感覚と大きく異なり、理解しにくい。

こう考えたとき、私の中で、これら三つの要因を乗り越えた、新しい『源氏物語』を語りたいという欲求が湧き起こってきた。

なんとか一冊で源氏の生涯を語り尽くしたい。それもカタログ的なものでなく、作品の本質まで深くつっこんで、しかもディティールまで生かした形で。もちろん、なるべく原典に忠実でありたいとは思うが、時には、要所要所で大胆に飛躍してみたい。

まったく予備知識のない一般の読者に、『源氏物語』の本当の面白さを伝えたい。これはおそらく、私が古典の専門家でなく、素人であるからこそ可能な冒険なのだろう。

私は私の『源氏物語』を語りたい。

本書では、男女二人の生徒に講義するという形式を採った。さらに、講義のテキストとして、『源氏物語』のストーリーを私なりにまとめたものを使用した。

平安時代の貴族という特殊な世界を、現代人の私たちが理解するためには、そのような仕掛けがどうしても必要だったのだ。

本書の目的は、ただ一つである。

古典のイロハを知らない人にも、『源氏物語』の面白さを知ってもらいたい、そしてこれをきっかけに古典の世界に興味を持ってほしい、それだけである。

その目的を達成するために、あらゆる工夫を施した。だから、専門家から見たら、多少正確さに欠けるところもあるかもしれない。

たとえば、人名である。基本的に、『源氏物語』の登場人物は名前を持たない。その時々の役職名で呼ばれるのが一般である。そのため、同じ人物なのに、その時々で呼び名が変わってくる。こうしたことは、一般読者にとってはどうでもいいことで、私はそこでなるべく一つの固有名詞に統一した。源氏、紫の上などがそれである。

和歌に関しては、小学館の『新編日本古典文学全集』を底本とした。だが、現代人にとって意味のとりにくいものは、文法的な正確さを期するよりも、ある程度意訳して前後とのつながりを重視した。

これも前述した意図によるものである。

本書により、「源氏物語」の面白さ、深さに触れ、古典に興味を抱いていただけるならば、著者としてこれ以上の幸福はない。

出口《でぐち》 汪《ひろし》

新版 世界一わかりやすい『源氏物語』教室

【目次】

第2章 ＝ 光源氏の壮年時代

119

第3章 光源氏の栄華 215

第4章 光源氏の晩年 287

プロローグ
源氏物語を読む前に

世界一分かりやすい「源氏物語」の講義を始めます。

先生、源氏物語って、古文で習ったけど、難しくて、大嫌いだった。

だって、すごく長い物語でしょ。何だか途中で挫折しそう。

心配いらないよ。難しい古典文法も、古典常識も必要ない。源氏物語は世界一面白いから、途中で挫折することもない。まあ、任せておいて！

大丈夫かな。もし、退屈したら、居眠りするかも。

でも、出口先生は、プロの講師だから。

「源氏物語」の舞台は平安時代の後宮。

たとえば、歴史は過去を知ることだけど、物語はその時代を追体験することなんだ。
そのためには想像力を働かせなくてはならない。
では、ちょっとだけトレーニングをしてみようか。

何だか、楽しそう。

まずに帝《みかど》（天皇のこと）になってもらおう。
大勢の女の人にかしずかれて、どんな気分がする？

う～ん、そんなにもてたことがないから、よくわからないや。

帝には、いったいどれくらい奥さんがいるの？

いい質問だね。帝の権力によって違うけど、だいたい十人から、多い場合には三十人くらいじゃないかな。

ワ〜オ、毎日選《よ》り取《ど》り見《み》取《ど》りだ。これじゃ、体が持たないよ。

モ〜！　ヤラシイんだから。

それはともかく、想像してごらん。君は、そんなにたくさんの女性を一度に愛することができる？　しかも、それぞれの身分に応じて、一人一人の女性を幸せにしてあげることができるだろうか？

僕、不器用だから、本当に好きな人ができたら、他の人は愛せないかもしれないいな。そう考えると、帝《みかど》の生活もあんまり楽しいもんじゃないかもね。

ここに、源氏物語の大きなポイントがある。は今の気持ちを忘れずに。では、桐壺《きりつぼ》帝《てい》のことを想像してみよう。

どれだけ桐壺帝に感情移入できるかで物語の世界に没頭できるかどうかが決まるといっ

てもいい。帝は身分に応じて、大勢の女性を愛する義務があったんだ。ところが、桐壺帝はたった一人の女性を心から愛してしまった。

そこからすべての悲劇が始まった。

何だがロマンティック！

はこの時代のお姫様になってみたい？

もちろん。きれいな着物を着て、おいしいものを食べて、みんなにちやほやされて、すてきな貴族と恋愛して……。それに働かなくてもよさそうだし。

たしかそうだね。でも、いざそんな身分になったら、きっと逃げ出したくなると思うよ。

えっ、どうして？

天皇のお嫁さんになる女性たちは、後宮《こうきゅう》（皇居の奥にある天皇の奥さんたちが住むところ）に入ると、帝をたった一人の男と思って、大勢の女性と競《きそ》い合《あ》う。それに、帝だからといって、自分の好みのタイプとは限らない。嫌いな人でも、愛さなければいけないのが彼女たちの使命なんだ。

帝に気に入られれば、彼女の実家の影響力は増す。そうなれば、親類縁者が重要な職に就《つ》くことだって夢じゃないだろう。

逆に、実家が政治に長《た》けていれば、お嫁さんの立場も強くなる。このように、後宮というのは、単なる愛情の問題だけじゃなく、身分や政治などの要素が絡《から》み合《あ》って、実にどろどろした世界なんだ。

なんだか疲れちゃいそう。

それだけじゃない。死ぬほど退屈なんだよ。

考えてもごらん。後宮に与えられた部屋が、ほとんど唯一の生活空間なんだよ。

人間関係といえば、自分の世話をしてくれる女房《にょうぼう》（独立した部屋を持つ高位の女官。貴族の家に仕える女性もいう）や、ライバルであるお后《きさき》（皇后。つまり天皇の正妻）候補たちだけ。

どこか他にいい男を捜すこともできないし、世の中の動きに興味を持つこともない。

当然、話題だって限られてくるし、せいぜい宮中《きゅうちゅう》（皇居の中）のうわさ話か、ライバルの悪口くらい。

源氏物語や枕草子《まくらのそうし》（源氏物語と同時代の随筆《ずいひつ》）に出てくる、衣装や身の回りの調度品《ちょうどひん》に対する細かな描写は、そういった退屈抜きには考えられないんだ。

テレビもＣＤもマンガもゲームもYouTubeもない。

しかも、今と違って電気がないから、日が暮れると真っ暗になる。

灯台《とうだい》（室内用の照明具。油皿に火を灯す）の周りに集まって、お妃と女房たちがひっそりと身を寄せ合っている。

退屈で仕方がないから、彼女たちの多くは、紫式部《むらさきしきぶ》（源氏物語の作者）や清少納言《せいしょうなごん》（枕草子の作者）といった、気の利《き》いた話のできる女官を側に置きたがった。

こうした状況の中で、平安時代の高度な文化が生まれたんだ。

源氏物語は、平安時代の後宮の姿を念頭に置いて読むだけで、ずいぶんと違った味わい方ができるようになるんだよ。

第1章

光源氏の青春時代

桐《きり》壺《つぼ》（巻之一）

◉【桐壺その一】桐壺更衣、宮中へ入り、桐壺帝の寵愛を受ける

桐壺帝が心の底から愛した女性は、更衣といって、一段低い身分だった。桐壺更衣の父は大臣にまで進めなかったことがよっぽど無念だったのか、臨終を迎えるとき、娘を帝のもとへ入内させるように言い残した。

大納言が娘に夢を託したのも無理はなかった。桐壺更衣はまさに絶世の美女だったのだ。しかし、父が死に、後ろ盾をなくした少女に、一体どのような可能性が残されていたのだろう。

更衣はまだ十代で、自分の意志ではなく、親の思惑や大人たちの打算に流されるしかなかった。緊張と不安の中、誰も助けてくれる人などないまま、更衣という一段低い身分で、彼女は後宮に上がった。

更衣にとっては、帝の存在など雲の上で、ましてや自分が帝に愛されようなどとは思いもよらなかったに違いない。

ところが、帝は数多くの女御、更衣の中から、彼女一人を見そめたのだった。

はあ～、いいなあ。まるでシンデレラみたい。私も桐壺更衣みたいになりたい。

でも、女御とか更衣とか、よくわからないなあ。教えてよ。

帝のお嫁さんにも身分があるんだ。大臣以下の公卿《くぎょう》の娘が女御《にょうご》、公卿またはそれ以下の娘が更衣《こうい》。帝の第一のお后である中宮《ちゅうぐう》は、女御の中から選ばれる。ここでは、桐壺更衣《きりつぼのこうい》の父が大納言までしか進めずに死んでしまったことが重大な意味を持つ。つまり、桐壺更衣は更衣という低い身分である限り、どれほど愛されようが、中宮になる資格がないんだ。

最も身分の低い桐壺更衣が、誰よりも帝の寵愛を受けたなんて、やっぱりシンデレラ・ガールね。それで、桐壺更衣は帝に愛されて、幸せになったんでしょ？

ところが、そうはならないのが、源氏物語のすごいところなんだ。帝が桐壺更衣を愛すれば愛するほど、彼女は不幸になっていく。帝という唯一絶対の権力を持つ人間でさえ、どうにもならないことが、この世にはあるんだね。

源氏物語の悲劇のすべては、桐壺帝の深い愛情からはじまる。人を死ぬほど愛せば、その人を死の淵《ふち》へと追い込むことになる。頼りなげで、今にも消えそうな細々とした命だが、それを守ってやることさえままならない。

ところで、は帝の今の気持ちがわかるかい？

う～ん、僕には、十人もの奥さんがいるんだよね。誰もが、僕一人に愛されることだけを生きがいとしている。だから、僕はすべての女性を愛さなければならないんだ。しかも、身分に応じて。でも、本当に、一人の女性を死ぬほど愛してしまったら、他の女性は愛せなくなるだろうなあ。困ったなあ。

は他の女御や更衣の気持ちになってごらん。帝の寵愛を受けるために、後宮に移り住んで、部屋を与えられ、そこで女官とともに暮らすんだ。ところが、肝心《かんじん》の帝が自分のことに目もくれなかったら、どうする？

う〜ん、私だったら、さっさとあきらめて別の男を捜すけど、この場合はそうもいかないのね。いつまでも部屋に閉じこもって、帝が振り向いてくれるのを待つしかない……。私、絶対イヤ、そんな人生。

帝が自分に関心を持たなくなっても、生きていかなければならない。逃げ場のない後宮で。しかも、当時のお妃《きさき》は後見《こうけん》（実家の後ろ盾。実家の身分がお妃の身分を決定する）といって、男たちの権力と密接に結びついている。単に、帝とうまくいかなかったでは済まされないんだ。

宮中《きゅうちゅう》の生活は驚くべきほど退屈で、部屋に籠《こ》もりながら、唯一の話題といえば、ライバルである女性たちのことだけ。

一人のお妃には大勢の女官がついて、彼女たちがお妃の嫉妬心《しっとしん》をあおり立てる。

「あの女がいるばっかりに」

「あの女のせいで」

そういった憎悪が宮中を覆《おお》い尽《つ》くし、たった一人の身分の低い女性に襲いかかる。まさに、生《い》き霊《りょう》が跋扈《ばっこ》してもおかしくない世界だよ。

僕はそんな場所にいるだけで、ノイローゼになっちゃうよ。

私だったら、すぐに出ていくわ。あとから慰謝《いしゃ》料《りょう》でも請求しようかしら。

桐壺更衣は、宮中のすべての女性の嫉妬や憎悪をたった一人で耐えなければならない。たとえ、帝が自分をかばってくれても、帝が側にいるのは一時で、残りの多くの時間を、他の女官と一つ屋根の下で暮らすんだ。そうした状況の中で、しだいに桐壺更衣は身も心も病んでいく。

【桐壺その二】桐壺更衣、嫉妬といじめの中で衰弱していく

帝の更衣に対する愛情は尋常ではなかった。今にも消えそうな、可憐な更衣を片時も離そうとはしなかった。

大臣たちは唐の玄宗皇帝になぞらえて、帝を諫めようとした。玄宗皇帝が楊貴妃をあまりに愛したために国が乱れ、安史《あんし》の乱《らん》を引き起こしたのだ。

帝はまだ若かった。愛する人を守るために、すべてを敵に回してもかまわないと思うほど若かった。

桐壺更衣に対する嫌がらせが始まった。

ある日、更衣が帝に呼ばれて、清涼殿に向かうために長い廊下を歩いていると、そこに

は汚物が撒き散らされていた。長い裾が汚物まみれになり、このままではとても帝の前に出られなかった。

こんなこともあった。避けては通れない廊下の両端の扉の鍵を閉められ、閉じ込められてしまったのだ。

更衣は帝に里下がりを直訴した。後宮での生活が堪え難く、次第に身体も衰弱していくのだった。しかし、帝は片時も離れたくないと、それを許さなかったのだ。

女の嫉妬《しっと》って醜い。私なら桐壺更衣を、そんなに憎まないな。

当時、帝が住む清涼殿《せいりょうでん》に行くには長い廊下を通らなければならない。桐壺更衣は身分が低いから、最初は、清涼殿から最も離れた淑景舎《しげいしゃ》という部屋を与えられたんだ。その庭に桐が植えられていたから、淑景舎を桐壺《きりつぼ》と呼ぶんだよ。

桐壺更衣が帝に呼ばれて清涼殿に続く廊下を歩くときは、大勢の女官が付き従う。他のお妃の気持ちを想像してごらん。毎晩のように、ぞろぞろと自分の部屋の前を通り過ぎる衣擦《きぬず》れの音。当時の夜は、わずかな明かりしかない暗闇で、音という音はほとんど聞こえない。静寂の中で、桐壺更衣が通り過ぎる音だけが廊下に響き渡る。誰もが、じっと息を殺して、その音を聞いている。また今夜も、あの女が帝に呼ばれて、愛されるのだ。今日も、明日も、この先もずっと、私はこうやってあの音を聞いて暮らしていくのだ。私が帝に愛されることは、もうない。部屋の中で、女たちが桐壺更衣一人に憎悪の炎を燃やしている。

それにしても、平安時代の男は、どうしてあんなに女のお尻ばかり追いかけているんだろうと疑問に思ったことはない？

うん、あるある。でも、男なんて、いつの時代も同じでしょ。

今の男と、平安時代の男と一緒にしたらダメだよ。あの時代は、恋と政治は表裏一体《ひょうりいったい》だったんだ。男は夜の世界でも強くないと、昼の世界で権力を握ることができなかった。

えっ、それ、どういうこと？

日本の歴史上、最も長く平和が続いたのは江戸時代だけど、平安時代はその次に長く平和が続いた時代だ。そんな時代は、武力よりもさまざまな慣習で物事が決定されがちなんだ。実力よりも身分や権威が尊重され、裏では策謀《さくぼう》や暗躍《あんやく》が横行する。

そんなとき、犠牲《ぎせい》になるのは、いつもか弱い女なのよね。

女性は政治の駆《か》け引《ひ》きの道具とされ、結婚相手を自分で決めることさえできなかった。家と家との政略《せいりゃく》結婚が日常的に行われていたんだ。

ロ平安時代の結婚

ここで、平安時代の結婚について説明しておこう。今なら、結婚したら、ふつうは女の人は夫の家で暮らすだろう。でも、平安時代の結婚には、いろいろなバリエーションがあった。男が女の家に通ってもいいし、女の家に住みついてもいい。逆に、今のように女が男の家で暮らすこともできる。だけど、最もオーソドックスな形式が、男が女の住んでいる場所に通うという通《かよ》い婚《こん》だったんだ。光源氏《ひかるげんじ》と葵《あおい》の上《うえ》との関係もそうだ。

男が女の家に通ったり、女が男の家に住んだり、同じ結婚をするんでも、どうしてこんな違いがあるの？

結局、これも力関係がモノをいう。女の実家が権力を持っていれば、男はそこに通っていき婿《むこ》となる。そして、その家の権力を後ろ盾として、出世していく。ところが、女の実家が後ろ盾としてそれほど当てにならないとき、男は女を自分の家に引き取ることもあった。

たとえば、光源氏は後に、六条院と二条東院という屋敷に奥さんたちをみんな呼び寄せている。どれも後ろ盾を持たない女性ばかりだ。でも、これは珍しいケースだと思う。たいていは、その女性の家の権力を当てにして、通うことになる。だから、権力を持たない家に生まれてしまった女性は、ろくな結婚ができない。

ふ～ん、当時は財産目当ての結婚が当たり前だったんだ。

男がその家の婿《むこ》として正式に認められ、その家に通い出すと、今度はその家が婿のすべての面倒を見なければならない。当然、子供が生まれたら、その子の面倒も女の家が見ることになる。だから、当時の子供は、父方よりも母方の実家と深い関係を持つことが多かった。実際、同じ父親の子供であっても、母親が違えば別の家に暮らすことになるから、一度も顔を合わせないということも起こってくるんだ。

生まれた子供が男ならば将来は大臣に、女ならば帝のお妃に。それが貴族たちの究極の目的だった。

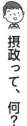

このように子供たちは将来の権力闘争の大切な武器なんだ。逆に、そういった後見《こうけん》のない子供は惨《みじ》めな人生を送ることになる。

少しわかってきたわ。だから、桐壺更衣が帝の寵愛を受けたら、彼らの思惑がすべて狂ってくるわけね。

摂関政治

同じロジックは、帝に対しても成り立つんだ。自分の娘を帝のお妃にすれば、帝は自分の婿となる。子供が生まれれば、その子の外戚《がいせき》（母方の親類）となるわけだ。娘が子供を生むと、その子を自分の家で育てることになる。やがて、その子が東宮《とうぐう》（皇太《こうたい》子《し》のこと）に立ち、即位すれば、自分は摂政《せっしょう》となって権力を独り占めにすることができる。

摂政って、何？

帝が幼いとき、その帝に成り代わって政権の座に着くのが摂政《せっしょう》、帝が成人してからも補佐するのが関《かん》白《ぱく》。この時代は、帝以上に摂政・関白が実権を握っていたから摂関政治《せっかんせいじ》という。

だから、桐壺帝は天皇であっても、すべてが思い通りになるわけではないのね。

そうだね。特に桐壺帝は有力な後ろ盾を持たなかった。そこで、右大臣《うだいじん》の娘、弘徽殿女御《こきでんのにょうご》の入内《じゅだい》を受け入れるしかなかったんだ。その弘徽殿女御が、一《いち》の宮《みや》（後の朱雀院）を生んだ。その結果、右大臣が外戚として権力を握ることになる。

見かけ上は、天皇と臣下で、天と地ほどの身分の違いがあるけれど、実際には、右大臣に実権を握られていたんだ。だから、自分を差し置いて帝の寵愛を一身に受ける桐壺更衣に対する弘徽殿女御の憎しみは尋常ではなかったんだね。桐壺更衣を呪《のろ》い殺す祈禱《きとう》をしているといった噂《うわさ》があるほどだ。


【桐壺その三】弘徽殿女御の嫉妬、光源氏誕生

桐壺帝に先に入内したのは、右大臣の娘、弘徽殿の女御だった。取りたてて有力な後見を持たない帝にとって、右大臣の権力をないがしろにすることはできなかった。

その弘徽殿の女御にはすでに一宮がいた。

身分といい、右大臣の後見といい、誰もが一宮を東宮と疑うことはなかったのだ。

ところが、帝は桐壺更衣を溺愛した結果、弘徽殿の女御を中宮の位に就けることもなく、一宮もまだ東宮になっていなかった。

そうした中で、光源氏が誕生した。彼は生まれながら、一宮よりもはるかに美しく、豊かな才能を持っていた。

人々の間に疑心が生まれた。帝は源氏を東宮に立てるのではないかと。

権謀術策が渦巻く中、光源氏は帝と桐壺更衣の愛情だけを頼りに、三歳になった。

弘徽殿女御って、なんかイヤな女ね。

典型的ないじめ役だな。

でも、後宮にあっては、彼女の生き方が一般的なのかもしれないよ。

あの頃は、政治と愛は区別がつかないんだ。その中で、ひたすら純粋に愛し合った帝と桐壺更衣のほうが、かえって尋常ではなかった。

僕たちが二人の愛に感動するのは、今の価値観で捉えているからで、当時の人たちにしてみれば、「常識知らずの困った二人だ」と、苦虫《にがむし》を噛《か》みつぶしていたに違いないんだ。

ぼくは桐壺更衣に同情するよ。でも、僕が帝で、どんなに彼女を守ってやろうとしても、どうしようもないんだね。なんだか、帝の気持ちを考えると、切なくなるな。

【桐壺その四】桐壺更衣実家へ、帝と涙の別れ

光源氏は三歳になっていた。

桐壺更衣《きりつぼのこうい》の母である北《きた》の方《かた》は、帝に何度も娘の里下《さとさが》りを願い出た。その度に、帝はそれをお許しにならなかった。数年来、病気がちだったので、里下りも今さらと思えたのだろう。

ところが、今度だけは違った。帝も桐壺更衣の死の予感に打ち震《ふる》えた。北の方の必死の懇願を、帝はやっと受け入れた。そのときすでに桐壺更衣は衰弱して、言葉を交わすこと

さえままならなかった。

自分を残して、一人で行ってしまうのか。残された子供はどうするのか。こんなに愛しているのに、すべてを敵にしてまで愛してきたのに、その愛する女は一人で死んでいくのか。

帝は後宮《こうきゅう》から車に乗せられ、去っていこうとする桐壺更衣に追いすがった。帝の呼びかけに対して、彼女はこんな歌を詠んだ。

かぎりとて　別《わか》るる道の　悲《かな》しきに
　いかまほしきは　命《いのち》なりけり★

★これが寿命とお別れする死出の道の悲しさにつけても、いきたいと願うのはこの命のほうです。

「いかまほしき」の「いく」は、「行く」と「生く」の掛詞《かけことば》だが、桐壺更衣の、独りで死んでいく寂しさ、もっと帝と一緒に生きていたいという切ない願いが痛切に感じられる歌だね。素朴《そぼく》なだけに、彼女のひたむきな気持ちがよく表れている。

たしかに、死にかけているときに、技巧《ぎこう》を凝らした歌を詠んでも、リアリティーがないもんな。

それにしても、桐壺帝って、意外に冷たい。なんで桐壺更衣の側に最期までついてやらなかったの？　やっぱり帝だと、彼女の実家のような下々《しもじも》の家には行けないのかな？

そうじゃないんだ。当時、帝は神と同じと見なされていた。天子《てんし》（天皇のこと。天使ではない）という言い方をするだろう。宮中はいわば神の館。だから、とても神聖なものと見なされ、汚《けが》れを極端に嫌ったんだ。宮中で人が死ぬというのは、絶対あってはいけないタブーなんだよ。神聖な場所を汚すことになるから。

僕は、この別れのシーンが非常に印象に残っている。帝が桐壺更衣の里下《さとさが》り（病気や出産などのために実家へ帰る。里帰りとも）を許したのは、病状が悪化して、実家で養生《ようじょう》したほうがいいと思ったからではないだろう。

それとは逆に、桐壺更衣がもう死んでしまうと思ったから、里下りを許可するしかなかったんだ。宮中で人が死んではいけないからね。

帝はもう二度と生きて彼女と会うことはできない。こんなにも愛しているのに、自分が帝であるために、その人の側についていてやることもできない。だから、あれほど気が動転したんだと思うよ。

帝はやっぱりいい人だったのね。当時の帝としては問題があるかもしれないけど、私、人間的には好きだな。こんな人に愛されて、桐壺更衣は幸せだったんじゃないかな。

源氏物語を背後で支えているのは、桐壺帝の桐壺更衣や源氏に対する深い愛情なんだ。それは、物語が進んでいくうちに、しだいに明らかになってくる。源氏物語では、人の深い愛情は、やがて物《もの》の怪《け》となって、背後から物語を動かすんだよ。このあたりが、現代小説にはない、ダイナミックな面白さなんだ。

それともう一つ。実は、このとき、桐壺更衣は幼い源氏を宮中に残して、一緒に連れて帰らなかった。退出の際に何かまた恥をかかされてはと、取《と》り越《こ》し苦労《ぐろう》をしたんだ。息も絶え絶えなのに、そんなことを気にするなんて、よっぽどいじめがこたえていたんだろうね。結局、源氏は母親である桐壺更衣の死に目に遭えない。

【桐壺その五】桐壺更衣、ついに果てる

桐壺更衣《きりつぼのこうい》は宮中から立ち去り、一人残された帝《みかど》は、ひっきりなしに使者を立て、彼女の様子を報告させた。側についてやれない無念さ。帝は居ても立ってもいられない気持ちだったのだろう。

その夜、帝は眠れずにいたが、やがて帰ってきた勅使《ちょくし》の「桐壺更衣は夜中過ぎにお亡くなりになりました」との報告を受け、あまりの悲しみに茫然自失《ぼうぜんじしつ》となり、そのまま部屋に引きこもってしまった。

帝は目の前が真っ暗になるのを感じた。

あれほど愛した人はもうこの世にいない。生きていることすべてが、何の意味もないものに思えてくる。

桐壺帝《きりつぼてい》は泣いた。人目も憚《はばか》らず、声を上げて泣いた。泣いても泣いても、涙は尽きなかった。

源氏は、まだ幼くて、自分の周りに何が起こったのかわからない。周囲の泣く様子を、不思議そうに眺めている。母との死別さえ理解できない哀《あわ》れさが、また周囲の涙を誘っていた。

取り乱したのは、桐壺更衣の母、北《きた》の方《かた》だった。

桐壺更衣の亡骸《なきがら》は作法通り火葬に決まったが、「自分も娘と同じに煙になってしまいたい」と、火葬場まで着いていった。途中、車から転び落ちそうなほど、身を揉《も》んで泣き続けた。

すでに夫はなく、一人娘も亡くなり、天涯孤独《てんがいこどく》だった。


このあたりが紫式部の描写の面白いところで、実に生々しいところや皮肉っぽい表現が随所に見られるんだ。

当時の火葬は、棺《ひつぎ》の中に薪《まき》やわらを入れて、積み上げて火を付けたんだろうけれど、母である北の方としては、実際、娘が燃やされるのを確認しないと、どうしても死んだと思えなかったんだろうな。

でも、いざ自分の娘が燃やされていく光景を目《ま》の当たりにしたら、腰を抜かしてしまったんじゃないかな。

【桐壺その六】桐壺更衣の死を独り嘆き悲しむ帝

帝《みかど》の悲しみは尋常ではなかった。来る日も来る日も、人目を憚《はばか》ることなく、泣き続けた。食事も喉《のど》を通らず、死んだ桐壺更衣《きりつぼのこうい》のことばかり思い出していた。

時が過ぎても、悲しみは深くなるばかりだった。帝はどの女の部屋に通うこともなく、またどの女を呼び寄せることもなく、ただ涙に溺《おぼ》れて泣き暮らしていた。

「死んだ後まで、人の心をかき乱す、憎らしい女だこと」

弘徽殿女御《こきでんのにょうご》は、いまだに容赦なく悪口をいう。

帝は一《いち》の宮《みや》を見るにつけ、源氏のことを恋しく思った。桐壺更衣が死んだ今、その忘《わす》れ形見《がたみ》の源氏しか残されていない。だが、源氏は母の喪中《もちゅう》のため、いったん里に帰ったままだ。

何度も使者を送って宮中に戻るようすすめたが、祖母の北の方が手放さない。帝は彼女から送られた遺品のかんざしを見て、胸を突かれた。これが幻術士《げんじゅつし》が玄宗皇帝《げんそうこうてい》に贈ったかんざしであったならと。

たづねゆく　まぼろしもがな　つてにても
　魂《たま》のありかを　そこと知《し》るべく★

帝は、桐壺更衣が死んでも、どうしても忘れることができないのだ。できることなら、あの世まで追いかけていきたいと思っている。そういった帝の気持ちが、さらに弘徽殿女御を刺激する。

帝が夜も寝ないで泣きくれているのに、清涼殿《せいりょうでん》の隣では、弘徽殿女御が夜遅くまで管弦《かんげん》の遊びに興《きょう》じて騒がしい。

★楊貴妃《ようきひ》を失った玄宗皇帝から依頼を受けた幻術士が、あの世で彼女の魂のありかを突き止め、その証拠に金のかんざしを持ち帰った。愛する人の魂をたずねに行く幻術士がほしい。人づてにでも魂のありかがそことわかるように。

帝の傷心を知って、故意にそんな振る舞いをしているのだ。帝はそんな弘徽殿女御の我の強さを苦々しく思っている。

愛する人をあの世まで追いかけていきたいなんて、ロマンティック。私、こういうのに弱いのよね。

唐の玄宗《げんそう》皇帝《こうてい》と楊貴妃《ようきひ》の悲しい恋物語は白楽天《はくらくてん》（白居易とも）という詩人が書いた長恨歌《ちょうごんか》に詳しい。

皇帝は楊貴妃を愛するあまり、政治が疎《おろそ》かになり、安史《あんし》の乱《らん》を招いてしまう。

皇帝はなんとか逃れたが、楊貴妃は戦乱の中で殺され、それを嘆き悲しむ皇帝が、彼女の魂を探し求めてさまようという筋だ。

長恨歌は日本の古典文学にも影響した。

源氏物語の「桐壺《きりつぼ》（巻之一）」は、その典型的な例といえるだろう。

ここまでが源氏が物語の中心に登場するまでの話。源氏物語の本当の面白さがわかるためには、ここまで説明してきた状況を理解しておくことが大切だ。次から、いよいよ主人公の源氏にスポットライトが当たるんだ。

わあ、楽しみ。

源氏って、意外と複雑な生い立ちだったんだ。

【桐壺その七】美しき光源氏の登場

月日は過ぎて、源氏が宮中に上がるようになる。

人々は源氏を一目見るなり息を呑んだ。あまりの美しさが、多くの人の目を奪ったのだ。

だが、父である帝《みかど》は、源氏と久々に対面して、不吉《ふきつ》な予感を覚えた。桐壺更衣《きりつぼのこうい》があまりの美しさに人から妬《ねた》まれ早死にしたように、源氏も夭逝《ようせい》するのではないかと。

帝は怯《おび》えていた。もう二度とあのような悲しみは経験したくない。

やがて、春になり、源氏は四歳となった。

弘徽殿女御《こきでんのにょうご》をはじめとする右大臣一派は、帝が愛に溺《おぼ》れ、一の宮を差し置いて、源氏を東宮につけるのではないかと疑った。それほどの帝の源氏に対するかわいがりようだった。

源氏が六歳のとき、桐壺更衣の母、北《きた》の方《かた》が死んだ。母のときとは違って、すでに源氏は物心がついていたから、今度は嘆き悲しんだという。

本来は、子供の養育は実家で行うのが習わしだが、帝はそれを曲げ、源氏を宮中に引き取り、いつも自分の側に置こうとした。

何もかもが異例であった。

帝が女御や更衣の部屋を訪れる際、幼い源氏を連れてくる。

「今となっては、誰も憎む理由などない。母のない子だから、かわいそうに思って、かわいがっておやりなさい」と、弘徽殿に渡るときまで、源氏を伴うことがしばしばである。ときには、御簾《みす》の中まで入れる。

弘徽殿女御でさえも、源氏のあまりのかわいらしさに思わず微笑《ほほえ》まずにいられない。他の女御や更衣なども、源氏が御簾の中に入ってきても、顔を隠そうともしない。源氏はまだいとけなく、愛くるしくて、男たちが入ることのない御簾の中まで平気で入っていく。

そうして、源氏は七歳になった。

桐壺更衣の忘れ形見だから、帝は、源氏のことがかわいくて仕方がなかったのね。これって、当時では異例の扱いなんでしょ？

その通りだね。まず第一に、子供は母親の実家で育てられるのが一般的だと説明したよね。ところが、源氏だけは父である帝のもとで直接育つんだ。右大臣家で育てられている一の宮より源氏に愛情が注がれるのは当然といえば当然だね。

それと、もう一つ。源氏は幼い頃から、父に伴われて、女の御簾《みす》の中を自由に出入りしている。これなど、当時にあっては考えられないことだね。

こうした異例の育て方が、後の源氏の生き方に与える影響は大きい。そのあたり、紫式部は実に巧妙に物語を展開している。

あっ、わかった。だから、源氏は大きくなって、女のもとに何の抵抗もなく、次々と通うことになるんだ。

□平安時代の顔の見えない恋愛

ここで、大切なことを一つ話しておこう。実は、平安時代の女の人は、男に顔や姿を見られてはいけないんだ。これを知らないと、源氏物語を読んでいるうちに、「えっ、どうして」と腑《ふ》に落ちないことがたくさん出てきてしまう。

顔も見ないで、どうして好きになるの？

それが現代人の発想なんだよ。では、ていねいに説明していこう。

当時の女性は、ある程度の年齢に達すると、たとえ兄弟であろうと、男の前に姿を現さない。家の外に出ることは滅多《めった》にないし、外出するときも牛車《ぎっしゃ》に乗って簾《すだれ》をかけてあるので、中をのぞくことができない。家の中でも、男の人と話す場合は、御簾《みす》の内側に隠れて、衝立《ついたて》を通して話すんだ。

じゃあ、結婚したら、男は相手の顔を見ることができるの？

たぶん、そうだね。というのも、男が女の御簾の中に入っていくのは、たいてい夜だろう？　夜は真っ暗だよね。そして、夜が明けるまでに帰っていくんだ。だから、ほとんど手探りで女性を知ることになる。当時は、視覚よりも触覚や臭覚、つまり手触りや匂いを重視したんだろう。そのため、高価なお香などがもてはやされたんだ。

たしか学校で、平安美人は髪の毛が長くて、色白で、お多福顔《たふくがお》だっていってたな。十二単《じゅうにひとえ》の着物を着て、足下まで伸びた長い髪で顔を隠して、しかも暗いところでしか会わないから、今のよ

うに顔のつくり自体はそれほど重視されないいんだ。

たとえば、「末摘花《すえつむはな》（巻之六）」では、源氏は末摘《すえつむ》花《はな》の顔を一度も見ずに口説いてしまう。

夜、御簾の中で彼女を抱き寄せるが、手探りの感じでは、どうもイヤな予感がする。そこで、はしたないと知りつつ、朝まで待って、彼女の容姿を一目見て確かめるんだけど、あまりのひどい姿に、見なければよかったと後悔するシーンがある。

それって、ひどくない？

たしかに、ひどい。紫式部は、女性に対して冷酷な描写をすることがあるんだ。同性だから、かえって観察が厳しくなるんだろうね。

でも、顔を見もしないで、どうして美人かどうかわかるのかな？

噂《うわさ》だよ。男は女を直《じか》に見ることができない。そこで情報を収集するんだ。お姫様の容姿を実際に見ているのは、お付きの女房たちだろう？ 彼女たちが噂を流す。「うちのお姫様は、まれにみる器量《きりょう》よしだ」とか。

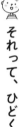

男はそういった情報を収集し、相手の身分や権勢などを考慮して、「よしアタックしよう」と決めたら、ラブレターを出す。そのラブレターが和歌《わか》なんだ。

ふ～ん。だったら女房をたくさん抱えているお金持ちのほうが得だね。

そうだね。逆に、たとえば、どんなに美しいお姫様でも、後ろ盾をなくし、収入が閉ざされ（お姫様は基本的に働かないから収入はない）、女房たちが離散《りさん》してしまった場合、噂が流れ出ないので、誰もその存在を知らないという事態が起こってくる。

その結果、誰も通ってこなくなって、どんどん落ちぶれていく。末摘花《すえつむはな》なんかは、その典型なんだ。

いつだって、女は不利なのね。だって、お父さんか、旦那《だんな》さんに養ってもらうしかないんでしょ。後見がいなくなれば、生きていけない。しかも、女房がいなくなれば、旦那さんもできないのね。それじゃ、飢えて死ぬしかないじゃない。

有力な貴族のお姫様は、当然女房も多いから、少しでも美人ならあっという間に噂が広がって、多くの男たちから和歌が殺到する。お姫様は、相手の身分や噂、和歌の出来具合などを考慮して、一人を選んで返歌《へんか》（返事の和歌）すればいい。

返歌を受け取った男は、その晩通ってくるので、裏門あたりに女房が待機していて、そっと男を手引きしてお姫様の部屋の中に導き入れる。夜のことだから、二人はもちろん、暗闇の中で、互いに香りと手探りで相手を確かめあう。闇《やみ》に紛《まぎ》れてこっそり通ったんだから、明るくなって部屋から出ていく姿を見られるのは、実に無様《ぶざま》だよね。だから、男は夜が明けないうちに帰らなければならない。

ところが、当時は時計がない。そこで、一番鶏《いちばんどり》が鳴けば、もうお別れの時間だということになる。切ない鳥の声がよく歌に詠《よ》まれるのは、そうした理由からだ。

男が通っていくのにも、いろんなパターンがあるんだ。相手の親に認められて正式に通う場合は、三日連続通って、婿《むこ》として迎えられる。また、相手の親には内緒で通う場合もあり、そんなときには、一番鶏の声がいっそう切なく聞こえるだろう。さらに、相手の合意がない場合もある。今の言葉でいえばレイプだ。よばい（夜、恋人のところへ忍んで行く）は今よりも盛んだったらしい。誤解を恐れずにいえば、この時代の男女関係の大半がレイプだったんではないかと僕は思う。

それは源氏物語を読んでも、わかることだ。

えっ、源氏もレイプしたの？　なんか源氏のイメージが狂っちゃうな。

藤壺女御《ふじつぼのにょうご》、空蝉《うつせみ》などはそうだろう。さて、相手の女性が美人かどうかがどうしてわかるか、という話に戻るけど、女房の噂以外も別の手だてがあるんだ。なんだか、わかるかい？

ええ？　難しいなあ。

のぞきだよ。垣間見《かいまみ》や隙見《すきみ》（隙間から盗み見ること）といったシーンが、源氏物語には実に多いんだ。男たちは、ふだん女性の姿を見ることができないから、機会をうかがっては、さまざまな場所で女たちをこっそりと見ているんだ。そして、感想を述べる。

それがまた実に面白い。

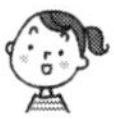

ふーん。貴族の世界って、もっと格調《かくちょう》が高くて優雅《ゆうが》かと思ったら、エッチなだけじゃない。

その当時は、それが優雅だったんだ。現代の価値観からすると、いやらしいかもしれないけど。

それはともかく、源氏物語に話を戻すと、男はふつう、幼いときは母の実家で育てられ、若い女性の姿を直接見ることはない。それなのに、源氏は幼い

うちから女性の部屋を自由に出入りしていたという
のだから、紫式部も思いきった設定をしたというか、

その発想力には舌を巻くね。

【桐壺その八】源氏、臣下に下る

源氏は七歳になった。

帝《みかど》の杞憂《きゆう》は深まるばかりだった。

源氏はただ美しいだけではない。漢書《かんしょ》の講義はいうまでもなく、琴《こと》、笛《ふえ》、どれをとっても人々を驚かせた。将来、東宮《とうぐう》となるべき一の宮は、その前に霞《かす》んで見えるばかりである。それが、またあの弘徽殿女御《こきでんのにょうご》を刺激する。

後ろ盾もなく、母親もいない幼いわが子をどうやって守ればいいのだろう。やがて、自分も皇位を退《しりぞ》くときがくるだろう。そのとき、嫉妬《しっと》と憎悪に巻き込まれたわが子をどうやって守るのか。

帝の胸中には、桐壺更衣《きりつぼのこうい》の哀れな最期《さいご》が刻み込まれていた。

桐壺更衣は呪い殺されるように死んでいった。もうあのような悲しみは二度と経験したくない。

ちょうど、その頃、朝鮮半島より、優れた人相見《にんそうみ》が渡来した。帝は密《ひそ》かに源氏を連れて行かせた。

人相見は源氏を一目見て、驚いた。いわく、

「帝王となる相を持ったお方だが、そうなれば国が乱れるでしょう。臣下として、朝廷を補佐するお方として見れば、また話が違ってくるでしょう」

帝には、心当たりがあった。

後ろ盾もない源氏を、このまま皇子として育てたなら、皇位を巡る権力争いに巻き込まれるだろう。それより、いっそ臣下として朝廷《ちょうてい》を補佐するほうが、この子にとって幸せではないか。

そうすれば、弘徽殿女御をはじめとする右大臣一派の疑いも晴れるだろう。

そうして、帝は「源氏」という姓を授《さず》けた。


源氏《げんじ》というのは、皇族が臣下《しんか》に下るときに与えられる姓で、歴史の教科書によく出てくる「源〇〇」というのは、事実かどうかは別にして、もとをただせば皇族だった人たちだ。皇族出身の源氏を含めて、「〇〇氏」と呼ばれる人たちは、氏族《しぞく》（同じ祖先を持つ人たち）といって当時の支配階級を占めていた。

平安時代に最も有力だった氏族は藤原氏《ふじわらし》で、源氏物語が書かれた頃は、藤原道長《ふじわらのみちなが》や藤原頼通《ふじわらのよりみち》が権勢《けんせい》を振るい、藤原氏の全盛期だったんだ。

話を源氏物語に戻すと、光源氏は、皇室を出てはじめて「源氏」の姓を賜《たまわ》った。だから、これまでは単に「若宮」などと呼ばれていたんだ。

源氏は自分が臣下に下されたことを、どう思っ

たのかな？

難しい質問だね。皇族か臣下かで、天と地ほどの差があった時代だ。もちろん、帝は深い愛情からこのような措置《そち》をとったんだけど、まだ幼い源氏にそんなことは理解できるはずもない。

源氏にしてみたら、やはり屈辱《くつじょく》だったと思う。なぜ兄の一の宮は東宮となり、同じ兄弟なのに、なぜ自分は臣下に下されたのかって。

当時は、長男が跡《あと》を継《つ》ぐとは決まっていなかった。兄弟の中から、帝自身が決めればよかったんだ。あれほど自分をかわいがったくれた父が、自分ではなく、兄を東宮にした。ふつうは悩むよね。

帝も複雑な心境だったのね。でも、皇族のままだったら、いずれ殺されていたかもね。

ここでちょっと視点を変えてみよう。物語の筋からいうと、源氏が臣下に下ったからさまざまな恋の遍歴《へんれき》も可能になったともいえるんだ。

源氏は天皇の子供でありながら、一方では臣下の身分なので、実に自由に、生き生きと振る舞っていく。相手がどんなに身分の高い女性であろうと気後《きおく》れすることもなく、制約の多い帝とは違って、奔放《ほんぽう》に人を愛することができる。紫式部はここでも実に見事な舞台設定をしたものだ。

桐壺帝は、自分が天皇であったために、愛する人を死なせてしまった。皇族であることの辛《つら》さを心底知っているから、源氏を自由の身にしたかったのかもしれないね。そう考えると、帝の深い愛情が源氏を救ったといえるのか。

でも、幼い源氏が臣下に下るという事実をどう受け止めたかは、また別の話なんだ。事実、源氏物語を皇位復権《こういふっけん》の話として読むという説もあるぐらいだ。皇位を奪われた皇子が最後には自分の子供を皇位につける物語だと。

えっ、臣下に下った源氏の子供が、どうして帝になれるの？

常識的にはあり得ないよね。帝の兄弟や皇子の中から、東宮が選ばれ、やがて帝になる。臣下に下った源氏やその子孫には、すでにその資格がない。ところが、源氏は思いもよらない方法で自分の子供を皇位につけるんだ。そして、その後、源氏の子孫が天下を取っていく。どうやったかは後のお楽しみに取っておこう。

さあ、次に行くよ。いよいよ、事態が急展開だ。

【桐壺その九】理想の女性、藤壺女御登場

年月が過ぎ去った。

帝《みかど》は桐壺更衣《きりつぼのこうい》のことを何とか忘れようと思った。評判の姫を入内《じゅだい》させてみることもあったが、結局は桐壺更衣にかなわぬことを思い知らされるだけだった。

帝がそのことを嘆き悲しむと、彼に付き従う典侍《ないしのすけ》の一人が思わぬ情報をもたらした。

先帝に四《し》の宮《みや》の姫がいる。

典侍は、かつてその母后《ははきさき》の住居に親しく出入りしていたことがあり、四の宮の幼少の姿を知っていた。その後、四の宮が成人すると、その姿を見ることがなくなったが、時折御《み》

簾《す》の隙間から垣間見《かいまみ》て、あまりに亡き桐壺更衣に生き写しなのに驚いたということである。

四の宮はまれにみる器量《きりょう》なのだ。しかも、かつての帝の娘で、身分も申し分がない。

帝は四の宮の入内を強く望んだ。

だが、母后は桐壺更衣が弘徽殿女御《こきでんのにょうご》に呪い殺されたことをあげ、そんな恐ろしいところに娘を行かせるわけにはいかぬと言い張った。その母后も、あっけなく死んでしまった。

四の宮は両親を亡くし、孤独になった。娘同然の扱いをしようとの帝の言葉を受けて、四の宮の入内が決まった。

四の宮はまだ少女である。

たぐいまれな器量を持ち、高貴な血筋を引き、そして頼るべき所を失った四の宮は、帝の住居である清涼殿のすぐ近くにある飛香舎《ひぎょうしゃ》、つまり藤壺《ふじつぼ》に部屋を与えられた。藤壺女御《ふじつぼのにょうご》の誕生である。

その姿は、まさに桐壺更衣に生き写しだった。だが、気品と知性に溢《あふ》れた藤壺女御は、そのあまりにも高い身分のゆえ、桐壺更衣のように蔑《さげす》まれることがなかった。

藤壺が桐壺更衣とそっくりだから結婚したって、何だか複雑。藤壺にも気の毒だし。

それほどまだ桐壺更衣を愛していたのかなあ。

この藤壺の登場が、源氏を新たな展開に導いていくんだ。弘徽殿女御が地団駄《じたんだ》を踏《ふ》んだのは、いうまでもない。帝は来る日も来る日も藤壺女御のもとに通っていく。その際に、いつも幼い源氏を伴っていくのだ。二人の関係は夫婦というよりも、親子のそれだった。藤壺女御は源氏よりも四、五歳年上。親子ほどの年の差がある帝よりも、むしろ源氏とのほうが年齢的に近かった。

源氏が帝に連れられて御簾の中に入って来ると、藤壺女御は恥ずかしがって、陰に隠れた。だが、時折垣間見《かいまみ》る彼女の姿は目を見張るほど美しかった。

「源氏の母はあなたにそっくりだった。だから、この子を自分の子だと思って、かわいがってほしい」

帝がそういうたびに、源氏の藤壺女御に対する思《し》慕《ぼ》の情は深まるばかりだった。だが、帝の望みには無理があった。ここでも、帝は大きな間違いを犯していた。たとえ、継母《ままはは》であろうと、藤壺女御は源氏とさほど年の差がない、少女といっていい年齢である。後に、源氏は自分の息子である夕霧に、それ以上に年の差がある紫の上を隠した。男と女の不条《ふじょう》理《り》を、身をもって知っていたからである。

源氏は母の面影をほとんど覚えていない。だが、幼い子供にとって、母に対する思慕の強さは想像を絶するものがある。藤壺女御はその母に生き写しだという。源氏は彼女に恋い焦《こ》がれた。幼い源氏にとって、藤壺女御は母であり、そして、それがやがて理想の女性へと変わっていく。

まもなく、源氏は藤壺女御に会えなくなる。源氏は十二歳になり、元服《げんぷく》する。元服をしたら、一人前の男性として、もう女の御簾の中には入れなくなるのだ。

男と女の間には、一枚の衝立《ついたて》が置かれる。やがて、源氏は衝立一枚の距離が持つ意味の重さを知るようになる。

藤壺女御って、そんなに美人なの？

紫式部は藤壺女御を理想の女性として描いている。そして、彼女は源氏がどんなに恋い焦《こ》がれても、決して手の届かない存在なんだ。

そんなの、当たり前でしょ。源氏のお母さんなんだから。それに、桐壺帝にあんなにかわいがってもらったんだから、それを裏切ることはできないはずよね。

でも、この頃は近親相姦《きんしんそうかん》が多いって聞いたことがあるし……。

その話は後でするとして、源氏も藤壺女御もまだ子供だ。実は、作中人物の年齢はあまりはっきり書かれていないんだ。だから、これから紹介する年齢の多くは、後の研究者が調べて推測したものにすぎない。

特に、桐壺帝の年齢はぼかされている。桐壺更衣が死んだのが、源氏が三歳のとき。そのときの帝の年齢は不明だけど、仮に二十歳だとしても、それから十年近くたっているのだから、源氏が十二歳で元《げん》服《ぷく》（男子の成人式。幼名を止め冠《かんむり》を被る）した時点で、帝は少なくとも三十歳は超えているはず。

当時、人の寿命は四十歳から五十歳といわれている。三十歳以上の帝は、すでにかなりの高齢なんだ。藤壺女御は源氏より四、五歳上だから、十六歳か十七歳。だから、源氏が成人すると、帝よりもむしろ源氏のほうが恋愛対象になる。

それと、もう一つ。源氏は後に数々の恋愛遍歴《へんれき》を重ねることになるけれど、どうしてそんなにたくさんの女性を追い求めたんだと思う？

源氏が女好きだからじゃ、答えになってないか。

もちろん、それは否定しない。でも、それだけだとなんか寂しいな。人間って、もっと深くて、もっと複雑な存在だと思うんだ。そうじゃないと、文学なんて、つまらないものになってしまう。

源氏は寂しかったんだと僕は思う。幼いときに母親を亡くし、祖母も早くに亡くなった。頼みの綱の父親は帝だから、ふつうの子供のようには甘えられない。天涯《てんがい》孤独《こどく》なんだ。寂しい。だから、死んだ母が恋しくて仕方がない。

人間って、死んだら美化されるだろう？　桐壺更衣がいかに美しくて、素晴らしい女性だったかと、源氏は繰り返し聞かされているはずだ。しかも、死んだ女性は年をとらない。源氏の頭にある母のイメージは、いつだって最も美しい瞬間なんだ。

やがて源氏の年齢が母のそれに近づいていくと、母のイメージは異性の対象としてのイメージへと変わるだろう。永遠の理想の女性だ。

源氏は寂しくて仕方ないから、愛を求める。でも、どんなに美しい女性でも、永遠の女性にはかなわない。

愛しても愛しても、源氏の孤独は癒《いや》されることはない。そして、孤独ゆえに、また愛を求めていくんだ。

それって、男中心の考え方ね。相手の女の人にしたら、きっとたまらないと思う。

でも、たった一人、源氏の孤独を癒してくれる女性がいたんだ。

わかった。それが藤壺女御だ。

その通りだね。永遠の女性である母に生き写しの藤壺女御こそ、源氏の継母であり、同時に異性の対象にもなり得る。

悔しいけど、紫式部の物語の運びのうまさには、舌を巻くしかないわ。

ところが、源氏が元服し、藤壺女御とは直に会えなくなる。どんなに寂しくても、源氏は二度と彼女の姿を見ることができない。源氏はまだ自分の感情をコントロールできない、十二歳なんだ。

そうか。それで、藤壺女御までが、源氏にとっての永遠の女性になってしまうんだ。これじゃ、生身の人間はたまらないなあ。

源氏の脳裏《のうり》には、いつだって最も美しい藤壺女御の姿がある。年をとることもない、永遠の女性だ。どんなに恋い慕《した》っても、姿を見ることさえもできない。こんな切ない状況って、ないだろう？

そして、そのことがさまざまな悲劇を生んでいく。

【桐壺その十】源氏元服、葵の上との愛のない結婚

源氏は、十二歳のときに元服した。

添臥《そいぶし》には、左大臣の娘、葵《あおい》の上《うえ》が決まった。皇子が元服するとき、大臣などの有力な娘がその夜をともにすることが習わしとなっていた。それを添臥という。

その結果、源氏は左大臣家の婿となり、以後一切の面倒を左大臣家が見ることになる。

源氏にはじめて有力な後ろ盾ができたのだ。桐壺帝《きりつぼてい》と左大臣家という有力な後ろ盾を持った源氏は、右大臣家をしのぐ権力の基盤を持ったといえる。

葵の上もまだ十六歳。右大臣が東宮妃にと願い出ていたが、左大臣はあえてそれを断って、臣下に下った源氏と結ばせた。

葵の上は、幼い頃から、将来の后となるべく、大切に育てられていた。美しくて、しかし、気位《きぐらい》が高く、人を愛するということの本当の意味を知らない少女。

彼女の傍《かたわ》らには、源氏が寝ている。いかに美しくても、まだ十二歳の子供である。夜の営みの仕方さえ知らない。

葵の上は戸惑っていた。この少年をどう扱っていいものか。

だが、プライドの高い彼女は、自分から年下の源氏に甘えてみせることなどできなかった。

初夜の日から、幼い二人の間には深い溝ができた。それはとても埋め尽くせるものではなかった。

たしかに、左大臣家の娘と結ばせたのは、帝の源氏への愛情だった。だが、幼い源氏にはそれがわからない。彼が求めていたのは母であり、甘えられる対象だったのだ。

人形のような美少女は、彼を受けつけない雰囲気を持っていた。

そんなとき、源氏は藤壺女御《ふじつぼのにょうご》のことを思った。自分を包み込んでくれるような、慕《した》わしい存在だった。どんなに恋い焦《こ》がれても、二度と直接には会えない人だった。
源氏は孤独だった。

源氏は孤独だったのね。やっぱりちょっとかわいそう。こういうのって、妙に母性本能をくすぐられるのよね。でも、どうして帝は左大臣の姫と結婚させたのかな?

帝は、源氏を弘徽《こき》殿《でんの》女御《にょうご》から守る方法を考えていた。それに、政治をうまく運営しようとするなら、左大臣・右大臣の二大勢力、つまり左右のバランスをどうとるかが肝心なんだ。だから、左大臣を源氏の後ろ盾にすることで愛するわが子を守り、しかも、右大臣の権力が大きくなりすぎるのを阻止したんだろう。帝はかなり考えた上で決断を下したんじゃないかな。

桐壺帝って、頭がいいな。たいした後ろ盾もない帝がうまくやっていくには、いろいろと考えなければいけないんだね。

実は、桐壺帝の後継者として、彼の弟が東宮に決まっていたんだ。その奥さんが、後に登場する六《ろく》条《じょうの》御息所《みやすどころ》。ところが、この東宮が若くして死んでしまう。六条御息所は、皇后にならないうちに未亡人となってしまうんだ。

その結果、弘徽殿女御の子供である一の宮が正式に東宮となり、一方、源氏が臣下に下された。そういった事情があるんだ。その東宮のお妃として、葵《あおい》の上《うえ》が求められていた。

葵の上は、東宮と結婚したほうが格が上だったわけか。

葵の上は、貴族中の貴族なんだ。父は臣下としては最高の権力者たる左大臣、母は帝の娘で、桐壺帝の妹だ。しかも、美人ときている。当時の有力な家では、たいてい隠《かく》し球《だま》とでもいうべきものを大切に持っているものなんだ。

隠し球？　それって、まさか野球の話じゃないわよね。

娘を東宮のところに送り込んで外戚《がいせき》になることが、その時代で、最も確実に権力を得る方法だという話はしたよね。ところが、有力な大臣の娘で、しかも美人という評判が立てば、すぐに男が噂を聞いて忍び込んでくる。いわゆる、虫が付くというやつだ。

そこで、これぞという娘は、家の奥にひっそりと隠して、適齢期《てきれいき》になるまで表に出さないで、大切に育てるんだ。葵の上は、まさに左大臣の隠し球だったわけだ。

これは覚えておいてほしい。後に右大臣の隠し球も登場するからね。

どうせ、その右大臣の隠し球も源氏が寝取《ねと》るんでしょ。わかってるわ、そんなところだって。

鋭いなあ（笑）。まあ、それは後で触れるとして、葵の上は、そうした事情から、男と接したことがない。しかも、将来の后として育てられたから、気位だけは高い。まさにお姫様中のお姫様だ。

そんな葵の上が源氏と結婚させられたんだから、本人にとってはたまったものじゃないだろう。帝の后から、一転、臣下に下るようなものだ。一方、源氏は女性に母なるものを求めているのだから、これはうまくいくはずがない。しかも、ともにまだ幼い。源氏も孤独だが、それ以上に葵の上も孤独だったんだ。

源氏の心はいつも藤壺女御に向いていたし、葵の上だって、それには気づいていたはずだ。それがまた彼女のプライドをひどく傷つける。本来、東宮のお妃になるべきこの私が、わざわざ臣下に下ったのに、どうして私を喜んで愛そうとしないの？　源氏はそんな葵の上の雰囲気を敏感に感じ取って、堅苦しく思っている。

左大臣は、なんで東宮から源氏に相手を変えたのかな？

もちろん桐壺帝の強い意向もあっただろう。でも、それだけではないと思うな。東宮の後には右大臣がいるわけだから、彼らに対抗するためには、桐壺帝・源氏の連合軍に与《くみ》するほうが賢明だと左大臣が考えたとしても、少しも不思議はないからね。

帚木《ははきぎ》（巻之二）

◉【帚木その一】源氏十七歳、雨夜の品定め、頭中将と常夏の女

源氏は十七歳になった。

葵の上の兄、頭中将《とうのちゅうじょう》は、源氏の親友であると同時に、よきライバルである。彼は当時最も将来を有望視された青年で、実際、後に太政大臣《だいじょうだいじん》にまで昇り詰めることになる。

彼の将来性を見込んで、早くも右大臣が自分の娘と結婚をさせ、その後ろ盾となるのだが、その娘はあの弘徽殿女御《こきでんのにょうご》の妹である。その荒い気性に、頭中将もうんざりしている。政略のために、愛のない結婚を強制された点でも、二人は共鳴しあっている。

ある雨の夜、源氏と頭中将、それにプレイボーイを自認する他の若き貴族たちと、憂《う》さ晴《ば》らしにそれぞれの女性体験を披露《ひろう》しあう。雨夜《あまよ》の品定《しなさだ》めである。

その際、頭中将が妙に心に引っ掛かる話をした。常夏《とこなつ》の女のことである。美しくて素直で控《ひか》えめな上、男に従順な女の話だ。

その女は、何事につけても男のいうがままで、どんな辛《つら》いことでも黙って耐える。頭中将は、そんな女がかわいらしく、やがて、その女との間に一人の娘が生まれる。その娘がまた比べようのないほどかわいいのである。

その女と娘をかわいく思いながらも、女が恨《うら》み言《ごと》をいわないのをいいことに、ほったらかしにしておいた。

ところが、彼女のことが妻にばれてしまった。

頭中将の妻は、弘徽殿女御に似て、人一倍気性が激しい。密《ひそ》かに常夏の女に脅迫《きょうはく》めいたことをした。悩み苦しんだ常夏の女は、そのことを頭中将にも明かさずに、こっそりと幼い一人娘を連れて姿を隠してしまった。

何の頼りもなく、幼い子供を連れて、どこに行ったのか。今頃、どれほど心細い想いをしているだろう。

頭中将は、今になってはじめて自分がいかにつれなかったかを嘆いた。常夏の女は、もう戻っては来なかった。

常夏の女って、かわいそう。子供もまだ幼いんでしょ？　でも、浮気をしたら奥さんが怒るっていうのは、今も昔も変わらないのね。

弘徽殿って姉妹そろってイヤなやつだな。僕ならとっくの昔に宮中から追い出してやるのに。

まあまあ、そう熱くならないで。まだ、これは物語の発端なんだよ。この常夏の女が、「夕顔《ゆうがお》（巻之四）」では、悲劇のヒロインとして再び登場することになる。この話は、源氏物語の中でも最も幻想的な話なんだ。

夕《ゆう》顔《がお》（巻之四）

◉【夕顔その一】源氏十七歳。夕顔との出会い

夕顔のような、はかない女だった。華やかな大輪を咲かせるでもなく、それでいてひっそりと清らかで、一夜のうちに枯れて散るような、そんな人だった。

源氏が十七歳の頃だ。

その頃、源氏は六条御息所《ろくじょうのみやすどころ》のもとに通い詰めていた。六条御息所は、先の東宮の未亡人で、美しく気品があり、源氏より七歳年上だった。源氏はその六条御息所に惹《ひ》かれながらも、その毅然《きぜん》とした雰囲気に、何かしら気詰まりを感じていた。

今日も六条御息所のもとに行こうとしたが、乳母《めのと》が病気だということで、その途中、五条にあるその家に立ち寄った。門には錠《じょう》がかかっていたので、従者に命じて、惟光《これみつ》を呼び出した。

惟光は乳母《めのと》の子供で、源氏とは乳兄弟である。気のおけない友人であるとともに、腹心《ふくしん》の部下だ。

待っている間、ふとこの家の隣から簾《すだれ》をすかして、何人かの女たちがこちらをのぞいているのが見える。家の前に止まった車から、乗っているのは誰だろうと興味を抱いている

に違いない。

源氏は略式の車を使ってきたので、自分が誰ともわからぬだろうと気を許して、のぞくように様子をうかがってみた。

粗末な家で、塀には青々と蔓草《つるくさ》がはえかかっている。白い花をそっと咲かせているのは、夕顔だろう。

みすぼらしい垣根に咲く、哀れな花。朝になるのを待たずにしぼんでしまう、はかない命だ。

源氏は「かわいそうなさだめの花だなあ。一房《ひとふさ》取って参れ」と従者に命じた。すると、粗末な家からかわいい女の子が出てきて、従者が折り取った夕顔の花を、これに乗せてお上げなさいと、香《こう》を焚《た》きしめた白い扇《おうぎ》を差し出した。

その扇を従者から受け取った源氏は、そこに歌が書き込まれているのに気がついた。

心《こころ》あてに　それかとぞ見《み》る　白露《しらつゆ》の
　光《ひかり》そへたる　夕顔《ゆうがお》の花《はな》★

源氏はこの歌を詠んだ人に惹かれ、その場で返歌を書いて、従者を遣《つか》わした。

★「白露の光」は光源氏を指す。「心あてに」はあて推量をすること。光がまぶしくて見分けられないけれど、きっとその花だろうと見当をつけています。白露が光を添えて白く輝く夕顔の花を。

寄《よ》りてこそ　それかとも見《み》め　たそかれに
　ほのぼの見《み》つる　花《はな》の夕顔《ゆうがお》★

これが夕顔との出会いだった。
はかない恋だった。

夕顔って、粗末な家に咲く、朝までに散ってしまうような花なんだよね？　ということは、源氏の今までの相手とはタイプが違うよね。

藤壺女御や葵の上、六条御息所といった人たちは、みんなとびっきり高貴な女性で、しかも源氏より年上なのね。古びた家に住む夕顔とはだいぶ違うのね。

二人とも、いいところに気がついたね。夕顔は十九歳くらいで、源氏よりも二歳ほど年上なんだけど、素直で男に付き従うようなところがあるから、たしかに今までの女性とは違う。それに、上流の気位の高い女性ではない。源氏にとって、はじめて出会うタイプなんだ。源氏はこの夕顔にのめり込んでいく。

源氏は、暗くなってから自分の素性《すじょう》を隠したまま、通っていくんだ。夕顔も、相手が誰かわからないまま、それを受け入れていく。

なんか変な感じ。神秘的といえばいえなくもないけど、相手が誰ともわからないで、愛し合うなんて……。

★側に寄って見たなら、その花かとわかるでしょう。たそがれどきにほのかに見た夕顔という花の夕方の顔を。

【夕顔その二】月夜の幻想。源氏と夕顔の恋

あの人は、月夜にやってくる。月光に照らされて、闇の中で私を抱きしめ、明るくなる前に消えていく。

顔もわからない、名前もわからない、不思議な人。

気味が悪くて、怖くて、泣きたくなるけど、あの方から受ける高貴な感じは、手探りでもわかる。

あなたは狐《きつね》か、妖怪変化《ようかいへんげ》。

それならば、いっそう狐にだまされてみればいいと、あなたがいう。私は震《ふる》えながら、そっと頷《うなず》くしかない。

こんなに美しい月夜に、狐にだまされて、私はいったいどうなるのだろう。ほんの少しの暗闇でも、怖くて息が止まりそうになるのに。

源氏はどうして素性《すじょう》を隠していたの？

そうね。夕顔も名乗らなかったっていうし……。

源氏としては、はじめは遊び心だったんだ。すでに葵の上という正妻がいて、しかもこの頃、六条御息所という高貴な女性のもとにも通っている。だから、誰にも知られずにこっそりと忍んでいきたかった。源氏は、生まれてはじめてふつうの庶民の家に通ったんだ。やることすべてに冒険心をかき立てられたんじゃないかな。相手の女の素性すら知らない。少なくとも、ふだんから知っている高貴な女性とは違う。

それとね、源氏には、夕顔の素性についてうすうす感じるところがあったんだ。「帚木《ははきぎ》（巻之二）」で、雨夜の品定めの話をしたよね？

ああ、あの頭中将《とうのちゅうじょう》が常夏《とこなつ》の女に逃げられたって話？

常夏の女は幼い娘を連れて、頭中将のもとをこっそり抜け出した。夕顔がその常夏の女ではないかと思ったんだ。もしそうなら、とても自分の身分を明かすことはできない。

えっ、どうして？

だって、源氏は頭中将の義理の兄弟だろう？　夕顔はその頭中将から逃げている。だから、源氏が自分の素性を明かせば、夕顔は自分の行方が頭中将に知れるかもしれないと警戒するだろう。そういった思惑から、お互いに相手が誰かを探り合いながら、決して打ち明けることができない。まさに秘密の恋だ。

秘密だからこそ、その恋は甘く、源氏はしだいにその蜜《みつ》の味に溺《おぼ》れていく。それが次の悲劇を生んでいくんだ。

源氏って、もしかしたら、困難であればあるほど、燃え上がるタイプじゃないの？　そして、自分のものになった瞬間、気持ちが冷めていく。釣った魚に餌《えさ》はやらない。イヤだわ、そんな男。

ところで、源氏の好みの女性って、どんなタイプだと思う?

どうせ、自分の思い通りになる女でしょ。フンッ。

いいところをついてるね。夕顔のことを思い出して、源氏が後にこんなことをいっているんだ。「頼りなくて、男に従順なのが、かわいくていい。しっかりしていて、自分の言いなりにならない女は好きになれない。女はただ優しく、うっかりすると男にだまされそうで、しかも慎み深いのがいい。そんな女を自分の思い通りに教え、仕立て上げたら理想的だ」。

やっぱり思った通り。男に従順な夕顔は理想的な女ってことね。女の人権を無視したエゴイストのたわごとよ。

たしかに男のわがままといえるかもしれないけど、当時は女性の人権なんてなかったんだ。だから、今の価値観で源氏を批判するのは少しかわいそうだな。それに、源氏物語を書いたのは女性なんだ。だからこそ、当時の女性がそんな男性をどのように観察していたのかがわかって、かえって面白いと思うんだけどな。

さらに、源氏がすごいのは、自分の理想を実行してしまうところなんだ。「若紫《わかむらさき》（巻之五）」以降に登場する紫《むらさき》の上《うえ》は、まさに源氏が思い通りに仕上げていく女性なんだ。紫の上が最後に幸福になったかどうかは、源氏物語を評価する上で、とても大切な要素だと思うよ。

【夕顔その三】満月の夜の秘密の恋

八月十五日の満月の夜、夕顔が隠れ住んでいる家は板屋で、あちらこちらの隙間から月の光が漏《も》れてくる。

明け方近く、隣近所の家々では人々が起き出し、さまざまな声や生活の音が聞こえ出す。ふと、いたずら心を起こしたのか。源氏は夕顔を誘って、「この住みかを出て、どこか近いところで夜を明かしましょう」という。

素性《すじょう》のわからない男と、行き先もわからずに出かけるのは、さすがの夕顔もためらわれた。すると、源氏は軽々と夕顔を持ち上げ、車に乗せた。

略奪同然《りゃくだつどうぜん》である。

慌《あわ》てた侍女《じじょ》の右近《うこん》が、夕顔に付き添って乗り込む。

車はすでに廃墟《はいきょ》と化した屋敷についた。留守番役を呼び出している間、夕顔は荒れ果てた屋敷の様子に怯《おび》えている。

いにしへも　かくやは人《ひと》の　まどひけん
　わがまだ知《し》らぬ　しののめの道《みち》★

山《やま》の端《は》の　心もしらで　ゆく月《つき》は

★昔もこのように人は迷い歩いたのだろうか。私がまだ知らない明け方の恋の道を。
身分の低い女とのはじめての体験に興奮する源氏の姿が読みとれる。

うはのそらにて　影《かげ》や絶《た》えなむ★

死の予感からか、「影や絶えなむ」には底知れぬ怯えが感じられる。

源氏はひたすら震《ふる》えている夕顔の様子を、かわいいと思っている。

番人が気を遣って、「しかるべき人をお呼びしたほうがよろしいでしょうか」と聞く。

「誰にも気づかれそうもない場所をわざわざ選んだんだ。他言をするな」と源氏が答える。

まさに、誰にも知られてはいけない恋なのだ。

相手は、たぶん義理の兄である頭中将《とうのちゅうじょう》が探している人だろう。秘密の恋だから、若い源氏の心もいっそう燃え上がる。

源氏は日が高くなる頃起き出して、格子を自ら引き上げる。見れば、どこもかしこも荒れ果てていて、木立も気味が悪いくらい古びている。

源氏はこれほど深い仲になったので、今さら隠し立てをしても仕方がないと思い、姿をさらした。そして、自信満々にいう。

「私の姿を見て、どう思いますか？」

夕顔は源氏の姿を眩しいと思いながら、歌を返す。

★山の端（男）がどんな気でいるのか知らずについていく月（女）は、空の途中で姿を消してしまうのでしょうか。

光《ひかり》ありと　見《み》し夕顔《ゆうがお》の　上露《うわつゆ》は
たそかれ時《どき》の　そらめなりけり★

夕顔も、男が源氏だろうとは、うすうす感じていた。そして、実際に源氏を目《ま》の当たりにして、その息を呑《の》むほどの美しさに感動している。だからこそ、わざと自分を卑下して、気持ちとは裏腹《うらはら》の歌を詠んだのだ。

源氏はそんな夕顔のいたずらっぽさを、たまらなく愛《いと》しく感じている。そして、六条御息所も、これくらい自分に打ち解けてくれたならと思う。彼女といるときは、いつも窮屈《きゅうくつ》で仕方がない。

夕顔は一日中源氏の横に寄り添い、怯えている。そうやって、一日が過ぎ、今にも日が暮れようとしている。

★光が添えられて輝いて見えた夕顔の花の上においた露は、たそがれ時の私の見間違いでした（卑しい花に光が添えられるはずはないのだから）。身分違いの恋で、自分を卑下する夕顔。

源氏って、自分が男前なのを鼻にかけて、自信満々でしょ。どんな女でも、自分が声をかければ簡単になびくと思ってる。夕顔の歌は、そんな源氏に肩すかしを食わせて、いい気味ね。

この後、幕が下りるように、日が暮れたんだ。荒れ果てた屋敷は、いつの間にか漆黒《しっこく》の闇《やみ》にとざされていく。夜が真っ暗だという話は何度かしたけど、当時の闇がどんなものか、実感できるかな？

今とどう違うの？

現代で、特に都会に住んでいると、あの頃の闇を体験することって、ほとんどないと思うんだ。街にはネオンが輝き、道には街灯《がいとう》がある。住宅街だって、夜遅くまで家の明かりが灯《とも》っている。

　一切の光がない夜。僕はそんな夜を体験したくて、車で山道を走ったことがある。星一つない曇り空だった。山の中で車を止め、他に車が一台も走っていないことを確かめて、ヘッドライトを消した。目の前に、漆黒の闇が広がった。耳を澄ましてみると、かすかに川の流れる音が聞こえる。恐る恐る車から出てみた。何一つ目に入らないから、手探りで進むしかない。ガードレールから下をのぞき込むと、川の音が大きくなった。それではじめて、下が谷底になっていることに気がついた。車に戻ると川の音も遠ざかる。他に何一つ音はない。

完全な静寂。僕は再び車を走らせようとした。そのとき、雲の間から星が一つ瞬《またた》いた。

　その冷たい光が、僕の胸に突き刺さった。僕はそのとき、はじめてわかった気がしたんだ。この漆黒の闇とその闇夜を照らす月や星の威力を知らなければ、夕顔の心はつかめないのではないか。源氏はいつも月の光を背にして、夕顔のもとを訪れる。そのとき、源氏は神に見えるのではないだろうか、と。

　夕顔が、素性の知れない男を毎晩のように受け入れたのは、そのせいかもしれない。いつも闇の中で怯えている少女。その少女が、月の光とともに現れる神として源氏を受け入れた。でも、闇はまた訪れる。荒れ果てた屋敷、廃墟の匂い。その闇の中で、一人の美しい少女が震えながら死んでいく。

昔のことを想像しながら源氏物語を読むと、こんなにも違った味わい方ができるのね。

僕もだんだんこの時代に興味を持ってきた。この時代にあって、今の僕たちが失ってしまったものって、いっぱいありそうだ。それを知るだけでも十分面白いよね。

【夕顔その四】夕顔の突然の死

闇が深く垂れ込めていた。

宵《よい》を過ぎる頃、源氏は少し眠ってしまった。すると、枕元に美しい女が座っている。

「私がこんなにもお慕いしているのに、少しも訪ねてくださらず、つまらない女を愛されていらっしゃるのが恨めしい」

女はそういって、源氏の傍らに眠っている夕顔を起こそうとする。

何かに襲われる気がして、はっと目を覚ますと、燈《と》火《うか》も消え、真っ暗である。源氏はぞっとして、太刀《たち》を引き抜き、傍《かたわ》らに置いた。

右近《うこん》を起こすと、彼女も震《ふる》えている。「宿直《とのい》の男を起こして、紙燭《しそく》をつけて参れといってくれ」と右近にいうが、彼女はすっかり怯《おび》えきって、「とても怖くていけません」という。

手を打っても、その音が不気味に響き渡るだけで、誰一人聞きつけてやってくるものもない。

夕顔はわなわなと体を震わせ、怯えている。

私が誰かを起こしてこよう。源氏が仕方なく妻戸《つまど》を押し開くと、渡り廊下の火も消えている。不思議なことに、お付きの者たちも誰もが寝入ってしまっている。この屋敷の番人の子供を呼びつけ、「弦打《つるう》ちをして、声を絶やすな」と命じた。

部屋に戻って、夕顔の体を手探りで探ってみる。夕顔は先刻のまま身を横たえており、右近はその傍らに伏《ふ》している。

源氏は右近を起こして、「どうしたことだ。この異様な怖がりようは」といった。右近は「そんなことより、お方様がどれほど怖がられているかと、心配でございます」とかろうじて答えた。

源氏は慌てて夕顔を手で探ってみたが、もう息をしている気配がない。

心臓がどきんと脈打った。

お付きの一人が紙燭を持ってきたので、源氏は明かりを取り寄せ、夕顔の様子を見ようとした。その瞬間、夕顔の枕元に、先ほど夢に現れた女が幻のように現れて、ふっと消えた。

源氏は驚き、夕顔を起こそうとするが、彼女の体は冷たくなるばかりで、息は完全に途《と》絶《だ》えている。

そのとき、時間が止まった。

源氏の胸に空洞ができた。恐ろしいとも、悲しいとも思わない。闇の中で、自分の魂が宙をさまよっている。

しばらくすると、何ともいえない、恐ろしいほどの怯えが、源氏の胸中に充満した。罪の意識であろうか。

右近はすっかり取り乱して、泣き惑うばかりである。

ほら出た。あんまり女を泣かせると、恨《うら》んで出るの。源氏は罰《ばち》が当たったのね。いい気味だわ。

化《ば》けて出たのが誰かはわからないけど、物《もの》の怪《け》がよく出た時代だから、もしかしたら、源氏を恨んでいる女性の一人なのかもしれないね。

この後、源氏がとった行動は実に不思議なものなんだ。動揺した源氏はすぐに惟光《これみつ》を呼びよせる。惟光が到着すると、ことの成り行きをすべて語って聞かし、安心したのか、おいおい泣き出すんだ。さんざん泣いた後、惟光の説得もあって、後のことをすべて惟光に託して、一人この場を抜け出す。帰り道、馬に乗りながら、もし夕顔が生き返ったなら、彼女を捨てて帰った自分を恨むだろうと、心苦しく思う。

そして、二条院《にじょういん》（亡き母・桐壺更衣の実家。今は源氏の私邸）で、息を潜《ひそ》めて惟光の報告を待っているんだ。

逃げ出すなんて卑怯《ひきょう》じゃない。私、絶対に許せない。でも、なんで源氏は逃げるようにして帰ったんだろう？

内緒で火遊びをしていたらボヤを出してしまい、ビックリして逃げ出す子供の心理と似ているんじゃないかな。

源氏は光のように美しい美男子で、しかも帝の子供だ。源氏のとった些細《ささい》な行動が人々の関心の的になるのは当たり前。その源氏が、いろんな女性と恋《こい》仲《なか》になるということは、宮中では、格好の噂《うわさ》のネタになるだろう。源氏が素性《すじょう》を隠して夕顔のもとへ通ったのは、そうした煩《わずら》わしさから逃れるためでもあった。そこでは、お互いの身分や結婚しているかどうかなんて関係ない。源氏は、一人の男として自由に振る舞うことができた。それが楽しくて仕方なかったから、つい羽目《はめ》を外《はず》しすぎてしまった。そうしたら急に夕顔が息を引き取ってしまう。慌《あわ》てて逃げ出したくなる気持ちもわかるような気がするね。

それと、もう一つ。源氏は内密に通った以上、最後までこの秘密は隠し通さなければならない。さっき説明したように、夕顔は頭中将の妻であり、おまけに子供までいる。頭中将は源氏の義理の兄に当たるわけだから、その妻のところに内緒で通ったあげく、死なせてしまったなんて、とても人にいえるはずがない。

そりゃ、そうだ。やってること、ムチャクチャだもん。

でも、逆にいうと、紫式部は源氏に対して、かなり批判的な意識を持っていたのかもしれないわね。

惟光は、誰にも明かせないという事情を理解しているから、彼の知っている山寺に夕顔の遺体をこっそりと運んで、誰にも知らせずに埋葬《まいそう》してしまう。源氏も最後に夕顔を一目見たいと、こっそり忍んでやってくる。そして、自宅に戻った後、悲しみのあまり病気になり、そのまま寝込んでしまうんだ。帝が心配して、頭中将を見舞いに寄越《よこ》すんだけど、御《み》簾《す》越しに彼と対面し、病気の理由を説明する際、源氏がしどろもどろになるという場面もあるんだよ。

ふ〜ん、かわいいところもあるのね。

夕顔が死んでも、そのことを彼女の実家に知らせることはできない。夕顔の幼い子供とそこに残った侍女たちは、夕顔が男とどこかに行ったまま帰ってこないので、途方《とほう》に暮《く》れるばかりなんだ。そうこうしているうちに、夕顔の娘は侍女とともに行方がわからなくなってしまう。

夕顔の娘は、その後どうなったの？

あわてなくても大丈夫。この娘は、「玉鬘《たまかずら》（巻之二十二）」で、思わぬ展開で再び登場してくるんだ。お楽しみはそれまで取っておこう。

源氏はよほど夕顔が忘れられなかったんだろう。夕顔の侍女である右近《うこん》を召し抱えて、いつも傍《かたわ》らに置くんだよ。だって、夕顔のことは誰にも明かせない秘密なんだから、その思い出を語り合う相手といったら右近しかいない。逆に、少し意地悪く考えると、秘密を知っている右近を召し抱えることによって、口封《くちふう》じをしたのかもしれないね。

源氏の心って、複雑なのね。

源氏は右近の話ではじめて、夕顔は頭中将の通っていた常夏の女だと確認するんだ。予想通りだったわけだね。このことだけは死ぬまで人に知られてはいけない。誰にもいえない秘密。このときから、源氏の心の奥底に一匹の鬼が住み着くことになる。

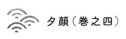

若《わか》紫《むらさき》（巻之五）

◉【若紫その一】源氏十八歳。北山で若紫（後の紫の上）に出会う

源氏は十八歳になっていた。

瘧病《わらわやみ》の治療のため、加持祈禱《かじきとう》で有名な高僧がいると聞いて、北山《きたやま》に登ったときのことである。

お供を連れて山路の景色を見ながら歩いていると、あたりの僧坊《そうぼう》が露《あら》わに見える。何でも身分の高い僧都《そうず》が籠《こ》もっているらしい。そこに若い女が大勢出入りしているのが目にとまった。

好奇心に駆られた源氏は、夕暮れどき、惟光《これみつ》一人を連れて小柴垣《こしばがき》から中をのぞいてみることにした。

四十歳ばかりの品の良い尼《あま》が、病気なのか、柱にもたれかかって苦しそうにお経《きょう》を上げているのが見える。他に女房が二人と、何人かの女の子たちが遊んでいるが、その中で他の子供とは比べものにならないほど美しい女の子がいた。

女の子は真っ赤に泣き腫《は》らした眼をこすりこすり、「雀《すずめ》の子を犬君《いぬき》が逃がしてしまったの。伏籠《ふしかご》に入れて置いたのに」と、尼に訴えている。尼は「こっちにいらっしゃい」とい

い、女の子を自分の傍《かたわ》らに座らせた。

「あなたはどうしていつまでもそんなに幼いのかしら。私の命が明日とも知れないのに」

源氏の視線は、その子に釘付けになっている。まだ幼くて無邪気だが、抱きしめたいほどかわいらしい。

源氏は思わず涙ぐんでいた。

狂おしいほど恋い慕《した》っても、あの人を垣間見ることさえできない。女の子は、そんな藤《ふじ》壺女御《つぼのにょうご》にそっくりだったのだ。

尼は女の子の髪をなでながら、「何と見事な御髪《みぐし》でしょう。もう、これくらいの年になれば、もっと大人びてくるものなのに。今、私が死んだら、あなたはどうして暮らしていくのでしょう」と涙ぐんでいる。

瘧病って何の病気？　病気なのに山に登って大丈夫なの？

瘧病《わらわやみ》（瘧《おこり》とも。毎日一定の時間発熱する）は今でいうマラリアだ。蚊が媒介する一種の伝染病だね。現代の日本ではあまりないけど、当時は珍しい病気ではなかった。治療薬なんてもちろんないから、そういうときは、加持祈禱《かじきとう》（真言密教の祈禱。病気平癒、安産祈願などがあった）を頼むのが一般的だったんだ。

また、北山《きたやま》というのは京都の北にある山の総称だ。京都は東と西と北を山に囲まれた盆地だから、町中からも三方の山並みを眺めることができる。その山の中に寺や僧坊《そうぼう》（僧侶が暮らすところ）が転々とあるんだ。

ところで、この女の子こそが、後に源氏の最愛の人となる若紫《わかむらさき》なんだ。雀の子に逃げられたのを涙ながらに訴える、とびっきりの美少女。しかも藤壺女御の生き写し。何とも印象的な登場の仕方だと思わない？

亡き母・桐壺更衣にそっくりなのが藤壺女御で、その藤壺女御に生き写しなのが若紫なわけね。源氏が彼女に手を出すのも時間の問題ってことね。

彼女はこのとき何歳なの？

十歳前後だ。それなのに、幼い若紫には身寄りがないんだ。

【若紫その二】若紫の生い立ち。源氏、都へ戻る

北山の僧都《そうず》は源氏を自分の住居に招いた。源氏に問われるまま、例の女の子について、その生い立ちを語った。

この女の子は、後に紫の上と呼ばれることになる。

尼君《あまぎみ》は僧都の妹で、故按察大納言《あぜちのだいなごん》の北の方である。大納言には娘がただ一人いて、宮仕えに差し出すつもりで大切に育てていた。ところが、大納言は本意を遂げずに、無念のまま他界してしまった。

そこで、この尼君がその娘を一人で世話をしていたところ、兵部卿宮《ひょうぶきょうのみや》が忍んで通ってきた。兵部卿宮は藤壺女御の兄である。兵部卿宮には身分の高い北の方がいて、そのため按察大納言の娘は苦労がつきず、一人娘を残して思い煩《わずら》い死んでしまった。

今は、祖母である尼君が若紫の世話をしている。その尼君が病気がちで、いつとも知れない命である。気がかりなのは幼い若紫のことで、父のもとに暮らしたところで、継母《ままはは》である兵部卿宮の北の方が面白いはずがない。若紫は尼君の苦しい胸の内も知らずに、無邪気に祖母を慕《した》っている。

源氏は若紫があの人の姪《めい》と知って、なおさら興味を抱いた。そこで僧都に若紫との結婚を仲介して下さるよう申し出た。

僧都は驚き、「まだとてもあなたのお相手のできる年頃ではございません。祖母の尼君に相談して、返事を申し上げましょう」という。

その夜、源氏は僧都の住居に泊まり、このときとばかりに、尼君にも若紫との結婚を迫る。だが、「何かのお間違いでしょう。私を頼りにしている娘は一人おりますが、とてもそのような年齢ではございません」と断られてしまう。

北山にいる源氏のもとに、都から次々とお迎えの人々がやってくる。僧都が、源氏の例の申し出を尼君に取り次いでみたが、尼君は「今は返事の申し上げようがございません。四、五年たって、お気持ちが変わらなかったら、その時は」と答える。

左大臣の屋敷から頭中将も来て、源氏の出立は絢爛豪華《けんらんごうか》を極めた。

若紫が物陰からそっとのぞいて、「お父様よりもりっぱね」と呟《つぶや》く。侍女がそれを聞きつけて、「それならあの方のお子におなりあそばせ」というと、若紫はこくんと頷《うなず》く。

その日から、若紫は雛遊《ひいなあそ》びにおいても絵を描くときでも、これは源氏の君という風にこしらえ、その人形にはきれいな着物を着せて大事にするようになった。

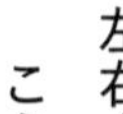

ふ〜、何ともいいようがないわ。源氏はマザコンだと思ってたけど、ロリコンでもあったのね。だって、相手はたかだか十歳ぐらいの女の子でしょ。ちょっと異常な感じがする。

たしかに、源氏があまりにも強引に求婚するものだから、周囲の人は少し薄気味悪く思っているようだ。そういう意味では、この頃の源氏はちょっと異常かもしれないね。実際、この直後に、彼の人生を左右するような、衝撃的な事件が起きるんだ。

こうした異常さの裏には、いつも藤壺女御への妄《もう》執《しゅう》がある。死ぬほど愛しながら、しかもいつも近くにいることは知りながら、その姿を一目拝《おが》むこともできない狂おしさ。

源氏はまだ十八歳だ。自分で自分の感情をうまくコントロールできない。だから、せめて彼女に瓜二《うりふた》つの若紫を絶えず傍《かたわ》らに置いて眺めていたい。葵《あおい》の上《うえ》との不和も、夕顔や空蝉《うつせみ》との度重なる情事も、すべて藤壺女御への執着が原因だと考えれば、わかりやすい。藤壺女御への満たされない思いが若紫の上に投影され、さらに、積もり積もった不満が爆発して、ある事件へとつながっていく。

でも、それじゃあ、若紫があまりにもかわいそう。だって、藤壺女御の身代わりじゃない。それだけじゃないよ。紫の上は最初、源氏を父親のように思っているんでしょ？

ところが源氏は紫の上を最初から異性として捉《とら》えている。このギャップが悲劇的だなあ。

なかなか鋭い視点だね。源氏物語の登場人物の中で、紫の上が源氏に一番愛されて幸せだったという説があるんだけど、僕は必ずしもそうは思わない。そのことは、おいおい説明していこう。

　さて、この後、いきなり場面が切り替わって、例の衝撃的な事件の内容が明らかにされるんだ。

【若紫その三】源氏と藤壺女御の禁断の恋。藤壺女御懐妊

　愛してはいけない人だった。どんなに慕《した》っても、一目垣間見《かいまみ》ることすらできない。死ぬほど狂おしく思っても、どうにもならないこともある。

　藤壺女御《ふじつぼのにょうご》。

　自分の母親に瓜二《うりふた》つの人。高貴で美しく、教養に満ち溢《あふ》れた、六歳年上の人。でも、その人は、自分の父である帝が愛する人でもあるのだ。

　そんな藤壺女御が、ある日、里下《さとさが》りをした。このチャンスを逃したら、二度と会える機会はないかもしれない。

　魔《ま》がさしたのか。

源氏は藤壺女御の侍女である王命婦《おうみょうぶ》を脅《おど》すようにして、その夜、藤壺女御の御簾《みす》の中に強引に押し入った。このときを逃しては、あの人をこの腕に掻《か》き抱くことはない。

人生には、その人の運命を決定づける一瞬がある。そのときはただ夢中で、このまま命が消えてしまっても悔《く》いがないと思った。父を裏切る後ろめたさ、愛してはいけない人を抱きしめる心の震《ふる》え。

あの人は、最初は激しく抵抗したけど、最後には自分を受け入れてくれた。腕の中で震えるあの人のほっそりとした体。

私はあの人を地獄の中に引きずり込んでしまったのだ。

そして、あの人は御簾を固く閉ざして、二度と私を受け入れようとはしない。

私の胸の中には、いつだって永遠に朽ち果てることのない、あのときのあの人の姿がある。

それから、しばらくたって、あの人が病気だという知らせを聞いた。しかし、やがて私は、もっと恐ろしい知らせを手にすることになる。

あの人が懐妊《かいにん》したのだ。

藤壺女御って、源氏のお母さんじゃない。信じられない。もう、完全に私の理解の範囲を超えてるわ。

でも、藤壺女御は源氏の正妻である葵の上と一歳しか違わないんだ。藤壺女御にしたって、帝よりも源氏のほうが恋愛対象にふさわしい年齢なんだ。しかも、若い男は年上の女性に憧《あこが》れることが多いしね。

帝はそのことを気づいたの？

藤壺女御と源氏の関係については、わからないことが多い。「若紫《わかむらさき》（巻之五）」では、実際に源氏と藤壺女御が関係を持ったシーンは描かれていない。源氏物語で、最も大切な場面の一つなのにもかかわらず、だ。

　藤壺女御が懐妊したという知らせを聞いても、源氏はすぐに自分の子供だとわかったわけではない。帝もまさか源氏との間にできた子供だと知るはずもなく、藤壺女御と自分との愛の証《あかし》が生まれたと驚喜《きょうき》するんだよ。藤壺女御は源氏との過《あやま》ちを隠すため、出産の時期について嘘《うそ》をつく。彼女はたった一人で秘密を守り抜こうとする。

　もちろん、誰も帝との子供だと信じて疑わない。だから、生まれるはずの時期になっても出産しないのは物《もの》の怪《け》のせいだということになって、帝は祈禱《きとう》をさせる。それで、ようやく源氏も疑い出すんだ。

　源氏は悪い夢にうなされるようになる。夢占《ゆめうら》い（夢の吉凶を占うこと）をさせると、「あなたは将来、帝の父になる」と見立てられる。

　このとき、源氏ははっとするんだ。藤壺女御の身ごもった子供が、実は自分の子供ではないかと。

源氏はショックだっただろうな。目の前、真っ暗だね。

自業自得《じごうじとく》よ。でも、どうして紫式部は、肝心のシーンを描かなかったのかなあ？

これは推測するしかないんだけど、描かなかったんではなく、描けなかったんだと僕は思う。だって、帝の子供が自分の母である女御と過ちを犯すんだろう？　これって、現実にはあってはならないことだよね。

紫式部は貴族社会のど真ん中にいて、源氏物語は、当時の一条天皇《いちじょうてんのう》や藤原道長の目にも触れる可能性があるんだから、あまりに生々しいシーンは割愛《かつあい》するしかなかったんじゃないかな。

う〜ん、なるほどな。そういう意味では、源氏物語は、皇室のタブーに触れるおそれがあるから、かなりきわどい物語なんだ。

【若紫その五】身寄りを亡くした若紫に源氏が迫る

僧都《そうず》から尼君死去の知らせが届いた。

忌《い》みの期間が過ぎてから、源氏はさっそく若紫を訪ねていった。屋敷はすっかり荒れ果て、見るからに薄気味悪く、こんなところで頼るべき人を亡くし、幼い若紫はさぞかし心細かろうと、源氏は胸が締めつけられる思いがした。

少納言が泣く泣く苦しい胸の内を打ち明ける。身寄りを亡くした姫は、父に引き取られるしかないのだが、継母《ままはは》がそれを快く思っていない。それを気遣って、尼君は姫を父のもとに渡さなかったのだ。姫はただ尼君をしたって泣きじゃくるばかりだが、あちらに行けばどれほど肩身の狭い思いをするだろうか。

そのとき、若紫の遊び相手の子供が「あちらに直衣《のうし》を着た方がおいでですよ。きっと父宮が来られたのでしょう」と告げたので、若紫は「お父様がお見えになったの？」とかわいらしい声でいった。

「父宮ではありませんけど、似たようなものです。こちらへいらっしゃい」と源氏がいう。若紫はさすがに驚いて、「眠たいの。あちらへ行こうよ」と乳母の側に寄り添うと、源氏が「今さらどうしてお逃げになるのです。もっとこちらにお寄りなさい」という。

乳母が気を遣って、若紫を源氏のほうへ押しやったので、御簾を挟んで無邪気に座っている。源氏は手を差し入れ、彼女の上の着物や黒髪をなでて、さぞかし見事だろうと想像した。若紫は気味が悪くなって、「寝ようというのに」と源氏に逆らって逃げようとする。「なぜお逃げになるのです？」源氏は紫の上を追うように御簾をくぐって、部屋の中に入り込む。「何をなさるのです」女房たちが慌《あわ》てて叫ぶ。若紫はすっかり怯えて、体を堅くして震えている。そのとき、外は激しい風が吹き、大雨が吹き荒れた。女房たちは不安そうに外の様子をうかがう。若紫は源氏の胸で泣きじゃくっている。

「こんな夜に、幼い姫を一人にしておくことはできない。今夜は私が宿直《とのい》を勤めることにしよう」

もはや女たちだけではどうすることもできない。源氏はその夜、若紫に添寝《そいね》しながら夜を明かし、明け方近く立ち去った。

源氏って、いつも強引なのね。

藤壺女御《ふじつぼのにょうご》や空蝉《うつせみ》のときは、はっきりいってレイプに近いね。だって、お姫様の周りには女しかいないのだから、いったん男に入り込まれたらどうしようもないんだ。このことを知らなければ、「真木柱《まきばしら》（巻之三十一）」に出てくる玉鬘《たまかずら》と鬚黒《ひげぐろ》の関係なんか理解できないことになる。

じゃあ、女はどうやって自分の身を守ればいいの？

宮中や貴族の屋敷には相当な身分の男性しか出入りできない。しかも、お姫様は部屋の一番奥深くに身を隠し、滅多《めった》なことでは姿をさらさない。そして、ときには何人もの女房がその周りに仕《つか》えているんだ。

もし、男が強引に中に入り込もうとしたら、当然、女房たちが大騒ぎをする。その声を聞きつけて、警備の兵士が駆けつけるから、すぐに取り押さえられてしまう。女房たちの中に手引きする者でもいない限り、そんな無茶なことをする男なんて、それほどいるものじゃない。

それなら、なぜ源氏だけが成功するの？

一つは、自由に出入りしやすい状況だね。たとえば、夕顔の場合は町中《まちなか》のみすぼらしい屋敷にいただろう。身寄りを亡くした若紫の場合も、同じようなものだ。

もう一つは、相手が源氏だから、いったん部屋の中に入られたら、誰もそれを取り押さえることができないんだよ。だって、臣下とはいえ時の帝の子供なんだから。

源氏自身も自分は何をしても許されることを知っ

ている。だから、強引な手に打って出るんだ

イヤな男。でも、さすがの源氏も、屋敷の中に入れてもらえなければ、どうしようもないわよね。

その通りだ。そこで重要な役割を演ずるのが、女《にょう》房《ぼう》たちなんだ。平安時代の女房たちの役割について、次にまとめておこう。

□平安時代の女房の役割

僕たち現代人が源氏物語を読んで、いま一つピンとこないのは、女房たちの役割の重大さがわかっていないからだと思う。当時の人にとっては当たり前だった彼女たちの役割など、紫式部は説明する必要を感じなかった。だから物語の表面には表れないけれど、女房たちが動かなければ、恋愛の一つも成就《じょうじゅ》しないんだ。

覚えてるわ。女房たちがお姫様の情報を流すんでしょ？　それを頼りに男たちが寄ってくる。

そうだ。だから、女房がいなければ、通ってくる男もいなくなる。だけど、それだけじゃない。場合によっては、有力な女房は、当のお姫様以上に決定権を持っていたんだ。だから、お姫様のもとに通うためには、まず女房たちを口説《くど》き落《お》とさなければならない。

どうして？

たとえば、あるお姫さまに興味を抱いたとすると、まず歌を送る。送られてきた歌を吟味《ぎんみ》して選別《せんべつ》する

のが、女房の役割なんだ。送り主の家柄、将来性、情熱のあり方などを考え、その中の一人を選び出し、お姫様に取り次ぐ。実際、最初のうちはほとんど女房が返歌するんだ。お姫様が直接に歌を返すのは、かなり関係が深まってからだよ。だから、お姫様もどれほど有能な女房を持ったかが大切になる。

　いざ通う段になっても、裏門《うらもん》から夜中にそっと手引きするのも女房の役目で、その女房に嫌われたら、屋敷の中にさえ入れてもらえない。お姫様は、実際に会うまでは相手の男の顔も性格もわからない。女房の判断に任せるしかないわけだ。

　そして、いったん女房が手引きしたら、その男はお姫様のいる几帳《きちょう》の中に入り込んでくる。そうなったら、お姫様がどんなに抵抗しても無駄だろう。

ということは、女房が意地悪をして、わざとイヤな男を手引きしても、お姫様はされるままなんだ。お姫様は、女房にも気を遣《つか》わなければいけないのか。

　本当のお姫様は人形みたいで、自分の意志や判断などなく、ただ女房の思いのままになっていたんじゃないかな。そして、中には、愛するお姫様のもとへ通うため、その女房たちと肉体関係を結んだ人もいたんだ。

何だかめまいがしそう……。

　夕顔の右近《うこん》、藤壺女御の王命婦《おうみょうぶ》、若紫の少納言《しょうなごん》。みんな女房たちが大活躍をするだろう。源氏物語自体も、女房が見聞きしたことを語る形式になっている。

　源氏が通うのに最も困難を極めたのは藤壺女御だけど、王命婦という女房に取り入って成功する。彼女がいったん源氏を招き入れたが最後、藤壺女御がどれほど抗《あらが》おうともどうしようもない。その一夜の過《あやま》ちが彼女の人生を変えてしまうのだから、悲劇だよ。

結局、女は自分の意志で人生を決められない。すべては運命として引き受けるしかないのね。

藤壺女御が身籠《みご》もった子供が源氏の子だと知っているだけに、王命婦は二度と源氏を手引きしない。だから、源氏は藤壺女御に会えなくなるんだ。

源氏物語を読んでいると、今の価値観からすれば信じられないことでも、何だか当たり前になってくるから不思議だね。人の価値観なんて、相対的《そうたいてき》なものなんだ。

【若紫その六】若紫略奪。源氏のもとで育つことに

惟光《これみつ》からの報告によると、明朝、父である兵部《ひょうぶ》卿《きょうの》宮《みや》が若紫を引き取りに来るという。姫が父宮のもとに行ったら、もう今までのようには通えなくなる。

源氏は夜明け前に惟光一人を伴って、若紫の屋敷に駆けつける。驚いた女房たちが大騒ぎするが、源氏はそれにかまわず、まだぐっすりと眠っている若紫を抱き上げ、車に乗せた。少納言がすがりつき、止めようとしたが、源氏は「ついてきたいものだけ、ついてきなさい」と言い残した。少納言は狼狽《ろうばい》しながらも、とりあえずは車に乗り込んだ。若紫は怯《おび》えて体を堅くしている。

夜明け前の略奪《りゃくだつ》である。

【若紫その七】親子でも夫婦でもない源氏と若紫

源氏は二、三日参内《さんだい》せず、若紫をなつかせようとする。手習《てなら》いや絵などをあれこれと描いては、手本にと見せるのだが、その中の紫色の紙を若紫は手に取ってみた。

そこには「武蔵野《むさしの》といへばかこたれぬ（「かこたれぬ」は恨み言をいいたくなること。若紫が藤壺女御《ふじつぼのにょうご》の姪《めい》と知って、思わず藤壺女御の冷たさに恨み言をいいたくなる）」とあり、その脇に少し小さい字で、次の歌が書き添えてあった。

ねは見《み》ねど　あはれとぞ　思《おも》ふ武蔵野《むさしの》の
露《つゆ》わけわぶる　草《くさ》のゆかりを★

「さあ、あなたも書いてごらん」というと、若紫は「私うまく書けないの」と答える。

「よく書けなくても、何も書かないのは駄目だよ」と源氏にいわれて、恥ずかしそうに筆をとる若紫。

「失敗しちゃったわ」と隠そうとしたのを、源氏が無理矢理《むりやり》取り上げると、かわいらしい字で、こう答えた。

★「ね」は「根」と「寝」の掛詞。まだともに寝はしないけれど、しみじみとかわいく思う。武蔵野の露がかき分けにくいように、逢いがたい紫草のゆかりのあなたを。

かこつべき　ゆゑを知《し》らねば　おぼつかな
いかなる草《くさ》の　ゆかりなるらん★

若紫の住む西の対にも、だんだんと女房が集まってきた。姫君は源氏が不在のときは寂しくて、尼君を思い出しては泣いていた。

源氏が外から帰ってくると、若紫は真っ先に出迎えて、その懐《ふところ》に抱かれた。源氏は若紫と遊び、一緒に寝起きするようになった。

若紫は、源氏にすっかりなついてしまった。実の親子でさえ、この年になると、一緒に寝起きはできない。かといって、夫婦関係があるわけでもない。実に不思議な関係である。若紫は今までよほど寂しかったのか、源氏の胸に抱かれてすやすやと眠るようになった。

★源氏が「かこたれぬ」と書いたのを受ける。私に恨み言をいいたくなるそうですが、その理由がわからないので気になります。いったい私はどんな草のゆかりなのでしょう。

この和歌のやりとりって、なんだかゾッとする。いくら藤壺女御に相手にされないからって、その代わりに、まだ幼い若紫に恨み言をいってみたり、藤壺女御のゆかりだから愛しいなんて歌を詠んでみたり……。

若紫は、そんな源氏の心理をまだ理解できない。若紫が幼ければ幼いだけ、かわいければかわいいだけ、源氏の愛の異様《いよう》さが際立ってくるといえるかもしれないね。

やっぱり若紫は藤壺女御の代用じゃない。子供だからわからないと思って、わざと本音を漏《も》らしてるのね。

若紫も、やがてはそのことに気がつくときが来る。それを考えると、胸が痛むなあ。

ここまでで、前半の主な登場人物がほぼ出揃《でそろ》ったわけだ。源氏はこの時期までに三つの重大な秘密を抱いたことになる。

一つは、夕顔の死。夕顔は親友の頭中将《とうのちゅうじょう》の女で、子供までいるんだ。その子供も行方不明で、これは誰にも知られてはいけない。

二つ目は、藤壺女御との不義《ふぎ》の子。このことを知られたら、まさに帝に対する反逆で、源氏どころか藤壺女御までが失脚《しっきゃく》する。

そして三つ目が、若紫（紫の上）を匿《かくま》ったこと。彼女の父にも知らせずに、密《ひそ》かに自分の屋敷に隠したんだ。しかも、正妻である葵《あおい》の上にも内緒だ。このことで、葵の上との関係も、ますます冷えていく。

源氏って、嵐を呼ぶ男だね。

どこか異常で、そのくせちょっと幼稚《ようち》なところもあって。一面では片づけられないところが、源氏の魅力なのかもね。私、この世の中に一人くらい、源氏のような人物がいてもいいように思えてきたわ。

紅葉《もみじの》賀《が》（巻之七）

◉【紅葉賀その一】源氏と若紫の不思議な関係

若紫は、ときとともに、ますます優れた器量《きりょう》を発揮《はっき》する。今ではすっかり慣れ、源氏にまといついて離れない。源氏の滞在中は気も紛《まぎ》れるのだが、一人になると尼君のことを思い出して涙ぐむ。

源氏が忍び歩きに出かけようとすると、後を追いかけてくる。何日も他に泊まったときは、すっかり塞ぎ込んでしまう。源氏はそれをいじらしく思い、母親のない子を持った気分になるのだった。

元旦、源氏が十九歳のときである。宮中に参内《さんだい》する前に、源氏は若紫の部屋をのぞいてみた。

「今日からは大人らしくおなりになりましたか？」

姫君は部屋いっぱいに人形や道具を並べ立て、小さな御殿《ごてん》まで作って遊んでいる。人形の源氏を着飾らせて、宮中に参内させているのだ。それを見た女房が「せめて今年から人形遊びはいけないと申しましたのに。こうして婿殿《むこどの》をお持ち申されたので、少しは奥方《おくがた》らしく振《ふ》る舞《ま》いなさいませ」といった。

若紫は、はじめて自分に夫ができたことを知った。だが、結婚ということが何を意味するかはまだ理解できないでいた。姫のこれほど幼い様子を見るにつけ、女房たちは不思議に思うのだが、まさか世間とかけ離れた添寝《そいね》であろうとは思いもよらなかった。

源氏と若紫は、いつから夫婦になったのかな？なんか唐突《とうとつ》のような気がするけど……。

実は、当時の感覚では、「男と女が夜をともに過ごすこと＝夫婦関係の成立」と見られてもおかしくないんだ。だから、若紫が源氏と夜を過ごすようになったときから二人は形の上では夫婦なんだ。少なくとも、女房がそう思ったとしても無理はない。

ところが、幼い若紫はそんなことは何一つ理解していなかった。それどころか、無邪気に源氏の胸に抱かれて眠っている。男女の関係はまだないんだね。

そうか。いくら女房といえども、源氏と若紫が二人きりの夜は中に入れないから、二人がどんな夜を過ごしているのか、わからないのね。

だから、女房はてっきり肉体関係があると思い込んでいるんだけど、それにしては、若紫がいつまでたってもあまりにも幼いので、首を傾げているわけだ。

若紫は、源氏を父親みたいに思っているのかな？

そうかもしれないね。だけど、実の父親であっても、娘がこのくらいの年齢になれば、一緒に寝ることなんて、当時はまず考えられないから、女房も、肉体関係が成立していることを疑いもしなかったんだ。

親子であって親子でない。夫婦であって夫婦でない。こんな不思議な男女関係など、当時は想像すらできなかったんじゃないかな。でも、源氏はそんな若紫をたまらなくかわいいと思い、大切に扱っているんだ。

【紅葉賀その二】源氏と藤壺女御の不義の子の誕生

十二月が過ぎても、藤壺女御《ふじつぼのにょうご》は出産しなかった。帝は物の怪《もののけ》のせいかと祈禱《きとう》を頼み、藤壺女御は心細く、苦しくて、きっとこのまま死んでしまうだろうと思い詰めていた。源氏はやはり自分の子ではないかと心を痛める。

二月に入って、ようやく藤壺女御が男の子を出産する。帝は一刻も早く若宮《わかみや》を見たいと待ち焦《こ》がれ、源氏自身も気がかりで、彼女の住む三条に参上するが、藤壺女御は「まだ生まれたばかりで、見苦しいから」と、赤ん坊を見せることを頑《かたく》なに拒《こば》んだ。

藤壺女御は赤ん坊を抱いて震《ふる》えていた。この子は誰にも見せることができない。ましてや、帝や源氏には。

赤ん坊は、まさに源氏に生き写しだったのである。やはりそうだったのか。神は天罰《てんばつ》をこのような形で下されたのか。この子は源氏との罪の子であるに違いない。

藤壺女御は自分の心の鬼に怯《おび》え、誰がこの子を抱こうとも、きっと自分たちの過《あやま》ちを暴き立てるに違いないと、一人で苦しんでいた。
若宮は四月に参内《さんだい》される。帝は皇子を抱いて、「皇子たちは大勢いるが、幼いときからお前だけを抱いて見ていたから、自然とあの頃のお前の姿が思い出される。この子は実にあの頃のお前に似ている」とおっしゃった。源氏は顔面蒼白《そうはく》になり、涙が零《こぼ》れそうになる。藤壺女御はいたたまれなくなり、全身汗びっしょりになるのだった。
何も知らない帝は、皇子の誕生を誰よりも喜び、この若宮をかわいらしく思っていた。
源氏は所在《しょざい》ない気持ちになり、そういったときはいつも西の対《たい》にいる若紫のもとを訪れる。

藤壺女御は遂に、源氏との子供、罪の子供を産んだんだ。しかも、源氏にそっくりの。

でも、源氏も桐壺帝の子供だから、帝としては疑うことはなかったのね。愛する藤壺との子供だと信じているから、無邪気に喜んでいる。源氏も苦しいはず。だから、何も知らない、幼さの残る若紫といると、気が紛れるのね。はあ～、でも、その若紫も藤壺の代用に過ぎない。この先の悲劇が目に見えるようだわ。

ぼくは葵の上も気の毒に思えるな。源氏の心はいつも他の女のほうだもの。

これほど身分の高い人たちでも、誰も幸せになっていないのね。

【紅葉賀その三】藤壺、中宮になる

源氏がしばしば若紫の元に通っていると知って、葵《あおい》の上の左大臣家では面白くない。若紫の素性《すじょう》は一切伏《ふ》せられている。

「実は身分の低い女を囲っているので、人にとやかく言われないよう、幼い人だということにして、素性を隠しているに違いない」と、女房たちも取り沙汰《ざた》する。

帝もこうした噂を耳にして、源氏に注意を与えた。源氏はただ恐縮《きょうしゅく》するばかりであった。

七月になり、藤壺女御が中宮《ちゅうぐう》になった。源氏も宰相《さいしょう》に昇進する。帝は生まれてきた皇子を東宮《とうぐう》にするつもりだった。そのためには、母である藤壺女御を中宮につける必要があったのだ。

弘徽殿 女御《こきでんのにょうご》は、歯ぎしりするばかりであった。

今の東宮（一の宮）の母である弘徽殿女御は女御のままで、その次の東宮の母である藤壺女御を中宮にしたんだから、弘徽殿女御は面白くないだろうね。

弘徽殿の女御の出方も気になるわ。ああ、波乱の予感がする。

花《はなの》宴《えん》（巻之八）

【花宴その一】右大臣の娘、朧月夜との禁断の恋

二月に、紫宸殿《ししんでん》で盛大な花の宴が催された。帝の両脇《りょうわき》には藤壺中宮《ふじつぼのちゅうぐう》と東宮《とうぐう》が座り、弘《こ》徽殿女御《きでんのにょうご》は面白くなかったが、さすがにこれほどの宴を欠席するのはためらわれるのだった。

宴も終わり、ほろ酔い気分の源氏は、今宵《こよい》こそ藤壺中宮に会えないかと、御殿《ごてん》を徘徊《はいかい》する。藤壺のあたりは戸口も厳重《げんじゅう》に閉められ、入り込む隙《すき》もない。

狂おしい思いのまま、源氏は弘徽殿に向かうと、そこは戸口が開けられていた。中をのぞき込むと、奥の方から「朧月夜《おぼろづきよ》に似るものぞなき」と口ずさむ女がやってくる。

源氏は咄嗟《とっさ》に女の袖《そで》をつかんだ。薄暗がりの中、女は腕の中でかすかに震《ふる》えていた。驚くほど美しい女だった。黒髪の匂いが鼻をかすめ、肌の感触が心地よく、源氏は思わず女を抱きしめた。

「あなたは誰ですか？　人を呼びますよ」

女が叫び声を挙げようとすると、源氏はその声を塞《ふさ》ぐようにして、

「およしなさい。私は何をしても許される身分ですから」といった。その声を聞いて、女

は瞬時に相手が源氏だと知った。

女の心は揺れ動いた。今をときめく源氏に対する憧《あこが》れがなかったとはいえない。好奇心もあっただろう。だが、女は恋してはいけない立場にあったのだ。

源氏は相手が誰だかわからないまま、この女と夢のような一夜を過ごした。可憐《かれん》で、それでいて男を虜《とりこ》にさせるような、情熱的な人だった。だが、間もなく夜が明ける。

ここは、敵方《てきがた》ともいえる弘徽殿なのだ。明るくなる前に、姿を消さなければならない。

源氏はこのまま女と別れるのを惜《お》しく思った。

「あなたの名前をお聞かせください。そうでないと、二度と会えなくなる」

女はただ微笑《ほほえ》むだけで、決して自分の名前を明かそうとはしない。

やがて、人々のざわめく声が聞こえだした。源氏は仕方なく、自分と相手の扇《おうぎ》を咄嗟《とっさ》に交換した。女は姿を消し、手の中に女の美しい扇が残った。狂おしい、幻想的な夜だった。

朧月夜との出会いである。

旧暦《きゅうれき》（昔の暦。太陰太陽暦）の二月といえば今の三月末から四月頃。だから、この花宴《はなのえん》（花を見て楽しむ祝宴）は桜を愛《め》でるお花見だ。それと、ここに出てくる弘徽殿は後宮の部屋のことで、弘徽殿女御ではないのはわかるよね。

それにしても、何だか謎めいた話だね。この朧月夜って、誰なの？

この朧月夜《おぼろづきよ》と呼ばれる女は、実は右大臣の娘の六《ろく》の宮《みや》なんだ。弘徽殿女御の妹に当たるんだよ。源氏は、左大臣の娘である葵《あおい》の上と結婚しているんだから、まさに政敵《せいてき》の娘と関係を持ったことになる。

結ばれてはいけない二人ってわけね。まるで、ロミオとジュリエットみたい。

それだけじゃない。朧月夜は右大臣家の隠し球だったんだ。

そうか、思い出したぞ。帝や東宮の奥さんにするために、他の男に知られないように密《ひそ》かに育てるってことだよね。

その通り、よく覚えていたね。朧月夜は、右大臣の姫たちの中で最も美しく、才能もあったので、将来は東宮のお妃にと大切に育てられていた。それをこっそりと源氏にとられてしまう。

あれ、ちょっとおかしくない？　東宮は弘徽殿女御の子供だから、右大臣の孫よね。朧月夜も右大臣の子供だから、孫に子を嫁がせようとしていることになるんじゃない？

たしかに、今の感覚でいうとおかしいよね。でも、当時は近親婚《きんしんこん》についてのタブーが今ほど厳しくなかったから、そんなに珍しいことではなかったんじゃないかな。東宮と朧月夜が結婚適齢期《てきれいき》だとすると、その母親である弘徽殿女御と朧月夜とでは、姉妹とはいっても、だいぶ年が離れている。おそらく異母《いぼ》姉妹だったんだろうね。それに、右大臣としては、なんといっても、帝の外戚《がいせき》になることが大切なんだから、東宮のお妃に自分の娘をと考えるのは、きわめて当然なんだ。

東宮って、なんだかさえないね。だって、弟の源氏に奥さん候補の朧月夜を寝取《ねと》られるし、たしか葵《あおい》の上も、最初は東宮に嫁《とつ》ぐ予定だったんでしょ？

東宮は、何かといえば源氏と比較され、辛《つら》い思いをしているんだ。源氏の光に色あせ、いつも日陰に隠れている、そんな人だ。しかも、父の桐壺帝は、臣下に下った弟の源氏のほうを溺愛《できあい》する。お妃にと望んだ葵の上は源氏に嫁ぎ、その上、恋い焦《こ》がれた朧月夜まで源氏に奪《うば》われてしまう。その結果、東宮の結婚は遅れ、子供ができるのも遅くなる。それがまた、彼の後の人生に大きな影響を与えるんだ。

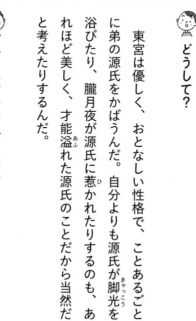

彼の人生にはいつも源氏の影がつきまとっている。

そういう人って、結構いるのよね。なにをやっても様《さま》にならないっていうか。さぞかし源氏を憎んだでしょうね。

それが、そうでもないんだよ。

どうして？

東宮は優しく、おとなしい性格で、ことあるごとに弟の源氏をかばうんだ。自分よりも源氏が脚光《きゃっこう》を浴びたり、朧月夜が源氏に惹《ひ》かれたりするのも、あれほど美しく、才能溢《あふ》れた源氏のことだから当然だと考えたりするんだ。

ふ〜ん、いい人なんだ。

でも、それはそのまま、東宮の性格の弱さを意味する。東宮は、父の桐壺帝とはそれほど親密な関係になかったから、母である弘徽殿女御や右大臣たちに囲まれて育った。子供は母方の家で育てられるものだったよね。弘徽殿女御をはじめとする右大臣家の人々は、激しい権力欲の持ち主で、しかも押《お》しが強いときている。気の弱い東宮は、彼らに従うしかなかっただろう。

いわば、右大臣家の繰《あやつ》り人形《にんぎょう》になるしかなかった。

ある意味で、この東宮も孤独だったのかもしれないね。

すごいストレスがたまりそう。東宮になったからって、幸せになれるとは限らないのか。身分が高かろうが、低かろうが、それなりの幸福と不幸をあわせ持っているのが、人間なのね、きっと。

【花宴その二】どうしようもなく惹かれあう源氏と朧月夜

あの夜から、苦しみがはじまった。

源氏のことが忘れられない。花の宴の中、罪の意識におののきながら、私はあの人に抱かれた。次があるかどうかもわからない、たった一夜の恋。でも、私の心と体は、まだあの人を求めている。

禁断《きんだん》の恋。あの瞬間、私がもう一歩前に足を踏み出していれば、これまで築《きず》いた私の世界が音を立てて崩《くず》れていっただろう。

私は将来、后《きさき》になるべく育てられた。そのことだけを夢見て、どこか他の世界に自分がいるなんて、想像すらしたことがなかった。それは私の夢と私を取り巻く人たちの夢を、一致させることだった。

何もなければ、すべてがうまくいったのだ。だけど、私はあの人を拒《こば》めなかった。自分の中に本当の私がいて、その私があの人を求めて身悶《みもだ》えしている。

真っ暗な底なしの裂《さ》け目の前で、私の足はすくんでいる。

三月になって、右大臣家では藤の宴が催される。源氏は再び幻の姫君と会えることを期待した。

名も告げずに、別れた人。あの高貴な雰囲気からは、とても身分の低い女房とは考えられない。だとすれば、右大臣の五の宮か、六の宮だろう。もし、六の宮だったら……。

そう思うと、源氏は背筋《せすじ》が寒くなるのを覚えた。六の宮はすでに東宮《とうぐう》に入内《じゅだい》することが決まっている。それは兄である東宮から愛する人を奪うことであり、自分を目の敵《かたき》にしている右大臣家に公然《こうぜん》と弓を引くことでもある。

だが、何かが源氏を駆り立てていた。

恋は自由であり、何者もそれを妨《さまた》げることができない。恋が自由だということは、心が自由ということだ。恋すること自体に罪はない。相手がたとえ誰であっても。心は何者にも縛《しば》られてはいけない。

源氏は右大臣家に出向き、藤の宴もたけなわの頃、酔ったふりをして席を立ち、女たちの寝殿《しんでん》に入り込む。もちろん、名前も告げずに去っていったあの人を捜すためである。御簾《みす》の内には、右大臣家の姫君たちがいるのだろう。源氏はそっと扇《おうぎ》のことを盛り込んで、和歌を送る。別れの瞬間、咄嗟《とっさ》に交換した扇のことである。

他の姫君は何のことか見当もつかず、戸惑《とまど》うばかりである。その中で、一人溜息《ためいき》をつき、躊躇《ちゅうちょ》する人がいる。

やがて、その人は意を決して、返歌する。六の宮の姫君である。

うーん、やっぱり平安時代版ロミオとジュリエットね。悩んだ末に返歌した朧月夜《おぼろづきよ》の気持ちを考えると、ゾクゾクッときちゃう。ついに一線を越えちゃったのね。

朧月夜はことの恐ろしさを十分認識していたに違いないんだ。源氏から歌を受け取ったとき、朧月夜の鼓動《こどう》はどうしようもなく高まったはずだ。もし、このまま黙っていたら、二度と源氏に会えないかもしれない。でも、ここで返歌をして、自分の素性《すじょう》を明かしてしまったら。それは、実家の右大臣家を裏切ることであり、東宮を裏切ることであり、自分が今まで思い描いていた人生と決別することでもある。

朧月夜の一瞬の沈黙《ちんもく》は、実に重たいものだよ。そして、彼女の唇《くちびる》から言葉が漏《も》れた瞬間、世界は変わったんだ。朧月夜は、心の自由を選んだんだね。でも、この時代、自由を選ぶということは、それだけ大きな代償《だいしょう》を支払うことになるんだ。

葵《あおい》（巻之九）

◉【葵その一】六条御息所の嫉妬、葵の上の苦悩

あの人を愛してはいけない。あの人は七歳年下の人、いつかは私のもとを離れていく。いつまでもあの人の心を私のもとに引き寄せておくことはできない、それはとうにわかっていたはずなのに。

恨《うら》み言《ごと》をいうなんて、はしたない女のすること。私はあの人を引き留めはしない。私は理性の限りを尽くして、自分の心を抑《おさ》えつける。あの人が帰っていく後ろ姿を、私は唇を噛《か》みしめながら見送る。

私が泣き崩れているところを、あの人は知らない。私はいつだって高貴で、一分《いちぶ》の隙《すき》も見せない女だから。

でも、夜になると、魂《たましい》が抜けだして、あの人を追いかけていく。夜、眠ると、私の理性が利《き》かなくなる。私の魂はさまよいだし、あの人にすがりつく。私はこんなにもあの人を愛していたんだ。

夜が、怖い。でも、本当に恐ろしいのは、朝。

夜中に私の魂はあの人を追いかけ、あの人の傍《かたわ》らで眠っている見知らぬ女に襲いかかる。

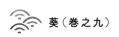

そして朝、目を覚ます。あれは夢だったんだろうか。夢でなかったらどうしよう。どうか、夢であってほしい。

朝になると、理性の限りを尽くして、自分を責めさいなむ。そして、くたくたになり、また夜になると魂がさまよい出るのだ。あの人に、棄《す》てないでということができたら、どんなにいいだろう。

六条御息所《ろくじょうのみやすどころ》は先の東宮《とうぐう》のお妃で、本来なら皇后になる人だった。高貴な上に高い教養と美貌《びぼう》、人を近づかせない雰囲気を持っていた。

自尊心の高い人だった。源氏には終始《しゅうし》冷たい態度を取っていた。恋をすることがためらわれたからだ。

七歳年下の源氏を追いかけすがりつく、それほどの屈辱《くつじょく》は耐《た》えられることではなかった。どれほど自分が恋い慕《した》っても、年下の源氏に飽《あ》きられ、棄てられる日が来る。そのときが怖い。

夜になると、自分の魂がさまよいだす。これほど源氏を愛していたのか。これほど自分の感情を抑えていたのか。いっそのこと、この心を棄ててしまいたい。

一方、葵《あおい》の上こそ、誰よりも自尊心の高い人だった。人形のように完璧《かんぺき》な美しさを備えた人。今をときめく左大臣と、桐壺帝の妹である大宮《おおみや》との娘。幼い頃から、東宮の后になるために大切に育てられてきた。それが四歳年下の源氏と結婚させられることになった。

人を愛したことがなかった。人に甘えたことも、すがりついたことも。いつも最高の女性らしく、毅然《きぜん》とした態度をとり続けた。他にどんな表現方法も、教わったことなどなかった。

はじめて源氏と会ったとき、その美しさに息を呑《の》んだ。でも、どうやって年下である源氏に素直に甘えることができるだろう。

そして、私は知った。添臥《そいぶし》として源氏に寄り添ったとき、あの人の心には別の女がいた。私の心は、その底まで冷え冷えと凍りつくようだった。でも、私はあの日に恨み言をいうことも、すがりつくこともできなかった。

あの人は、やがて私のもとから遠のいていった。たまに顔を見せても、私には心を固く閉ざしたままだった。

時折私にかけてくださる優しい言葉、でもそれは上辺だけのものだと私は知っている。他の女に心を奪《うば》われている年下のあの人に、どうして泣きつくことができるのだろう。私は人を愛する術《すべ》など、誰にも教わってはいなかったのだから。

そして、あの人が二条院に誰か別の女を迎え入れたことを知った。つんと澄《す》ました私の顔から、その仮面を取ったなら、きっと泣きじゃくって、ぐちゃぐちゃになった私が表れてくるだろう。

六条《ろくじょうの》御息所《みやすどころ》と葵《あおい》の上って、何だか似てるわね。二人とも高貴な身分で、美しく、源氏よりも年上、しかもプライドが高くて、自分の感情を素直に表せない。

でも、当時の貴族のお姫様って、多かれ少なかれ、みんなそうなんじゃないかな。

そうだろうね。感情を表に出すことは、礼儀《れいぎ》や体《てい》裁《さい》を重視する社会では、必ずしもいいこととはされない。まして、身分相応に振る舞うように厳格に育てられてきた高貴な女性が、いきなり奔放《ほんぽう》に生きろといわれても、正直、どうしたらいいのか、わからないだろうね。そういう人たちの中に、いきなり源氏のような常識にとらわれない、自由奔放な人が飛び込んでくると、周りの人はペースを乱されて、戸《と》惑《まど》ってしまうのね。

似たもの同士の六条御息所と葵の上。この二人の人生は、この後、源氏を媒介《ばいかい》にして密接に絡《から》み合っていく。そして、悲劇が起こるんだ。

【葵その二】朱雀帝即位。葵の上、源氏の子を懐妊

御代《みよ》が変わった。

桐壺帝《きりつぼてい》が東宮《とうぐう》に譲位《じょうい》したのだ。朱雀帝《すざくてい》の誕生である。その結果、弘徽殿女御は皇太后となり、弘徽殿大后《こきでんのおおきさき》と呼ばれるようになる。

新たな東宮には桐壺帝と藤壺中宮の子の若宮《わかみや》が立った。源氏は右大将《うだいしょう》に昇進。六条御《ろくじょうのみ》息所《やすどころ》の娘が伊勢《いせ》の斎宮《さいぐう》に、弘徽殿大后の娘、女三宮《おんなさんのみや》が賀茂《かも》の斎院《さいいん》に決まった。

六条御息所は、源氏の冷たい仕打ちに、いっそのこと娘に従って、自分も伊勢に下ろうかと思い悩んでいた。

桐壺帝は譲位後、桐壺院《きりつぼいん》となり、藤壺中宮《ふじつぼのちゅうぐう》と二人で仲睦《なかむつ》まじく暮らすようになった。源氏にとって、藤壺中宮はこれまで以上に遠く離れた存在になる。院にとって気がかりなのは、宮中に一人残した東宮のことだけである。

ちょうどそんな折り、葵《あおい》の上が懐妊《かいにん》した。つわりがひどく、大変な苦しみようだった。左大臣家では、あらゆる祈禱《きとう》を試みる。自然と、源氏の足は、これまでよりいっそう六条御息所を避けるようになっていた。

御代《みよ》（天皇の治世）が変わると、都の勢力図もガラリと変わるのが常だった。

桐壺帝の時代から、朱雀帝《すざくてい》の時代になれば、その母親の弘徽殿大后《こきでんのおおきさき》と右大臣一派の勢力が増す。

また、天皇の代替わりのときには、伊勢《いせ》の斎宮《さいぐう》（三重の伊勢神宮に奉仕する未婚の皇女）や賀茂《かも》の斎院《さいいん》（京都の賀茂神社に奉仕する未婚の皇女）も交代することになっていた。そうしたことも絡《から》んで、にわかに源氏の周辺もあわただしくなってくるんだ。

どうして桐壺帝は譲位《じょうい》したんだろう？

その辺ははっきり書かれていないから、何ともいえない。だけど、一つには、桐壺帝が年をとり、そろそろ引退して、藤壺中宮と二人で静かに余生《よせい》を送りたくなったんじゃないかな。当時は、引退して院《いん》

（上皇のこと。太上天皇）になっても、まだ権力を振るうことができたんだ。だから、あまり年をとってまで、帝の位に固執する必要はなかったんだよ。

それと、もう一つ。こちらのほうが比重が大きいと思うんだけど、帝は自分と藤壺中宮との子（本当は源氏の子）を溺愛《できあい》する。そこで、何とかこの子を東宮の地位につけようと思った。そのためには、自分が次の東宮を決定した上で引退する必要があるんだ。

桐壺帝は藤壺中宮との子をよっぽど愛していたのね。源氏の子だとも知らないで。何だかかわいそう。

桐壺帝が桐壺院《きりつぼいん》となって、藤壺中宮とともに仙洞《せんとう》御所《ごしょ》（上皇の住居。院の御所とも）に引っ込んでしまったから、弘徽殿大后がいつも新帝の傍《かたわ》らにいて、権力を振るうことになる。その結果、右大臣一派に権力が集中していくんだ。

左大臣派の源氏も、肩身《かたみ》が狭《せま》くなっていくわけだ。葵の上も、大変なときに身籠《みご》もったもんだね。

そんな折り、ある事件が起こる。

【葵その三】賀茂神社の葵祭の車争い

初夏になり、斎院《さいいん》の御禊《ごけい》も兼ねた葵祭《あおいまつり》の当日、源氏をはじめとするきらびやかな行列を一目見ようと、一条大路《いちじょうおおじ》は物見車《ものみぐるま》や人々でぎっしりと埋《う》まった。

葵の上は妊娠中のため気分がすぐれず、最初は見物にいくつもりはなかったが、若い女房たちに促《うなが》されて、日が高くなってから急に物見《ものみ》に出かけることになった。そのため、道には隙間《すきま》がないほど物見車が立ち並んで、一行は立ち往生《おうじょう》してしまった。

左大臣家の権勢《けんせい》で、あたりの物見車を強引に立ち退かせようとする。ところが、二両だけ、少し古びてはいるが、非常に風情のある車があって、そのお供《とも》の者が「これは決してそんな風に立ち退かせることなどできない、尊い車だ」と強く言い張って、手も触れさせない。どちらも若い従者たちが酒に酔った勢いで、制し切れなくなっている。

二両の奥の車には、六条《ろくじょう》御息所《みやすどころ》が乗っている。物思いの苦しい気持ちも晴れようかと、お忍《しの》びで出かけた車だったのだ。葵の上の一行にそれとわかって、従者たちはいっそう強引に車を乗り入れていく。ついには六条御息所の車は後に追いやられ、まったく行列が見えなくなったどころか、車の一部が破損《はそん》してしまった。

お忍びで出かけたはずなのに、衆人の中でまことに体裁《ていさい》が悪く、六条御息所は悔しく悲しくて、見物を止めて帰ろうとするが、抜け出る隙間もない。

葵の上は車の中で何が起こったのかうすうす察してはいたが、恐ろしくてどうしていいのかわからない。そうこうしているうちに行列が通り過ぎ、源氏の一行は葵の上の車の前を通り過ぎるときは、恭《うやうや》しく敬意を表する。奥に追いやられた六条御息所の車は、すっかり無視されてしまう。そんな自分の有様《ありさま》を限りなく惨《みじ》めに思い、六条御息所は泣き崩れるが、涙にぼやけて映った源氏の姿は喩《たと》えようもなく美しかった。

賀茂神社《かもじんじゃ》は、現在の京都の北区と左京区にある上《かみ》賀茂《がも》神社（加茂別雷《かもわけいかずち》神社）と下鴨《しもがも》神社（賀茂御祖《かもみおや》神社）の総称だ。

葵祭《あおいまつり》（賀茂祭とも）は賀茂神社の祭で、旧暦四月の第二の酉《とり》（十二支の第十番目）の日に行われた。祭といったら葵祭というぐらいで、都に住む人々にとっては、まさに一大イベントだったんだ。

賀茂の斎院の御禊《ごけい》（禊《みそ》ぎ。川の水で身を洗い清める）は、賀茂川《かもがわ》で行われる。斎院や斎宮は、賀茂神社や伊勢神宮といった天皇にゆかりのある神様に仕えるわけだから、その前に汚《けが》れを落として、身心をきれいにしておかなければならない。だから、禊ぎの後も、宮中で一年間、野宮《ののみや》（斎院や斎宮が身を清める場。斎院は紫野《むらさきの》、斎宮は嵯峨野《さがの》に置く）で一年間、清浄潔斎《しょうじょうけっさい》（酒や肉を断ち、世俗での罪や汚れをはらう）して、ようやく任地に赴《おもむ》くんだ。

今でいえば、本妻と愛人との諍いだね。

でも、六条御息所は確か亡くなった東宮の奥さん。高貴で教養があり、気位が高いから、こうした屈辱には耐えきれないのではないかしら。

【葵その四】葵の上、物の怪に取り憑かれる

葵祭《あおいまつり》の日から、六条御息所《ろくじょうのみやすどころ》の物思いはますます激しくなった。源氏に愛想《あいそ》を尽《つ》かされて伊勢に下れば、世間の物笑《ものわら》いの種《たね》になるだろう。かといって、このまま都に留まったところで、情けない思いをするだけだ。やがて、昼も夜も夢うつつの状態になる。苦しくて苦しくて、自分で自分の感情が思い通りにならない。

一方、左大臣家では葵の上に物《もの》の怪《け》が憑《つ》いて、いくら祈禱《きとう》をしてもなかなか苦しみから解放されない。

験者《けんじゃ》が懸命《けんめい》に祈禱すると、さまざまな物の怪やら生き霊《りょう》が憑坐《よりまし》に乗り移り、名乗りをあげるが、一つだけ葵の上にぴったりと取り憑き、どうやっても調伏《ちょうぶく》できないものがある。その執念深さは尋常《じんじょう》のものではない。左大臣家の人々は、どうせ源氏を慕《した》っている姫君の誰か、その女のすさまじい怨念《おんねん》だろうと噂する。

葵の上はさめざめと泣き、時々は胸をせきあげ、ひどく耐え難そうに苦しむ。そのたびに左大臣は狼狽《ろうばい》し、大騒ぎをするのだった。

六条御息所はうとうとと夢を見た。自分の体がふわりと宙に浮き、もやの底に美しい姫君が横たわっているのが見えた。ふと気がつくと、気が狂ったように姫君の長い黒髪を引きずり回し、そのやせ細った体を打ち据《す》えていた。自分の中の感情が表に溢《あふ》れだし、自分でコントロールすることができない。狂乱《きょうらん》状態の末、ふと目が覚めると、一人部屋の中で物思いに耽《ふけ》っている自分がいる。

あれは何だったのだろうか。夢ならいいけど、もし現実だったらどうしよう。六条御息所は自分を責めさいなんだ。疲れ果てて、またうとうとと夢を見る。そんなことの繰り返しだった。

ふだんはそれほど意識していないつもりだった。それなのに、自分の魂が自分の意志とは無関係にさまよい出たのか。それほどまでに、葵の上を憎んでいたのか。

六条御息所は、葵の上のことをこれ以上思うまいと心に決めた。だが、思うまいとすることは、それだけ葵の上のことを気にしているということなのだ。

わあ〜、六条御息所がついに生き霊となったんだ。

葵の上、出産間近なのに、どうなるのかしら。

【葵その五】夕霧誕生

葵の上が急に産気づき、苦しみだしたので、僧侶の数を増やして祈禱をはじめたが、いつもの物の怪がどうしても離れない。これはただごとではないと祈禱を強めたのだが、手の打ちようのない有様《ありさま》で、僧侶たちも困り果ててしまった。すると、苦しみ悶《もだ》えていた葵の上が、切れ切れの声で「どうかご祈禱を少しゆるめてください。源氏の君に申し上げたいことがございます」という。

まるでご臨終《りんじゅう》のときの様子で、源氏に遺言《ゆいごん》でもあるのかと、左大臣や大宮も下がって、源氏一人を几帳《きちょう》の中に入れた。葵の上はお腹だけはぷっくりと膨《ふく》れあがっているのだが、長い黒髪もつやつやとしてなまめかしく、異様な美しさだった。

ふだんは打ち解けず、つんと澄ました様子であったが、病床《びょうしょう》に伏《ふ》せった葵の上は警戒した雰囲気も消え、いじらしく感じられた。源氏は思わず泣き伏した。すると、葵の上は気力もなさそうに顔を上げ、それから源氏の顔をこの世の名残《なごり》のようにじっと見つめた。

葵の上の瞳から大粒の涙がこぼれ落ちてくる。

あまりに激しく泣くものだから、源氏もきっとこの世の別れが辛《つら》いのだろうと、「たとえ万が一のことがあっても、父母や夫婦の縁は深いと申しますから、生まれ変わっても必ずどこかで巡り会うものです」と慰《なぐさ》めた。すると、葵の上はじっと源氏の顔を見つめたまま、「いえ、そんなことではございません。この身が苦しくて仕方がないので、どうかもう少し祈禱をゆるめていただきたくて」という。

なげきわび　空《そら》に乱《みだ》るる　わが魂《たま》を
　結《むす》びとどめよ　したがひのつま★

葵の上の唇から歌が零《こぼ》れた。が、その声はいつの間にか六条御息所になっているではないか。

「あなたは誰だ。はっきりといいなさい」

葵の上の姿が一瞬、六条御息所に見えた。源氏は震《ふる》えが止まらなかった。

★悲しみに耐えかねて空にさまよう私の魂を結びとめてください。着物の下前の褄《つま》を結んで。

「したがひ」とは、着物の前をあわせた内側になる部分のこと。その褄を結ぶと、さまよい出た魂はもとに戻るという信仰があった。

すごいリアルなシーン。

でも、生き霊の正体が六条御息所だと、源氏にばれてしまった。気位の高い六条の御息所はこれからどうなるのだろう。

事態が急展開ね。

【葵その六】葵の上の死去

葵の上の容態《ようだい》が持ち直して、まもなく美しい男の子が生まれた。左大臣や大宮の喜びようは大変なものである。僧侶たちも満足した表情で汗を拭《ぬぐ》い、誰もが安心と退出する。女たちは生まれたばかりの子供に関心が移っている。

源氏は葵の上にはじめて深い愛情を感じていた。葵の上も苦しみの中で源氏にすがり、二人の間にはようやく夫婦らしき仲睦《なかむつ》まじさが生じていた。源氏はこれからは葵の上ともっと愛情を深めていけるだろうと期待していた。

葵の上が無事に出産したとの知らせを聞いて、六条御息所の心中は穏《おだ》やかではなかった。ふと気づくと、自分の体の隅々《すみずみ》にまで芥子《けし》の匂いが染みついていた。髪の毛にも、衣装にも、祈禱のときに護摩《ごま》を焚《た》く、その芥子の匂いがついて離れないのだ。

六条御息所は、全身に鳥肌《とりはだ》が立つのを覚えた。

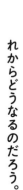

衣装を何度も取り替えた。髪の毛も繰り返し繰り返し洗った。が、どれほど試みても、体から芥子の匂いが消え去ることはなかった。

六条御息所はその場で泣き伏してしまった。


ほんの少しの油断《ゆだん》だった。源氏も左大臣も、誰もが席を外《はず》している頃、葵の上は再び例の物の怪に襲われたのか、激しく苦しみだし、宮中にいる源氏に知らせる間もなく息絶えてしまった。

もう大丈夫と安心していたところに、あまりの容態の急変である。祈禱のための僧侶を招こうにも間に合わない。左大臣の狼狽《ろうばい》ぶりは尋常《じんじょう》ではなく、もしかすると生き返るのではないかと、葵の上の遺体《いたい》をそのままにしておいて、二、三日その様子を見守ったが、しだいに表れる死相《しそう》を見るにつけ、嘆くばかりであった。

後には、生まれたばかりの子供が残された。藤壺中宮《ふじつぼのちゅうぐう》が産んだ子にそっくりの男の子で、後の夕霧《ゆうぎり》である。


物《もの》の怪《け》が憑《つ》くと、験者《けんじゃ（げんざ）》（加持祈禱を行う行者）が呼ばれる。加持祈禱の際には、護摩《ごま》を焚《た》き（護摩《ごま》壇《だん》で護摩木《ごまき》を焚いて霊の調伏《ちょうぶく》や無病息災《むびょうそくさい》を祈る）、憑坐《よりまし》（霊を乗り移らせる霊媒《れいばい》役の子供など）に物の怪を乗り移らせ、その言葉を語らせて、それを調伏《ちょうぶく》（物の怪などを退治して取り除くこと）するんだ。

なんか、話がおどろおどろしくなってきたわね。息が詰まりそう。

芥子《けし》の匂いがとれなくて六条御息所が怯えるシーンなんて、すごくリアリティーがあって、怖いな。

芥子《けし》（カラシナの種子。阿片の原料のケシではない）の匂いは、護摩を焚くときに出る匂いだ。自分が物の怪となって葵の上に取り憑いていた証拠を突きつけられたわけだから、六条御息所は愕然《がくぜん》としただろう。

でも、六条御息所の気持ち、わかるような気がするな。

えっ、どうして？　だって、人を呪い殺したんだよ？

私は、六条御息所が葵の上を、意図的に呪い殺そうとしていたわけじゃないと思う。彼女は、源氏が自分を訪れてくる日を心待ちにしていた。でも、源氏はいつまでたってもやってこない。今頃あの人はどうしているのだろうと思い詰めているうちに、自然と魂が抜け出て、源氏を追っかけてしまうの。それぐらい愛しているのよ。

そうかもしれないね。それと、六条御息所の自尊心もあったんじゃないかな。彼女は当時としては最高の身分の女性で、人にかしずかれて生きてきたんだ。そんな自分が、年下の源氏にもてあそばれ、しかも未練《みれん》がましく追いかけるなんて、認められるわけがないし、世間に噂されるのもたまらないはずだ。そう思って苦しんでいたところに、例の葵祭の事件が起きた。そして、世間の笑い者にされてしまう。

源氏への狂おしい愛と葵の上に受けた屈辱《くつじょく》。それが積み重なって、知らず知らずのうちに魂が抜け出て葵の上に襲いかかる。自分でもどうしようもないんだ。六条御息所としては、悪いことをしているつもりはない。それなのに、世間では、自分が物の怪となって葵の上に取り憑いていると噂している。源氏にも知られてしまった。

六条御息所は、身も心もズタズタになっていく。

そういわれると、何だかかわいそうに思えてきた。

葵の上だって、やっと夫婦らしく心を通わせることができたのに、死んでいかなければならないなんて、皮肉よね。

【葵その七】三日夜の餅。源氏と若紫が事実上の夫婦に

葵《あおい》の上の喪中《もちゅう》のため、源氏はずいぶんと二条院には戻れなかった。

久しぶりに帰宅してみると、若紫の変わりようは目を見張るものがあった。若紫は、十三歳になっていた。

まだ少女じみたところは残っていたが、その表情や仕草《しぐさ》に、異性を意識させるものがあった。

非《ひ》の打《う》ち所《どころ》のない美しさだ。藤壺中宮《ふじつぼのちゅうぐう》の若いときにますます似てくるのを、源氏は切ない思いで眺めた。

ある朝、いつも二人はそろって起き出すのに、その日に限って源氏が一人だけで床から離れ、若紫は一日中、御簾《みす》の内に籠《こ》もって出なかった。女房たちは具合でも悪いのかと不《ふ》審《しん》に思ったが、源氏は終始、笑顔を絶やさず、彼女の機嫌をとっていた。

男と女の関係のことを、若紫は知らなかったのか。それとも、知って拒《こば》んだのか。怖かったのか。

その夜、源氏ははじめて若紫を抱いたのだ。彼女は驚いたように目を見開き、そして体を堅くして震《ふる》えていた。泣きじゃくるその姿を、源氏はいとおしく感じていた。

これまで、源氏と若紫はずっと添寝《そいね》していた。彼女はいつも源氏の胸に抱かれて眠った。何事も起こらなかったことのほうが不思議であった。

だが、若紫は源氏を疎《うと》ましく思った。信頼していたのに、裏切られたような気がして、許せなかった。父のように頼っていたのに、その彼がこんなにも汚らわしいことをしようとは。

次の日も、若紫は御簾に引き籠もって、出なかった。そして、三日目の夜、源氏は彼女の枕元に、そっと三日夜《みかよ》の餅《もち》を置いた。

後から、女房たちはそれを見て、源氏の心のこもった扱いにもらい泣きした。その餅は、正式な結婚と同じ扱いにする印だったのだ。

当時のお姫様って、みんなこんなにウブだったの？　それとも若紫が特別なのかな？

お姫様は男女の営《いとな》みについて女房たちに教わるのがふつうだから、ある程度、覚悟はできていたはずなんだ。でも、若紫はほんの子供のうちに源氏に引き取られた。しかも、二人で夜をともにしているから、女房たちは、とっくの昔に肉体関係があると思い込んでいる。だから、誰も若紫に男女の夜の営みを教えなかったのだろう。

やっぱり源氏のやり方はズルイと思う。だって、父親の顔をして相手を信頼させて、成熟するのをじっと待ってから、ものにしているんだもん。

でも、源氏の態度は非常に愛情のこもったものだったんだよ。現に、若紫の女房たちが感激して、涙を流しているだろう？

そこがよくわからないんだ。なんで女房たちは感激しているのかな？

若紫はこっそりと略奪《りゃくだつ》されてきた。世間からすると、どんな女性か、素性《すじょう》もわからない。そういった場合、もてあそばれただけで、一生世の中に出ることもなく終わってしまうことも多かったんだ。すべて、源氏の思いのままだよ。若紫は幼くて何もわからないかもしれないけど、お付きの女房たちは彼女の将来を案《あん》じていたし、最悪の場合も覚悟していたかもしれない。

ところが、源氏は若紫を事実上の正式な妻として扱ったんだ。女房たちが感激するのも無理はないよね。

若紫は、これまで身分も素性も隠して育てられていた。世間では、よほど身分の低い女だろうと、噂にもなっている。でも、若紫の父は、藤壺中宮の兄にあたる兵部卿宮《ひょうぶきょうのみや》で、血筋《ちすじ》からいうと申し分がない。

若紫も、翌年は十四歳になる。そろそろ裳着《もぎ》（女子の成人式。裳を着ける。着裳《ちゃくも》とも）の時期である。

源氏は、そのときには兵部卿宮にもすべてを打ち明け、父親として式に参列してもらおうと考えているんだ。

ようやく、若紫の存在が世間に認められるわけだね。源氏はやっぱり彼女のことを愛しているんだ。

でも、若紫の一生って、すべて源氏の思うままじゃない。素直に喜べないな。まるで、源氏の所有物みたい。

第2章

光源氏の壮年時代

賢木《さかき》（巻之十）

◉【賢木その一】伊勢に下る六条御息所と斎宮

源氏、二十三歳。目に見えないところで、すべてが変わりつつあった。砂山が崩れていくように、これまで確かであったものが。少しずつ、少しずつ、何か別のものへとすり替えられていく。

朱雀帝《すざくてい》はまだ若く、桐壺院は、いまだ厳然《げんぜん》たる勢力を保っていた。藤壺中宮《ふじつぼのちゅうぐう》との間にできた東宮《とうぐう》の後見《こうけん》である源氏の地位も不動のものに思われた。

一方、右大臣の六の宮である朧月夜《おぼろづきよ》は、今でも源氏に対する思慕《しぼ》の念を隠すことがなかった。そのため朱雀帝への入内《じゅだい》が遅れ、それが弘徽殿大后《こきでんのおおきさき》の憎しみを増大させた。結局、朧月夜はその身分にふさわしい女御ではなく、御匣殿《みくしげどの》と呼ばれる帝の装束《しょうぞく》を調達する女官になるしかなかった。

だが、帝はそんな朧月夜を寵愛《ちょうあい》した。朧月夜の苦悩は深かった。

そして、月日は流れた。

六条御息所《ろくじょうのみやすどころ》が、娘に従っていよいよ伊勢に出立するときが近づいた。

伊勢に下る斎宮一行を一目見ようと、大勢の人々が詰めかけた。

六条御息所は将来は后にとの父の願いを受け、十六歳で東宮に入内した。二十歳で東宮に先立たれ、それでも多くの求婚者を退け、自分の矜持《きょうじ》を貫《つらぬ》いてきたはずだった。だが、源氏を愛したばかりに、傷つき、生き霊とまでなり果て、すべてを失った。そして今、娘に従って、伊勢にまで下っていく。娘である斎宮は、十四歳である。

この子にだけは、あのような悲しい思いをさせたくない。高貴な身分に生まれながら、後見《こうけん》も持たないこの娘を、この先どうやって守ったらいいのだろう。だが、父親を亡くした娘が後見を得るというのは、またあのような苦悶《くもん》を引き受けることなのだ。

伊勢に旅立つ斎宮は不吉《ふきつ》なまでに美しかった。

朱雀帝は、その美しさに一目で心を奪われた。だが、斎宮はこれから神に仕《つか》える身。帝は思慕《しぼ》の念を胸の奥に押し隠すしかない。

帝は寂しかった。

幼い頃から何かと源氏に比較され、いつも日陰にいた。父、桐壺院にも愛されなかった。葵の上も源氏のもとに行った。朧月夜も源氏に奪《うば》われた。彼の前には、いつも源氏が光り輝いていた。

朱雀帝は、源氏を憎むことも、攻撃することもできなかった。ただ、悲しみをじっと耐えることしか、彼にはできなかった。

朱雀帝は、伊勢に下ろうとしている斎宮の額《ひたい》に、そっと別れの櫛《くし》を挿《さ》した。もう、二度と会えないかもしれない。

斎宮が櫛を受け取り、一行が静かに伊勢に向かって出立したとき、朱雀帝は思わず落涙《らくるい》した。その涙の意味を、誰も知らなかった。

朱雀帝は、ここでもやっぱり浮かばれないのね。一目惚《ひとめぼ》れした相手が斎宮じゃ、手も足も出ない。そういう星の下に生まれたと、あきらめるしかないね。

【賢木その二】桐壺院崩御

砂時計の砂が少しずつ落ちていくように、源氏の周辺が変わりつつあった。かつての姿をとどめるものはなく、季節はいつの間にか通り過ぎる。

秋風が吹く頃、桐壺院《きりつぼいん》が病床《びょうしょう》についた。院はよほど心残りのことが多いのか、朱雀帝《すざくてい》を枕元に呼び、まずは東宮《とうぐう》のことを何度も何度も頼んだ。次に源氏のことを、途切《とぎ》れ途切《とぎ》れの言葉で苦しげにいう。

源氏は本来ならば世の中を治《おさ》める器《うつわ》に生まれながら、面倒を恐れたために、臣下《しんか》として朝廷《ちょうてい》に仕えさせたのだ。そのことをゆめゆめ忘れてはならないぞ。

桐壺院は死ぬ間際《まぎわ》まで、東宮と源氏のことが心の残りなのだ。傍《かたわ》らには、いつも藤壺中宮《ふじつぼのちゅうぐう》が付き添っている。

朱雀帝はとても哀しい気持ちになり、院の遺言《ゆいごん》を堅く守ることを繰り返し繰り返し誓った。

そして、桐壺院は、崩御《ほうぎょ》した。

結局、桐壺院は、東宮が藤壺中宮と源氏の間の子供だとは知らずに死んでしまったのよね？

そこが肝心《かんじん》なところなんだけど、物語の中でははっきりとは書かれていないんだ。ところが、「柏木《かしわぎ》（巻之三十六）」で、源氏はかつて自分がしたことと、まさに同じことを体験する。

妻である女三宮《おんなさんのみや》と柏木《かしわぎ》が、自分の目を盗《ぬす》んで関係を持ち、子供ができてしまうんだ。源氏はその子を自分の子供として育てるんだけど、桐壺院と同じ立場になって、こんなことを思うんだ。

もしかすると、父はすべてを知っていたんではないか。すべてを知った上で、何も知らないふりをしていたのではないか。

それが本当だとしたら、スゴイな。たしかに、毎晩一緒に寝ている人が、いつも他の男のことで悩んでいたとしたら、気がつかないはずはないもんな。

東宮が源氏と藤壺中宮の間にできた子だと世間に知られれば、東宮が廃太子《はいたいし》（皇太子の地位を失うこと）されるばかりか、源氏や藤壺中宮までもが失脚《しっきゃく》する。それは桐壺院の望むことではないはずだ。

弘徽殿大后《こきでんのおおきさき》をはじめとした右大臣派は、源氏の足下をすくおうと絶えず隙《すき》をうかがっている。自分さえ黙っていれば、最愛の妻と子の将来は安泰《あんたい》なんだ。

桐壺院は、自分を裏切った奥さんと子供を守るために、何があっても知らんぷりで通すしかないのね。人を愛し、裏切られ、しかも、そのすべてを一人で受け止めるしかなかったなんて……。

こうした運命の過酷さを描かせたら、紫式部の右に出る者はいない。告白するのも地獄、黙っているのも地獄。それでもどちらか一方を選ばざるを得ない人間の悲しい運命。

僕は朱雀帝に同情するな。だって、朱雀帝も桐壺院の子供なんだよ。それなのに、死ぬ間際まで、源氏と東宮のことばかり気にかけている。最期ぐらい自分を認めてほしいと思ったんじゃないかな。

それでも、朱雀帝は、涙を流して、源氏と東宮の将来を守ることを父の前で誓うんだ。帝でありながら、日陰者《ひかげもの》で父親の愛情に飢《う》えている朱雀帝。こうした複雑な人物造形も、紫式部ならではだね。

【賢木その三】時代の流れは右大臣派へ

桐壺院《きりつぼいん》が崩御して、世の中の空気が一変した。藤壺中宮《ふじつぼのちゅうぐう》は悲しみのあまり三条の宮に引き籠もり、源氏も自分の屋敷に籠もりきりである。

世の中心は、朱雀帝《すざくてい》とその母である弘徽殿大后《こきでんのおおきさき》に移った。

朧月夜《おぼろづきよ》が尚侍《ないしのかみ》になった。女御《にょうご》ではないが、帝のお側付きの女官としては最高位であり、后《きさき》に近い。帝の寵愛《ちょうあい》も一番厚く、女房たちも数知れず参集《さんしゅう》して、華やいだ雰囲気である。だが、源氏を忘れることができず、危険な密会《みっかい》を重ねている。

紫の上（もとの若紫）の幸運を世間は何かと噂している。父である兵部《ひょうぶ》卿宮《きょうのみや》も、今では娘と思いのままに手紙を交わす。継母《ままはは》の北の方はそれが面白くない。実の娘の結婚相手は見つからないのに、棄《す》てたはずの娘が突然自分よりも身分の高い人の妻として現れたからだ。

さらに時は移り、権勢はますます右大臣家に傾いた。

朱雀帝は桐壺院の遺言《ゆいごん》を片時も忘れたことはなかった。だが、まだ年が若い上に、気性が優しすぎて、弘徽殿大后やその父の右大臣に反対することができず、政治も思い通りにならない。

除目《じもく》では、右大臣家に近い人たちばかりが昇進し、源氏や左大臣家に関わる人たちは昇進から取り残された。兵部卿宮は、手のひらを返したように、源氏から遠ざかっていく。紫の上が手紙を書いても、返事も寄越《よこ》さなくなる。右大臣に気を遣ってのことである。

朧月夜《おぼろづきよ》がなったという尚侍《ないしのかみ》は、内侍司《ないしのつかさ》（天皇の側に仕えて奏上、宣下を伝える後宮の役所）の長官だけど、実質的には天皇の妻であることも多かったんだ。

天皇の寵愛を受け、右大臣の娘でもある朧月夜との逢瀬《おうせ》は、源氏にとっても非常に危険な賭《かけ》で、実際これが原因で失脚《しっきゃく》するんだ。

源氏って、本当に命知らずなのか、バカなのか、ばれたらどうするつもりなのかしら。

女好きの病気は死んでも治らないね。

【賢木その五】追い詰められた藤壺中宮の出家

源氏は屋敷に引き籠《こ》もり、宮中にも東宮《とうぐう》にも参上しようとしない。この期《ご》に及《およ》んで、どんな顔をして藤壺中宮《ふじつぼのちゅうぐう》にお目にかかるというのか。いっそのこと出家《しゅっけ》でもと思ったが、若き妻、紫の上のことを思うと、それもできない。源氏は気力も消え失せ、病人のようになった。

藤壺中宮も長く気分がすぐれない。源氏がわざとらしく引き籠もってしまったことも、彼女の心を圧迫した。

藤壺中宮は追いつめられていた。このまま源氏が姿を見せずにいたら、やがて自分との仲が噂になるかもしれない。かといって、源氏の愛を受け入れるわけにはいかない。心のどこかで、二人で地獄に堕《お》ちてしまいたいと願う自分がいるのだが、そうした欲望に身を任せるには、彼女はあまりに年をとりすぎていた。

それにしても気がかりなのは、幼い東宮のことである。弘徽殿大后《こきでんのおおきさき》が東宮を貶《おとし》めようと画策しているらしい。これ以上、後見《こうけん》である源氏の機嫌を損ねたら、東宮の立場も危うくなる。東宮の身を守り、源氏の機嫌を損ねずに、その愛を拒むには、これしかない。

十二月の十余日頃、藤壺中宮の御八講《ごはっこう》が催される。たいそうな荘厳《そうごん》さである。その最終日に、彼女は突如《とつじょ》、出家する旨《むね》を明らかにした。人々は驚愕《きょうがく》し、あまりに意外なことに、兵部卿宮などは御法会《ごほうえ》の中途で席を立ち、彼女の御簾《みす》に立ち入ったくらいである。

御法会が終わる頃、横川《よかわ》の僧都《そうず》が近くに参上して、藤壺中宮の御髪《みぐし》を切り落とす。そのときには、御殿の中にどよめきが満ちて、源氏をはじめ、集まった人々も涙で袖《そで》を濡《ぬ》らした。

こうして、藤壺中宮はこの世を捨てた。

藤壺中宮は結局、出家してしまったのね。それしか道がなかったんだわ。

出家《しゅっけ》（仏門に入ること）することを世を捨てるというよね。僧《そう》や尼《あま》になるということは、俗世間《ぞくせけん》の約束事とは大きく違った戒律《かいりつ》（仏教徒の生活規範）の中に身を置くことでもあるんだ。

それまでの生活を断ち切り、厳しい道徳的制約の中で生きていく。色恋沙汰《いろこいざた》などは論外で、親子であっても縁を切らなければならない。

過去の因縁《いんねん》を断ち切るということは、逆にいうと、新しい自分に生まれ変わるということでもある。だから、当時の女性にとって出家は最後の武器だったともいえるんだ。政争に巻き込まれたり、後見を失ったり、かなわぬ恋に破れたりして、窮地《きゅうち》に陥《おちい》った女性たちに最後に残された生きる術《すべ》、それが出家なのかもしれない。

実際、源氏に愛された女性の多くは、自分の人生と引き替えに、最後の最後で出家という切り札を突きつけて、源氏の心に深い傷を負わせるんだ。

これはショックだろうな。だって、自分の愛した人に、これまでの人生をすべて捨て去ってでも別れたいと最後通牒《さいごつうちょう》を突きつけられたわけだからね。

これ以上ない拒絶《きょぜつ》の仕方だね。これが死に別れなら、甘い思い出になるかもしれないけれど、相手は生きていて、しかも絶対に手を触れることのできない存在なんだ。これでは、忘れようにも忘れられない。源氏にしてみれば、自分の感情のもって行き場がなかったと思うよ。

藤壺中宮が出家の意志を明らかにしたのが、亡き桐壺院の一周忌の法会《ほうえ》（死者の供養《くよう》。法要とも）の八講《はっこう》（法華経《ほけきょう》八巻を朝夕一巻ずつ四日間にわたって読経《どきょう》する）だったというのも、藤壺の決意の固さが感じられるよね。

藤壺中宮はそこまで追い込まれてしまったのよ。悪いのは源氏。自業自得だわ。

人を本当に愛したら、理性なんて働かなくなるんじゃないかな。逆に、理性で感情がコントロールできるうちは、本当に好きじゃないのかもしれない。源氏は自分でもどうしていいのかわからないほど、藤壺中宮を愛してしまったんだ。だからこそ、彼女の出家という突然の結末の訪れは、源氏を奈落《ならく》の底に突き落とすようなものだった。

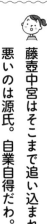

もしかしたら、藤壺中宮は源氏を深く愛すると同時に、それと同じくらい憎んでいたのかもしれないな。源氏に愛されたばっかりに、一生、罪の意識に怯《おび》えて、苦しんできたんだから。

【賢木その六】源氏と朧月夜の密会がついに露見

年が明けても、藤壺《ふじつぼ》の宮《みや》や源氏寄りの人々には、あるべき昇進もなかった。左大臣はそうした世に嫌気《いやけ》がさして、大臣職を辞《じ》してしまう。

世は完全に右大臣のものであった。

そうした中、朧月夜《おぼろづきよ》は病気養生《ようじょう》のため里に退出していたが、それを絶好の機会として、二人は密かに逢瀬《おうせ》を重ねる。

なぜ、こんなにも危険な逢瀬を繰り返すのか。狂おしいまでの恋。藤壺の宮への愛の絶望からか。帝の愛妃という禁じられた恋ゆえか。

右大臣の世になり、誰もが自分から去っていく。朧月夜だけが、右大臣の娘でありながら、人目を盗《ぬす》んでまでも自分を愛してくれる。それがたまらなくいじらしい。

禁じられた夜を過ごした源氏は、夜が明ける前にこっそりと闇《やみ》の中に消えていこうとしていた。が、雨がにわかに激しく降って、雷《かみなり》が闇を切り裂く。大臣家の人々が起きて騒ぎ立てたため、源氏は出るに出られなくなった。

また、稲妻《いなづま》が光った。

闇の中で、朧月夜が震《ふる》えている。このままどこまでも堕《お》ちていくのではないか。

源氏は今まで、何もかも思い通りに生きてきた。自分の前途《ぜんと》を遮《さえぎ》るものを、何一つ認めなかった。自分の未来には絶えず明るい光が差していた。それなのに、今は、踏みしめている地面が崩《くず》れ落ち、どこまでも堕ちていくような感じを覚えるのだ。

朧月夜も、その予感に震えているのか。一緒に堕ちていこうというのか。

源氏は改めて自分の心の底にある、寒々とした荒涼《こうりょう》に気づいて、愕然《がくぜん》とした。夕顔、葵《あおい》の上、六条御息所《ろくじょうのみやすどころ》、そして藤壺の宮、次々と去っていった女たち。どれほど愛したところで、結局、誰一人としてその心の闇を知ることもなかった。そして、藤壺の宮は出家した。

今、自分の腕の中で、右大臣の姫が震えている。源氏ははじめて心の底から恐怖を感じた。

人の心の闇が怖い。自分の心の奥に住み着いた鬼が恐ろしい。

ふと気がつくと、朧月夜が泣いていた。声は出さないが、暗闇の中、手探りで触れた頬《ほほ》が濡《ぬ》れていた。

いつの間にか雷が鳴り、慌《あわ》ただしく足音が響いてきた。

「いかがですか。夕べは大変な雷で、心配していたのですが」

父である右大臣がすっと御簾《みす》を引き上げ、中をのぞき込んだ。朧月夜は困り果て、そっと御帳《みちょう》の外へいざり出た。顔がひどく赤らんでいたので、具合でも悪いのかと、右大臣は心配する。

そのとき、朧月夜の衣に男物の帯《おび》が絡《から》まっているのが、右大臣の目に留まった。これはおかしいと思ってよく見ると、懐紙《かいし》の手習《てなら》いをしたものが落ちている。

「それは一体誰のものです。こちらにお出しなさい。私が直《じか》に調べます」

右大臣は驚いて懐紙を取り、几帳《きちょう》から中をのぞくと、なんと源氏が臆面《おくめん》もなくそこに横たわっているではないか。右大臣は目もくらむ思いがして、懐紙を手にしたまま、あたふたと立ち去っていった。

朧月夜は呆然《ぼうぜん》としている。どうしよう、何もかも終わりだわ。

源氏は奇妙に心が落ち着いていくのを感じた。身の周りの世界が音を立てて崩れていく。いずれはそうなると、わかっていたことなのだ。堕ちていく。やはりそうなのだ。

ふと、父である桐壺院《きりつぼいん》のことを思った。あれほど愛してくれた父を自分は裏切っている。何が悪かったのか、今でもわからない。何が罪なのか、それもわからない。でも、自分が堕ちていかなければならないことだけは、確かなことだ。

源氏の心に荒涼たる世界が広がっていく。それを、不思議に澄《す》みきった気持ちで受け入れている自分がいた。

朧月夜は右大臣の娘なのに、自分の愛を貫《つらぬ》いたのね。

右大臣が権力の頂点に立てば、源氏の将来は危《あや》うい。そんな空気を敏感《びんかん》に感じ取って、誰もが源氏のもとを離れていったその時期に、ただ一人、源氏の味方になって支えたのが、朧月夜なんだ。

朧月夜は右大臣の娘であると同時に、朱雀帝《すざくてい》の妻でもある。これ以上ないほど危険な状況のはずなのに、朧月夜は、自分の気持ちに正直であり続けたんだ。これってスゴイことだよね。当時では考えられない生き方だ。

源氏って、いつも危ない橋を渡っているよね。ふと思ったんだけど、もしかしたら、源氏は、自分で望んでいたんじゃないかな。すべてが露《ろ》見《けん》して、堕ちるところまで堕ちていくのを。

ずいぶん深い読み方だね。源氏はいつも人にいえない秘密を抱えて生きてきた。だけど、その結果はどうなった？　女たちは一人また一人と源氏のもとを去り、父の桐壺院は亡くなり、藤壺の宮は出家して、手の届かないところに行ってしまった。悪事《あくじ》は必ず露見《ろけん》する。それならば、心に秘密を抱えて、これ以上の不幸を積み重ねるよりも、すべてを白日《はくじつ》の下《もと》にさらして、堕ちるところまで堕ちたほうがいい。そう望んだとしても、不思議じゃないよね。

それが自分の命運《めいうん》を左右するような重大な問題であっても、隠し続けることの苦しさや困難に比べれば、表面化させて、人々の批判に甘んじたほうがどんなに楽だろう。そんな無意識の欲望が、日増《ひま》しに強くなっていったんじゃないか。だから、危険きわまりない朧月夜との逢瀬をやめられない。

なるようになれ。堕ちるなら堕ちろ。そんな運命に身を委《ゆだ》ねた源氏のあきらめが、ある種の潔《いさぎよ》さ、すがすがしさにつながってくる。一度バレてしまえば、後に残るのは、心の奥底にずっと巣食っていたわだかまりがとれて、身軽になった解放感なのかもしれないね。

まあ、このあたりの源氏の気持ちは、もう少し物語を読み込んでから考えても遅くない。先に進もう。

須《す》磨《ま》（巻之十二）

◉【須磨その一】源氏、須磨へ自ら下る

源氏の命運は、右大臣と弘徽殿大后《こきでんのおおきさき》に握られていた。朧月夜《おぼろづきよ》との密会が発覚して官位を剝奪《はくだつ》され、流罪《るざい》の可能性も否定できない。

ならば、自ら須磨《すま》へ落ちよう。

須磨は昔こそ人の住まいなどもあったが、今は人里離《ひとざとはな》れてもの寂しく、漁師の家さえまれだと聞く。ひとたび旅立てば、生きて帰れる保証《ほしょう》はない。紫の上とも永遠の別れになるかもしれない。

私の人生は、いったいどこで狂ってしまったのだろう。

朧月夜との恋。だが、人を愛することに善悪はない。人は生きている限り、いつどこで誰を愛するかわからない。自分は自分の気持ちのおもむくままに、人を愛してきた。

何が間違っていたのか。愛すること自体が罪なのではない。愛してはいけないときに、愛してはいけない人を愛したことが罪なのだ。私はいつだって、そうだった。それが前世《ぜんせ》の報《むく》いならば、それはこの世で償《つぐな》わなければならない。

私は須磨へ下っていこう。

源氏はひっそり左大臣家に別れを告げに行く。誰にも知られないように、粗末な衣装で、わずかな友を連れ、女車に乗って。源氏の華やかなときを知っている人たちは、思わず袖《そで》で涙を拭《ぬぐ》わずにはいられなかった。

栄枯盛衰って、本当によくいったものね。

でも、源氏が復権するには、こうした禊ぎが必要だったのかも。

【須磨その二】紫の上との別れの歌

源氏が二条院に戻ってみると、紫の上は格子《こうし》を降ろすこともなく夜を明かし、虚《うつ》ろな表情で物思いに耽《ふけ》っていた。その傍《かたわ》らでは、紫の上に仕える女童《めのわらわ》などが眠っている。年月が経てば、これらの人も散り散りに去っていくだろうと思って、胸が痛くなる。

紫の上はますます可憐《かれん》で、美しくなっていく。こんな人をこれから見捨てていくのか。父である兵部《ひょうぶ》卿宮《きょうのみや》は右大臣家を憚《はばか》って、便《たよ》りさえ寄越《よこ》さなくなった。自分以外に、頼る人はいないのだ。

「私も一緒に連れていって」と紫の上が思い詰めた表情でいう。

「私は謹慎《きんしん》の身で、とても愛しい人を連れて行くわけにはいかないのです。それに、あなたには二条院を守るという役目がある」と源氏は諭《さと》した。

源氏は髪を掻《か》き上げようと、鏡台《きょうだい》に近づく。すっかりやせ衰えた自分の顔が映《うつ》っている。紫の上は目にいっぱいの涙をためて、鏡に映った源氏の顔を見つめている。その様子が、耐え難いほどいじらしい。

身《み》はかくて　さすらへぬとも　君《きみ》があたり
　去《さ》らぬ鏡《かがみ》の　かけは離《はな》れじ★

別《わか》れても　影《かげ》だにとまる　ものならば
　鏡《かがみ》を見《み》ても　なぐさめてまし★

★私の身はこうして遠くへ流されても、あなたの側の鏡にある私の姿があなたのもとを離れないように、いつもあなたを思っている。

★お別れしても、せめてあなたの姿だけでも鏡に留まるものならば、それを見て慰めることもできるでしょうに。

このあたり、紫式部がどれほど意識していたのかわからないけど、源氏と紫の上の心のすれ違いを見事に表現しているように、僕には思えるんだ。それが積み重なって、物語の最後の最後に至って、紫の上の絶望が描かれる。そこが、最高に面白いところなんだ。

それって、どういうこと？

それはこの講義の最後のお楽しみにとっておこう。
それより、紫の上の返歌に、何か感じなかった？

えっ？　よくわからないけど……。

ここで使われている「～ならば～まし」は反実仮《はんじつか》想《そう》の用法といって、あり得ないことを仮定するときに使うんだ。
つまり、源氏が、鏡の姿のようにあなたのことを忘れずに思っているよと歌ったのに対して、紫の上は、それをあり得ない仮定として捉えて返歌したわけか。これはスゴイぞ。こういうところにも、当時の男性貴族に対する紫式部の冷《さ》めた視線が感じられるんじゃないかな。少なくとも僕はそう思うよ。

【須磨その三】出立前日、藤壺の宮を訪れ、別れを惜しむ

源氏はいよいよ出立《しゅったつ》は明日という日、出家した藤壺《ふじつぼ》の宮《みや》のもとに立ち寄る。彼女は御簾《みす》を隔てて源氏と直接言葉を交わした。気がかりは幼い東宮《とうぐう》のことだ。

「なぜ、そんなに遠いところに行ってしまうのですか。あなたがいなくて、誰が東宮を守ってやるのですか」

源氏の胸中《きょうちゅう》に藤壺の宮に対するさまざまな思いがよぎったが、自分は世を逃れる身、今さら恨み言《うらみごと》は述べるまいと、自分の感情を懸命《けんめい》に押し殺している。

「私はいわれもない罪により都を後にします。今の帝に対して、何も罪を犯してはいません。思い当たることがあるとしたら、ただ一つです。天の眼に見透《みす》かされている気がして恐ろしい」

藤壺の宮ははっと胸を突《つ》かれた。すっかり動転《どうてん》して返事さえままならない。彼女が苦し

んで出家まで決意した、そのことなのだ。

源氏は慟哭《どうこく》した。二人は互いに気が動転して、何一つ言葉にならないでいる。

いったい源氏は何の罪で須磨《すま》に落ちるの？　帝の寵愛《ちょうあい》を受けた朧月夜《おぼろづきよ》を愛したからだと思っていたけど、何だかわからなくなってきた。

世間では朧月夜と関係を持ったからだと噂されているけれど、当時は帝が寵愛する人と愛を交《か》わしたからといって、罪に問われることはなかったんだ。そういった意味では、男女間に関しては現代よりもかなり開放的だったんじゃないかな。

現に、「真木柱《まきばしら》（巻之三十一）」では、源氏が養女の玉鬘《たまかずら》を帝の后にしようとしていたのに、鬚黒《ひげぐろ》が強引にものにするという事件が起こったんだ。それでも、鬚黒は何の咎《とが》めも受けなかった。

それに、源氏は朱雀帝と直接、朧月夜の件に関して話し合ったことがあるんだ。源氏と朧月夜との関係はずっと以前から続いているものだから仕方がないと、朱雀帝は源氏にはっきりいっている。だから、朧月夜との関係は直接の原因とはいえないんだ。

じゃあ、なんでなの？

もちろん、直接の原因ではないけれど、弘徽殿大《こきでんのおお》后《きさき》の怒りを買ったのは事実だ。だから、右大臣家が源氏を追い落とそうと、これまで以上に画策《かくさく》をはじめたということは、大きな要因だよ。

特に、東宮を廃太子《はいたいし》することで、源氏の次の世代に対する影響力を阻止しようとしたんだ。だから、藤壺の宮があれほど苦悩した。

そうか。もし、東宮が桐壺院の子供じゃないとわかったら、当然、東宮の資格はなくなるんだ。藤壺の宮が出家したのも東宮の出生《しゅっしょう》の秘密を隠すためだし、源氏が須磨に下るのもそれが理由なのかもしれない。

藤壺の宮が出家したのは、源氏の愛を拒《こば》まなければ、やがては二人の仲が露見《ろけん》して、東宮の立場が危うくなる。かといって、完全に源氏を退けてしまうと、東宮の後見がいなくなる。そういう二つの相矛《あいむ》盾《じゅん》する命題《めいだい》に板挟《いたばさ》みにあった上でのギリギリの選択だった。それを見ていた源氏が、何も感じなかったわけはない。

藤壺の宮を失った悲しみはもちろんだけど、彼女の出家の真意《しんい》に思い当たったとき、自分が原因で東宮が廃太子になるようなことはあってはならないと思ったとしても不思議はないよね。

源氏が須磨へ下る決心をした本当の理由がわかったわ。ヒントは、須磨に旅立つ前の源氏の行動にあるの。

続けてごらん。

源氏は何度も自分の身の潔白《けっぱく》を主張している。でも、藤壺の宮に対してだけは、自分には思い当たることが一つあって、それが恐ろしいって告白しているのよ。彼女には、それだけでピンとくるものがあった。源氏が須磨に落ちるのは、現実的な罪のせいじゃなくて、父、桐壺院を裏切ったという心の罪のためなんじゃない？　その罪を、藤壺の宮と深いところで共有している。そだから、彼女に会った後、桐壺院の墓に参詣したんだわ。

かなり深い読み方だね。自ら須磨に落ちていくことによって罪を償《つぐな》う。だから、桐壺院の墓参りは、どうしても避けることができない。ただし、物語の中では、源氏が須磨に下る本当の理由は明らかにはされていない。書いてあるのは、自分は何も罪を犯していないと繰り返す源氏の描写だけなんだ。

でも、物語を丁寧《ていねい》に読んでいったら、二人が指摘してくれたようにしか考えられないよね。

そして、もう一つ。このときの源氏の気持ちを理解しようと思ったら、当時の仏教観《ぶっきょうかん》を考えなければならない。

仏教観？

当時は、仏教の教えを誰もが当然のように信じていたんだ。だから、この時代の文章を読むときは、いつもこの仏教観を念頭に置いておかなければならない。

ヨーロッパの古典を読むときに聖書《せいしょ》の知識が必《ひっ》須《す》なのと同じだね。

□平安時代の仏教観

人間は、カオス（混沌《こんとん》）の中では生きられない動物なんだ。必ず自分の周囲の世界を整理し、意味づけて、その秩序《ちつじょ》の中で生きている。それはどの時代でも同じだ。

僕たちは、自分たちの世界を科学によって理解するけど、当時はまだ科学が発達していなかったから、宗教や呪術《じゅじゅつ》によって自分たちの世界を理解したんだ。

仏教には、輪廻転生《りんねてんしょう》（悟《さと》りを開くまで、姿形《すがたかたち》を変えて何度でも生まれ変わること）という考え方があるけれど、これは現世《げんせ》の行いが来世《らいせ》を決定し、前世《ぜんせ》の行いが現世を決定するという思想なんだよ。

自分が犯した罪が、自分ではどうしようもない来世に影響するなんて、ちょっとキビシイわね。

たとえ相手が誰であっても、人を愛することは罪ではない。だけど、源氏は、愛してはいけない人を、愛してはいけないときに愛してきた。その結果、最も愛した藤壺の宮が手の届かないところに去り、自分も窮地《きゅうち》に陥《おちい》った。どうして、そうなってしまうのか。

そうか。源氏はすべては前世の因縁《いんねん》だと考えたんだ。

まさに業《ごう》だよ。現実の世界では、どうしても説明できないような理不尽《りふじん》なことでも、前世を引き合いに出すことで説明がつくんだ。前世の因縁を、いつまでも引きずってはいられない。輪廻転生《りんねてんしょう》は迷いの世だから、そこから抜け出るには、悟《さと》りを開いて、涅槃《ねはん》（煩悩《ぼんのう》を絶った完全に自由な境地）に達することが必要だ。

しかも、源氏はこの世においても罪を犯した。

藤壺の宮との関係ね。

源氏は罪の意識に怯え、天の眼を恐れている。源氏は今、前世からの罪をこの世で断ち切ろうとしている。

だから、自ら進んで須磨に落ちていかなければならない。現に、源氏は旅の途中でも旅先でも絶えず祈り、念仏《ねんぶつ》を唱《とな》えている。まさに、源氏の須磨行きは宗教的な意味合いが強いんだ。そのことを念頭に置かなければ、この物語全体に流れているある種の

ロジックが理解できないんだ。

それなら、なんで源氏は出家しないんだろう？

まだ現世に執着《しゅうちゃく》があるからだろう。藤壺の宮のほうが潔《いさぎよ》いね。そして、源氏をこの世に引きつけているのは、紫の上をはじめとする、さまざまな女性たちかもしれない。

源氏物語では、天とか生き霊《りょう》といった超自然現象が人間の運命を左右するのね。

それが物語の魅力にもなっている。結局、それらは人の思いなんだ。人を愛し、憎み、呪い、怯え、祈る。そうした強い情念《じょうねん》が、生き霊となり、呪術《じゅじゅつ》となり、罪の意識となって、物語をつき動かす。こういったダイナミックな物語展開の面白さは、現代文学が失ってしまったものかもしれないね。

【須磨その四】いよいよ須磨へ旅立つ

三月のある日、源氏はいよいよ須磨に旅発つ。源氏二十六歳、紫の上十八歳。夕霧五歳のときである。

まだ辺りは暗い。人目につかないよう、わずかな友を連れ、粗末な身なりで、真っ暗な中、ひっそりと屋敷を出る。いつ戻れるともわからない旅である。

御簾《みす》を巻き上げると、紫の上はすっかりと泣き沈んでいた。自分がこのまま帰らなくなると、はたしてこの人はどうなるのだろう。

「月が出てきたね。そんなところで泣いてないで、せめてもう少し外に出て、見送りだけでもしてください」

源氏がそういうと、紫の上は懸命に気を落ち着かせて、外にいざり出る。折りからの月光に映《は》え、愁《うれ》いに沈んだ紫の上の表情はたとえようもなく美しい。

この人を残して、旅立つのだ。

生《い》ける世《よ》の　別《わか》れを知《し》らで　契《ちぎ》りつつ
命《いのち》を人《ひと》に　かぎりけるかな★

惜《お》しからぬ　命《いのち》にかへて　目《め》の前《まえ》の
別《わか》れをしばし　とどめてしかな★

源氏は道々、紫の上の姿が幻《まぼろし》となって、暗闇の中で絶えずひたと寄《よ》り添《そ》っていることを知った。

★生きている間に別れがあることを知らないで、命のある限り別れまいと、あなたに何度も約束したものでしたね。

★惜しくもない私の命と引き替えに、目の前のあなたとの別れをほんのしばらくでも止めてみたい。

うわ〜、歌っていいな〜。私、今まで和歌って、難しいと思っていたけど、別れの間際《まぎわ》のこの歌のやりとりにはグッときたわ。

素朴《そぼく》なだけに、二人の悲しみが切実に感じられるやりとりだね。和歌は本来、それだけで解釈しても面白くないんだ。歌は前後の文脈《ぶんみゃく》の中ではじめて命《いのち》を得る。紫式部はそのことをよく知っているよ。

今、どんな状況にあり、歌い手がどんな気持ちでいるのか。それをつかまえてこそ、和歌は生き生きと僕たちに訴《うった》えかけてくるんだよ。

僕も歌を作ってみようかな。そうすれば、少しはモテるようになるかもしれない。

やめてよね。ロマンチックな気分が台無《だいな》しだわ。素敵な恋愛という前提があってこその和歌なんだから、前後の文脈もなしに和歌を送ったって、それこそ、気持ち悪いと思われておしまいよ。

ひどいなあ。

【須磨その六】明石の入道の思惑。源氏と宰相中将の友情

須磨の少し先に、明石《あかし》というところがある。そこに明石の入道《にゅうどう》というものがいて、源氏が須磨で謹慎《きんしん》していると聞いて、自分の一人娘をどうにかして源氏に縁《えん》づかせたいと願っていた。

「馬鹿なことを。源氏は尊《とうと》いご身分の奥方様《おくがたさま》をたくさん抱えていて、そのうえ帝の后にも間違いを犯した人だそうです。そんな方が田舎娘《いなかむすめ》など、相手にするはずがないじゃないですか」と妻がいう。

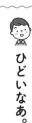

「お前とは考えが違うのだ。何とか機会を作って、源氏の君をここにお迎えしよう」

「たとえご立派な方でも、罪を被《こうむ》って流された方に、どうしてそんなに望みをかけるのですか」

「罪にあたるというのは、唐土《とうど》でもわが朝廷《ちょうてい》でも、世の中に抜きん出た人には必ずあることなのだ。女は気位《きぐらい》を高く持たねばならぬ。私が田舎人だからといって、源氏は決して娘をお見捨てにはならないはずだ」と明石の入道がいう。

明石の君は十七歳で、優しく気品がある。身分の高い人は、自分など相手にはしてくれまい。かといって、身分相応の縁組《えんぐ》みは、こちらからお断《ことわ》りだ。彼女は、自分を大切に育ててくれた親に先立たれたら、海の底に身を投げようとまで思い詰めていた。

【須磨その七】大嵐襲来

三月の初め、「今日という日は禊《みそ》ぎをなさるのがよろしい」という人のすすめで、源氏自身も海を見たくなって出かける。陰陽師《おんみょうじ》を呼び、お祓《はら》いをさせる。

源氏は海の前に座《ざ》して、祈禱《きとう》する。海面は穏やかで、あたりも晴れ晴れとしている。海を見つめながら、過去のこと将来のことを次々と思い続ける。源氏は神に歌を捧《ささ》げる。

八百《やほ》よろづ　神《かみ》もあはれと　思《おも》ふらむ

犯《おか》せる罪《つみ》の　それとなければ★

源氏が歌を詠《よ》んだとたん、にわかに風が吹き出して、空も真っ暗になった。お祓《はら》いも終えず、人々は立ち騒いでいる。にわか雨も降り出して、人々は帰ろうにも、笠《かさ》を取り出す暇《ひま》もない。

そんな気配などなかったのに、いきなり例のない大風である。波も荒々しく打ち寄せて、人々は足も地に着かないくらい慌《あわ》てている。

今度は雷《かみなり》が鳴り出し、稲妻《いなづま》が光る。

誰もがほうほうの体《てい》で屋敷にたどり着き、ぶるぶると震《ふる》えている。

「恐ろしい。高波が来たら、こんな屋敷など一呑《ひとの》みに違いない」

人々が落ち着かないで騒いでいる中、源氏は一人懸命に経典《きょうてん》を読誦《どくしょう》する。

明け方、ようやく雨も収まりはじめ、人々がうとうとと寝入った頃、源氏も少し休もうとすると、何の姿かはっきりしない者がやってきて、「なぜ宮中からお呼びがあるのに、参上なさらぬのか」といって、源氏をあちこち捜し回っている。

はっと目が覚め、源氏はぞっとした。

海の中の竜王《りゅうおう》が自分を見込《みこ》んで呼んでいるのかと、源氏は気味悪く思い、この海辺の住まいが耐えられそうにない気持ちになった。

★八百万の神々も私を気の毒だと思うだろう。犯した罪はこれといってないのだから。

八百万《やおよろず》（非常に数が多いこと）の神というのは、一種の決まり文句で、神々のことだね。その神様たちに向かって、自分は無実だと宣言したんだ。本当に自分が潔白《けっぱく》だと信じていなかったら、できないことだよね。

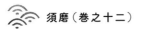

明石《あかし》（巻之十三）

◉【明石その一】長引く大嵐。源氏の枕元に立つ亡き桐壺院

依然《いぜん》として風雨は収まらなかった。雷《かみなり》は幾日も鳴り続けた。夢の中の異形《いぎょう》の者も引き続き現れ、源氏につきまとった。

都の様子も気にかかり、このまま身を滅《ほろ》ぼしてしまうことになるのだろうかと心細く思う頃、二条院から紫の上の使者がずぶ濡《ぬ》れのままやって来た。源氏は使者を御前《ごぜん》に呼びつけ、自ら尋ねる。

「都でも相変わらずの雨が降り続いております。風も時々吹き出してはまた吹き出すという状態で、幾日も続いています。誰もがこれは尋常《じんじょう》ではないことと、気が動転しております。地の底までつき通るほどの雹《ひょう》が降り、雷が鳴りやみません。今日では、この天候の異常は奇怪《きかい》な何かの印《しるし》だといって、政《まつりごと》も途絶えてしまいました」

須磨でも、その翌日の明け方から、風が激しく吹き立ち、高潮《たかしお》が打ち上げてきて、波の音の荒々しさは、巌《いわお》も山も打ち砕かれ押し流されそうな勢いである。雷が鳴り、稲妻が頭上にひらめく様《さま》は喩《たと》えようがなく、今にも落ちてきそうで、誰も生きた心地がしない。

一日中激しく荒れ狂った雷の騒ぎで、源氏は疲れ切ってしまい、ついうとうととしてしま

った。ものに寄りかかっていると、父である亡き桐壺院が生前のままの姿で立ち、「どうしてこんな見苦しいところにいるのか」と、源氏の手を引こうとする。

「住吉★の神のお導きに従って、早々に船出して、この浦《うら》を立ち去れ」

源氏は、「父にお別れしてから、悲しいことばかり続いたので、今はこの渚《なぎさ》に身を棄《す》ててしまいたいと思っていました」と訴えた。

「私は天子の位にあったとき、これといった過失《かしつ》はなかったが、知らず知らずのうちに犯した罪があって、その罪を償《つぐな》うまでの間、そのことに手間取って、この世を顧《かえり》みることができなかったが、お前が苦しんでいるのを見ると、見るに忍びず、海に入り、渚に上り、ここまでやって来た」

桐壺院が愛情のこもった眼差《まなざ》しで自分を見たので、源氏は懐《なつ》かしさのあまり涙ぐむ。何かを訴えようとするが。言葉にならない。

「この機会に帝に奏上《そうじょう》しなければならぬことがあるので、これから急いで京へ上るところだ」

源氏はあっけなく別れるのが辛《つら》くて、「私もお供いたします」と泣きじゃくった。顔を上げると、あたりには人影もなく、月だけがきらきらと輝いて、雲がしみじみとたなびいていた。

幾年《いくねん》も、夢の中でも会えなかった父の姿を、一時であってもはっきりと見たのは、自分

★住吉（古くは墨江とも）の神は、航海や海の安全を司る神とされ、大阪の住吉神社（今は住吉大社と称する）をはじめ、各地に祭られている。

の命も尽きようとしているからだろうかと思い、源氏は明け方まで一睡《いっすい》もできずに、夜空を見上げていた。

やっぱり、これっておかしくない？　源氏は懲《こ》りずに身の潔白を天に誓っているけれど、罪の意識があるからこそ、自ら須磨に落ちたんでしょ？　矛盾してるんじゃないかな。

僕もそこがわからないんだ。それに、桐壺院も変だよね。源氏は藤壺の宮との密通《みっつう》を最期まで隠し通した。いわば自分を騙《だま》した相手なのに、死んでまで助けに来るなんて、納得がいかないな。

ここは、たしかに解釈の分かれるところだね。一方では、源氏の屋敷を焼き、死ぬほどの恐怖を与えながら、他方では、源氏を追い出した都を嵐が襲い、政治も滞《とどこお》るほどだ。神はどちらに味方しているのか、わからない。

源氏にしてもそうだ。藤壺の宮には、一つだけ思い当たることがあるとほのめかし、他方では、自分は神に誓って罪を犯していないと繰り返す。ひょっとしたら、正解と呼べるものはないのかもしれないね。

当時の物語には、近代小説のような自我《じが》や一貫《いっかん》した道徳観《どうとくかん》はないから、現代の物差《ものさ》しでは測《はか》りきれないところがあるんだ。だから、とても難しいんだけど、なんとか解釈してみよう。

源氏は、誰にも明かせない秘密を抱えている。藤壺の宮との密通《みっつう》だ。源氏は、実の父である桐壺院に死ぬまで嘘《うそ》をつき続けた。それは自分の地位を守るためであると同時に、桐壺院と藤壺の宮と東宮をスキャンダルから守るためでもあった。

桐壺院は、密通の事実を知っていたかどうかはともかく、少なくとも死ぬまで気づいた素振《そぶ》りは見せなかった。自分の死後も、源氏と藤壺の宮と東宮の地位を守るために、藤壺の宮は、悩みに悩んだ末、世を捨て出家してしまった。源氏を後見に立てて東宮の立場を守るために。

東宮の存在には、三人の強く深い思いが託《たく》されている。なんとしてでも東宮の立場は守らなければならない。絶大な権力を誇る右大臣派に対抗して、東宮を即位させるには、どんなことがあっても、この秘密は守り通さなければならない。

源氏が、ことあるごとに身の潔白を訴えたのは、そうした決意ゆえのことなのかもしれない。そうした三人の思いが重なり、大きな力となって嵐をも乗り越え、神々のもとへ届いたとしたら……。それこそ、この世の思いが、裏の世界を突き動かし、裏の世界が、表の世界に影響してくるといえるんじゃないかな。

あるいは、こういう読み方もできるかもしれない。源氏は帝の子供で、いうなれば天子のような存在だ。他の人が許されないことでも、自分ならば天も許してくれる。そんな傲慢《ごうまん》な思い込みがあったとしても、決して不思議はない。

ところが、天は許してはくれなかった。激しい嵐でその意志を示したわけだ。このとき、はじめて源氏は自分の罪に心底震えた。自分には抗《あらが》うことはおろか、触れることすらできない絶対の領域の存在をひしひしと感じた。そして、このことが次の展開をもたらしてくれるんだ。

この後、源氏は素直に神の啓示《けいじ》に従うようになる。自分ではどうすることもできない、不可知な存在である神の意志を受け入れて生きていくんだ。

いずれにしろ、ここで源氏が過去の罪を精算《せいさん》して禊《みそ》ぎを済ませなければ、この後の源氏の繁栄《はんえい》を読者に納得させるのは難しいだろう。そのためのイベントとして、大嵐と神の啓示という派手《はで》な舞台《ぶたい》が用意されたと考えれば、紫式部の筋の運びのうまさに舌を巻かざるを得ない。

これだけは、たしかなことだね。

【明石その二】明石の入道、神の導きで源氏のもとへ

海の向こうから、少しずつ、小さな船がこぎ寄せてくるのが見える。嵐が静まったその後に、船がゆらゆらと近づいてくる。

なんと不思議なことだろう。

やがて、船が到着し、人々が話を聞いたところ、船の主は明石《あかし》の入道《にゅうどう》といい、源氏に会って、子細《しさい》を話したいと申し出たという。

源氏の脳裏《のうり》には、亡き父の言葉が浮かんでくる。

「住吉《すみよし》の神のお導きに従って、早々に船出して、この浦を立ち去れ」

源氏は「早く会ってみよ」と、良清《よしきよ》に命じる。良清が船に出向いて、入道と対面する。入道がいうには、「夢に異形《いぎょう》の者が現れて、船を支度《したく》して、必ず風雨がやんだら、こぎ出せという。そこで船を用意させたところ、案の定《あんのじょう》、すごい風と雷で、異形の者がいった通りになった。船を出すと、風は不思議にも順風《じゅんぷう》となり、この浦に到着した。まさに、神のお導きに違いない」とのことだった。

源氏はその言葉から、まさに入道の来訪こそが神のご加護《かご》だと思った。ならば、それに背《そむ》くことはならない。夢の中にも父の教えがあったのだから、この上、何を疑うことがあるだろう。

源氏は入道に「そちらにひっそりと身を隠していられるところはありましょうか」と聞いた。

入道は喜び、「何はともあれ、夜の明けきらぬうちに、船にお乗りください」という。

源氏は四、五人だけのお供に連れて、船に乗り込んだ。

例の不思議な風が吹いて、飛ぶようにして明石の浦に到着した。

ここでも、裏の世界が表の世界を動かしているのね。源氏はどうしても明石に来る必要があったんでしょ？

そうなんだ。明石《あかし》の君《きみ》と会わなければならない。「若紫《わかむらさき》（巻之五）」の夢占いで、実は詳《くわ》しい見立《みた》てがなされていたんだ。源氏には三人の子供が生まれ、一人は皇帝に、もう一人は位人臣《くらいじんしん》を極《きわ》め、最後の一人は后《きさき》になる。源氏物語は、まさにこの占いの実現を目指して物語が展開するんだ。

えーと、一人は源氏と藤壺《ふじつぼ》の宮《みや》の間に生まれた子だから、今の東宮《とうぐう》だね。ふつうにいけば帝になるよね。もう一人は、葵《あおい》の上との間に生まれ

た夕霧《ゆうぎり》だ。そうか、彼は大臣にまで昇り詰めることになるんだ。最後の一人は……。

わかった。それが、明石の君との間に生まれる子ね。その子が将来、后になるんでしょ？　だから、源氏は明石まで流される必要があったのね。

さすがだね。その通りだ。

ところで、明石の入道ってどんな人なの？

明石《あかし》の入道《にゅうどう》の父は、大臣にまでなった人なんだ。そればかりか、桐壺更衣《きりつぼのこうい》と血縁関係にもあるんだよ。ところが、自分一代で落ちぶれ、受領《ずりょう》にまで成り下がる。

今は入道《にゅうどう》（仏道に入った者）という名前の通り出家して明石にいるが、かつての栄光が忘れられない。そこで、一人娘の明石の君に夢を託して、都の身分の高い人と結婚するように、言い含めて育てる。

それで、明石の君はどう思っているの？

父の教えに従って育つんだ。だから、自分と同じ身分の男と結婚するくらいなら、海に身を投げようとまで思い詰める。

ものすごく権力志向が強いんだ。

それが、少し違うんだ。明石の君は美しく、都の姫君にも劣らないほど気品《きひん》に満ちているが、自分など身分の高い人には相手にされないと思い込んでいる。

ふ〜ん、謙虚《けんきょ》なのね。

だから、源氏が明石に着いても、なかなか会おうとしない。明石の入道は、源氏が明石に来たのは自分の大願《たいがん》が叶《かな》ったからだと大喜びなんだけど、肝心《かんじん》の明石の君が怯《おび》えてしまっている。

源氏が明石の君に手紙を送っても、彼女はどうしても返事を書けず、仕方がないから、父の入道が代わりに書いたくらいなんだ。

【明石その三】源氏からの求愛を拒む明石の君

香《こう》を焚《た》きしめた、本当に美しい色をした源氏からの手紙。手に触れることさえ憚《はばか》られ、恥ずかしい。父はそれでも返事を書けという。

源氏の貴い身分と、あまりにもかけ離れた私。私は気分が悪くなったと、ものにもたれて、横になる。

源氏は愛の言葉を囁《ささや》くけれど、まだ私を見たこともないのに、どうしてその言葉が信じられよう。

怖い。

身分の高い人に愛される、それはかりを夢見てきた。それが自分の人生だと、父に教え込まれて育ってきた。父と二人で、住吉《すみよし》の神に何度も願《がん》を掛《か》けた。でも、それもはかない望み。父が死んだら、海に身を投げ、龍神《りゅうじん》のもとに行こう。そう心に決めていたのに。

噂に高い源氏ほどの人なら、私などは一時の戯《たわむ》れ、明石という田舎での孤独を癒《いや》すための遊びに過ぎない。それはわかっている。だから、怖い。

気まぐれで愛されたのに、身も心も許して、源氏にすべてを委《ゆだ》ねてしまったら、どうしよう。一度知った愛を失ったとき、私の魂は切れ切れに引き裂かれてしまう。

あの人から見れば、身分の低い私など、気まぐれで手折《たお》って、明石の海に棄てて、都に帰っていくだけだもの。

この時代の恋愛は、やっぱり政治と無縁でいられないのね。明石の君も、男たちの政治の道具にされた犠牲者《ぎせいしゃ》よ。

たしかに、そういう面はあるかもしれないけれど、明石の入道の場合は、少し事情が違うな。だって、明石の入道はすでに世を捨てているんだから、現実の世界での権力欲はなくなっていると考えるのが筋《すじ》だ。

じゃあ、明石の入道の望みは何なの？

名誉《めいよ》と、それに意地《いじ》じゃないかな。

意地？

明石の入道を突き動かしているのは、没落《ぼつらく》した一族の無念《むねん》を晴らしたいという一心で、権力欲ではないんだ。ここには不思議な因縁《いんねん》があると思わずにはいられない。

源氏の母の桐壺更衣《きりつぼのこうい》は身分が低いばかりに、哀《あわ》れな死を遂《と》げた。その桐壺更衣の父が按察大納言《あぜちのだいなごん》で、その按察大納言の兄が、明石の入道の父である大臣なんだ。

つまり、明石の入道と桐壺更衣はいとこ同士で、源氏と明石の君はまたいとこってことだね。なんだ、みんな没落しているんだ。源氏も失脚したし。

そうなんだ。明石の入道と源氏が手を組んで、没落した一族の復権《ふっけん》をはかる。これが、入道の大願《たいがん》なんだ。須磨の大嵐を鎮《しず》めたのは、源氏と桐壺院と藤壺の宮の思いが一つになって天に届いたからという話をしたけれど、そこにこの明石の入道の大願も加わってくるんだ。

右大臣派全盛の今、表舞台から遠ざけられた一族の復権を願う気持ちが大きな力となって天をも動かす。ものすごい構図だよね。

話は変わるけど、私は、明石の君の気持ち、よくわかるな。彼女は、まだ人を愛したことないはずよ。このとき何歳なの？

十八歳だね。

十八歳。一番微妙《びみょう》な時期ね。ただでさえ、はじめて人を愛するときは怖いものなのに、田舎暮らしの自分なんて相手にされないに決まっていると思っているんだから、手紙の返事が書けなくても当然よ。

父親の望みもプレッシャーになるだろうしね。

いくら一族の無念を晴らすためとはいえ、身分

不相応な相手に嫁《とつ》ぐことだけを夢見ているなんて、どうかしているよね。娘の気持ちも考えないひどい親だ。

彼女は、願いが成就《じょうじゅ》しなかったら海に身を投げる決心までしている。そこまで娘を追い込んだ入道は、たしかにひどい。でも、物語中の入道は、実に慎《つつし》み深《ぶか》い人として描かれているんだ。彼は俗世《ぞくせ》を断ち切っているから、娘の結婚のこと以外は一切の望みを抱いていない。これだけが彼の現世《げんせ》に対する執着《しゅうちゃく》なんだ。

娘が源氏と結ばれるのを強く願っていながら、いざ源氏と対面すると、娘のことをなかなかいい出せない。

源氏を厚くもてなしながら、自分は謙《へりくだ》って、源氏の御座所《ござしょ》では、遠慮《えんりょ》してその側に近づこうともしない。また、源氏への返事を書こうとしない娘を見ても、はらはらしながら気を揉《も》むばかりなんだ。

けっこう、かわいいオジサンなんだ。そんなに娘のことを思っているなら、どうして、こんなにひどい仕打ちをしたのかな？

神の奇跡《きせき》を信じていたんだね。明石の入道は娘と二人で住吉神社に大願を掛けていた。もしかしたら、そのときは、本当に自分の願いが実現するとは思っていなかったのかもしれない。

ところが、源氏が須磨に流されたと聞いたとき、入道の胸中《きょうちゅう》に確信めいたものが生まれた。そして、夢に異形《いぎょう》の者が現れ、そのお告げ通りに、嵐の中、船を準備すると、やがて何かに導かれるように、船は源氏のもとに辿《たど》り着《つ》いた。聞けば、源氏の夢にも異形の者が現れ、さらには桐壺院の指示もあったという。

それを聞いたとき、明石の入道には、そこに神の意志が働いていることを疑う余地はなかった。娘が源氏と結ばれて、その子供を生み、一族に繁栄をもたらしてくれるだろうことは彼にとっては自明《じめい》の理《り》となったんだ。だって、神様がそう決めたんだから。

信じる者は救われる、か。この時代は、まさに宗教の時代なんだね。現実の世界と仮想の世界が、お互いに影響し合って区別することすら難しいんだ。

【明石その四】荒れる都。右大臣派に陰りが見える

その年、都では不穏《ふおん》な出来事が次々と起こった。

三月十三日の雷《かみなり》が鳴り、風雨が騒がしい夜、朱雀帝《すざくてい》の夢枕《ゆめまくら》に亡き桐壺院《きりつぼいん》が立ち、帝のことを恐ろしい形相《ぎょうそう》でじっとにらみつけた。

帝はひたすら畏《かしこ》まっていると、院は源氏のことなど、さまざまな注意をした。帝は恐ろしくなって、すぐに母の弘徽殿大后《こきでんのおおきさき》にそのことを申し上げると、弘徽殿大后は「雨などが降り。空の荒れている夜は、思い込んでいることが夢に現れるものです。そんなことで軽率《けいそつ》に驚いてはなりません」とたしなめる。

だが、桐壺院の目と自分の目が合った瞬間から、帝は眼病《がんびょう》を患《わずら》うことになる。帝は怯《おび》え、手を尽くして祈禱《きとう》をさせるが、治らない。

そして、祖父である太政大臣《だいじょうだいじん》（右大臣）が亡くなった。

次々と、不吉《ふきつ》なことが起こり、やがて、弘徽殿大后も病気となって、しだいに体が弱ってくる。

朱雀帝は深く嘆いて、「やはり、源氏の君を無実の罪で明石に追いやったことで、こうした報《むく》いを被《こうむ》ったに違いない。この上は、ぜひ源氏の君を呼び戻し、官位も元に戻したい」と母に訴える。

「そんなことをしたら、世間からもあまりにも軽率なことと、非難を受けることになるでしょう。断じてなりません」と、弘徽殿大后が咎《とが》めるので、帝は遠慮するしかない。

弘徽殿大后って、どうしてこうも憎々しいのかな？

一つには、桐壺院に愛されなかったからじゃないかな。桐壺更衣《きりつぼのこうい》や藤壺《ふじつぼ》の宮《みや》に先を越されてばかりいたからね。

桐壺院が源氏への愛情ゆえに、朱雀帝を諭《さと》しに来る。それを聞いて、弘徽殿大后が激怒する。なんてことはない、これってただの夫婦げんかだよ。

【明石その五】ついに結ばれる源氏と明石の君

明石の入道は、内々《うちうち》に適当な吉日《きちじつ》を占《うらな》わせ、母君や弟子たちにも知らせず、当の本人にい意を伝えた。

も内緒《ないしょ》で、一人で勝手に事を運び、娘の部屋を輝くばかりに整えて、源氏に娘を会わせた

源氏は身なりを整え、夜更《よふ》けを待って、出かける。

海辺の家は堂々として、その風情《ふぜい》は見事なものである。娘の住居は特に念入りに美しくしつらえてあって、源氏は月の光の射《さ》し込んだ木戸をそっと開ける。

「誰なの？」と明石の君は驚いて身を固くする。

御簾《みす》の外に、源氏の姿がうっすらと見える。

源氏が求愛の言葉を口にする。その言葉が脳裏《のうり》を駆けめぐり、何が何だかわからなくなる。源氏には決してお目にかかるまいと心に固く決めたのに、こうして側で愛を囁《ささや》かれている。それが無性《むしょう》に悲しくて、ぎゅっと袖《そで》を握りしめて、涙ぐんだ。

源氏は途方《とほう》に暮《く》れた。これほど近くで、言葉を尽《つ》くして愛を語りかけているのに、この娘は肌を許そうとはしない。どんなに身分の高い女でも、これほど言い寄れば、強くは拒《こば》まないのがふつうなのに、自分がうらぶれてしまったから、見くびっているのだろうか。

源氏はそれを忌々《いまいま》しく思うものの、彼女が気になって仕方がない。

その時である。琴の音がポロンと鳴った。几帳《きちょう》の紐《ひも》に箏《そう》の琴が触れて、音を立てたのだ。

入道によると、明石の君は琴の名手《めいしゅ》と聞く。

まさか今宵《こよい》、自分が訪れるとは思いもよらず、寂しさに耐えかねて、琴を弾いていたの

だろう。

「父君からいつも噂を聞いているのですが、言葉だけではなく、琴の音までも聞かせてくれないのですか」

源氏は言葉を尽くして訴える。

琴の響きは、娘の嘆きであろうか。かき口説《くど》く源氏を前にして、明石の君は動揺し、感情は怪《あや》しく高ぶっていく。

むつごとを　語《かた》りあはせむ　人《ひと》もがな
　うき世《よ》の夢《ゆめ》も　なかばさむやと★

明《あ》けぬ夜《よ》に　やがてまどへる　心《こころ》には
　いづれを夢《ゆめ》と　わきて語《かた》らむ★

源氏はふと六条御息所《ろくじょうのみやすどころ》を思い浮かべた。

誰よりも気高く、毅然《きぜん》としていたあの人。だが、六条御息所が自分を気高く保つために、どれほど精一杯気を張っていたか。源氏はその激しさ、悲しさを知らない。

明石の君は気を許していたところへ思いがけない状況になったので、慌《あわ》てて近くの部屋

★親しい言葉を交わし会える人がほしい。そうすれば、浮き他の悲しい夢も、半ば覚めるだろうに。

★明けることのない闇の中を迷っている私には、どれを夢と知り分けてお話しすることができましょう（私にはあなたの夢を覚ます力はない）。

に逃げ込んで、固く戸締まりをしたが、いつまでも拒み続けてはいられない。

抵抗しようにも、しだいに力が抜けていき、悲しみに溺《おぼ》れるばかりである。暑く、長い夜である。うち寄せる波音が遠のいていく。

源氏は、明石の君があまりに気高く、美しいのに、気後《きおく》れするほどである。強引に奪った、腕の中に震える、ほっそりとした体がいとおしい。誰にも知られないように気遣いながら、夜明け前にそっと出ていく。

そして、密《ひそ》かに後朝《きぬぎぬ》★の文を届ける。

このことは世間に包み隠したことなので、明石の入道も使者を大げさに接待できないことを、大変残念に思っている。

その後、源氏は人目を忍んで時々通ってくるが、世間を気にして、関係は途絶《とだ》えがちになる。

明石の君は、やはりそうであったかと、身を投げ出して泣くばかりである。

明石の入道は娘が不憫《ふびん》で、極楽往生《ごくらくおうじょう》の祈願も忘れて、ただ源氏が通ってくるのを、毎日待ち続けている。

★後朝（衣衣とも）は、男女が結ばれて別れる翌朝のことで、衣を重ねて結ばれた男女が別々の衣を着て別れることからいう。後朝には、家に帰った男が使者を通じて女に手紙を贈る習慣があって、それを後朝の文という。

源氏は本当にどうしようもない男ね。源氏はいつも他の女のことを考えながら口説くのよ。明石の君を抱くときも、どうせ紫の上を思っていたのよ。紫の上を抱くときだって、藤壺の宮を

思っていたくせに。

そういえばそうだね。藤壺の宮も、六条御息所も、紫の上も、最初は拒《こば》んでいた。それを強引に奪ったのに、源氏はいつも他の女の面影《おもかげ》を追っている。

女は愛されるのも命がけなのに、源氏にはいつも別の女という逃げ道がある。明石の君のことだって、どうせ田舎で女に不自由しているから、遊び気分で手を出したのよ。

たしかに明石の君には同情しちゃうな。彼女は、不幸なまま終わってしまうの？

結果だけをいうと、ある意味では、明石の君は、源氏が愛した女の中で、一番幸せになるんだよ。ただし、彼女が本当に幸福と思ったのかはわからないけどね。

なんだか含みのある言い方だね。

それにしても、明石の君の返歌にある「明けぬ夜」というのは、彼女の複雑な状況を表しているフレーズだと思わない？　幼いときから高貴な人との結婚を望まれ、そのために、追い詰められていった暗い青春。やっと念願が叶《かな》って、源氏と結ばれても、本当に自分を愛してくれるのか、この先どうなるのか、何の保証もない、不安定であいまいな状態。

彼女が抱えている心の闇に比べたら、源氏が女に不自由しているのなんて、全然なんでもないことじゃない。問題の深さが違うのよ。

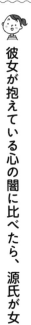

【明石その七】源氏の帰京が決まる。明石の君に懐妊の兆し

年が改まった。朱雀帝《すざくてい》が何を思ったのか、弘徽殿大后《こきでんのおおきさき》の意に背《そむ》いて、源氏を赦免《しゃめん》する評《ひょう》定《てい》を出した。弘徽殿大后は嘆き悲しみ、うろたえるばかりである。

去年から弘徽殿大后も物《もの》の怪《け》に悩まされており、帝は目の病が重くなるばかりで、いよいよ心細く、それも桐壺院《きりつぼいん》の遺志に背いたからだと信じ込んでいた。

源氏帰京《ききょう》の知らせは、すぐにも明石に届いた。明石の一族はそれを歓迎したものの、源氏との別れに涙は尽《つ》きなかった。

都に帰ることが決まったときから、源氏は明石の君と別れがたく思い、一夜も欠かさずに通い詰めた。

明石の君は、六月頃から懐妊《かいにん》の兆《きざ》しが見えて、苦しんでいた。皮肉なもので、別れのときが迫るに従って、源氏はますます愛《いと》おしさが募《つの》ってくる。明石の君は、悲しみに沈《しず》んでいる。

いよいよ出立の二日前。源氏は夜も更《ふ》けないうちに、明石の君のもとを訪れた。明るい光のもとで、明石の君をはっきり見たのは、これがはじめてである。気品があり、想像よりもはるかに美しい。

源氏はこのまま手放してしまうのが惜しくなった。何とか都合をつけて、都へ迎え入れることができないものか。

明石の君は琴の名手だという。常々あれほど聞きたいと思っていた琴の音を、なぜ一度も聞かしてくれないのか。

源氏にせがまれて、明石の君はそっと琴をかき鳴らす。

その音は見事で、源氏はどうして無理にすすめてでも、たびたび聞かせてもらわなかったのかと、悔やまれる。

朱雀帝が、ついに弘徽殿大后の言いなりになるのをやめた。お人好しの彼にしては、ずいぶん大胆な行動だな。

それぐらい、桐壺院の登場が朱雀帝に与えた影響が大きかった。天が動くと、この世も動かざるを得ないんだね。

源氏は別れの間際《まぎわ》で、はじめて明石の君を見るんでしょ？　これって、面白いと思わない？

どうしてかな？

相手の顔を知らずに手紙を書いたり、通ったりするのって、やっぱり納得できないと、今までは思っていたんだけど、よく考えてみたら、相手の顔も知らないから、かえってこの時代の恋は深いんじゃないかなって思えてきた。

なるほど。言おうとしていることは、よくわかるよ。相手の容姿《ようし》がわからないから、頼《たの》みの綱《つな》は相手の情《じょう》だ。お互いの内面の感情を見極めることが、今以上に大切なんだね。
歌のやりとりをするうちに、お互いの心の持ち方や情の深さ、教養の程度なんかがわかってくる。そうして相手に対する関心が深まり、会いたくなれば、それぞれが闇の中で、お互いの感触や雰囲気を、言葉や肌触り、匂いで確かめ合う。夜が明ける前に立ち去るのが、男女のルール。愛を誓い合い、最後の最後でお互いの容姿を明らかにする。要は、見かけは二《に》の次《つぎ》ってことなんだ。

そう、それぞれ。中身が勝負なのよ。だから、同じ愛を語り合うにしても、今では考えられないぐらい、いろんな表現がある。和歌なんて、言葉の芸術の極致《きょくち》じゃない？ 今では「好き」「愛している」ぐらいがせいぜいなのに。

現代は文章力、表現力が落ちているといわれるけど、そういったところに原因があるのかもしれないね。

二人ともいいところに気がついたね。文章力や表現力といったものは、使わないと身につかない。語《ご》彙《い》が貧弱《ひんじゃく》で自己表現が下手なのは、僕たちが視覚情報に頼りすぎているからなんだ。もっと本を読んでほしいな。

【明石その八】源氏、二年半ぶりに都に戻り、復権する

八月に、源氏は帰京する。二年半の流浪《るろう》生活だった。源氏はすでに二十八歳、紫の上は二十歳になっていた。

二条院に到着すると、明石から帰った人と、都で待っていた人が互いに抱き合い、夢心地である。

紫の上は、すっかり大人びていて、少し痩《や》せたが、今まで以上に美しくなっていた。久しぶりの再会に涙を流して喜び合ったが、源氏はこの人ともう離れ離れに暮らすことはないだろうと思いつつ、一方では涙に暮れていた明石の君のことを思って、胸が痛くなった。源氏は明石の上のことを隠さずに語る。紫の上は、源氏の目を直視した。明石の君について話す源氏の表情は、尋常《じんじょう》ではない。

源氏は一時の気の迷い、戯《たわむ》れだという。だが、紫の上は、源氏の心に一人の女がすっかり住み着いているのを、敏感《びんかん》に嗅《か》ぎ取った。源氏はいつの間にか、自分の知らない世界を持っていたのだ。

さりげなく「身をば思はず」という。それが紫の上の精一杯の抵抗《ていこう》だった。拾遺集《しゅういしゅう》・右近《こん》の歌「忘らるる身をば思はず誓ひてし人の命の惜しくもあるかな」からの引用で、私があなたに忘れられるのは気にしないが、神仏に愛を誓ったあなたが罰が当たって命を落としてしまうのが惜しい、という意味である。

源氏はさりげなく嫉妬《しっと》の情をほのめかす紫の上を、たまらなく愛おしく思う。

まもなく源氏は権大納言《ごんのだいなごん》に昇進し、今まで不遇《ふぐう》をかこっていた人たちも、もれなくもとの位に復帰した。

久しぶりに、朱雀帝《すざくてい》と対面する。帝はすっかり気が弱くなり、二人は昔のことをしみじみと語り合う。

紫の上が口ずさんだ「身をば思はず」って、源氏が自分を裏切ったから、天罰が下って死んでしまうってことだろう？　これは怖いなあ。

さっき、紫の上が男を扱う術《すべ》を身につけたって調子のいいこといってたけど、女をいい加減に扱うと怖いのよ。わかった？

源氏は紫の上との劇的《げきてき》な再会を喜ぶが、彼女のやつれた姿を見て、思わず明石の上を思い出してしまうんだ。そういった心の動きを、紫の上は本能的に感じてしまう。紫の上の裏切られたという恨《うら》みは、底知れず深い。その思いを、拾遺集（大和物語にも）の右近の歌を引くことで、控《ひか》えめだが、きわめて的確に表現している。

でも、源氏はその気持ちをくみ取れず、ただかわいらしく嫉妬する女としてしか捉《とら》えなかった。男女の心のすれ違いを見事に表現しているよね。

以後、源氏の心には、紫の上はいつもかわいらしく嫉妬する女というイメージが定着する。ところが、実際は、紫の上の気持ちがどんどん離れていくことに、源氏は気がつかないんだ。

澪標《みおつくし》（巻之十四）

◉【澪標その一】冷泉帝即位。左大臣派の復権なる

自分はそう長くは生きないだろうから、帝の座も近いうちに譲《ゆず》ろうと考えていた。だが、まだ東宮《とうぐう》は幼い。そこで朱雀帝《すざくてい》は、源氏を側に置き、政治のことなど、心を割って相談するようになった。

心残りは、朧月夜《おぼろづきよ》のことである。

祖父である太政大臣《だいじょうだいじん》（右大臣）も死に、弘徽殿大后《こきでんのおおきさき》も病床《びょうしょう》にある。この上、私が譲位《じょうい》したら、どうなるのだろう。

「私が死んだら、あなたはこの世で独りぼっちになる。あなたは昔から、私よりも源氏を愛しているが、それを知りながらも、私は一貫してあなただけを誰よりも愛してきました。あの人は何をしても私より優れているので、私が死んだ後、あの人があなたをお世話することになっても、どうか私の愛情だけは忘れないでほしい」

朱雀帝の言葉に、朧月夜は顔を赤らめ、思わず涙ぐむ。

帝はそれをかわいらしく思い、「どうして私の御子《みこ》を生んでくれなかったのですか。今となっては、それだけが口惜《くちお》しい」という。

朧月夜は泣き崩れた。帝は変わらぬ愛情を注ぎ続けてくれた。その情愛は年月とともに深まるばかりである。源氏はすばらしい方だったけど、あの激しい愛し方は一時の気まぐれ。自分のことを本当に思ってくれたのは、この朱雀帝のほうだった。

なぜ、それがわからなかったのか。若気の至りで、あのような騒ぎまで起こしてしまったなんて。

翌年の二月に、東宮が元服《げんぷく》する。東宮は十一歳である。年の割には体も大きく、大人びて美しい。顔つきは源氏にそっくりである。

同じ月の二十日に、朱雀帝の譲位の沙汰《さた》がにわかにあった。弘徽殿大后は狼狽《ろうばい》した。寝《ね》耳《みみ》に水《みず》だったのである。

新しい東宮には、亡き太政大臣の娘である承香殿女御《しょうこうでんのにょうご》の皇子が立った。

源氏は内大臣《ないだいじん》になり、すでに引退していた左大臣が摂政太政大臣《せっしょうだいじょうだいじん》となった。左大臣の子であるかつての頭中将は、権中納言《ごんのちゅうなごん》となる。

冷泉帝《れいぜいてい》の時代である。世は、右大臣から左大臣へと、確実に動いていった。

朱雀帝って気弱だから心配してたんだけど、やっぱり若くして引退してしまうのね。

弘徽殿大后は悔しかっただろうなあ。歯軋《はぎし》りするのが、目に浮かぶようだね。

亡き桐壺院《きりつぼいん》の子（源氏と藤壺《ふじつぼ》の宮の子）が冷泉帝《れいぜいてい》になって、いよいよ源氏と旧左大臣派が完全に復権する。帝になったとはいえ、冷泉帝はまだ若い。そのお后の座をめぐって、源氏と権中納言（頭中将）が激しく争うことになるんだ。

なお、源氏が内大臣の前に就《つ》いていた権大納言《ごんのだいなごん》や、頭中将がなったという権中納言《ごんのちゅうなごん》というのは、定員以外に仮に置いた地位（権《ごん》は「かり」とも読む）のことで、今でいう「部長待遇」「課長代理」なんかと一緒だね。組織が大きくなるとポストが不足するのは、今も昔も同じなんだ。

【澪標その二】明石の君に女児誕生

明石から吉報《きっぽう》が届いた。明石の君に、姫君が誕生したのである。

源氏の喜びようは、尋常《じんじょう》ではなかった。

かつて、宿曜《すくよう》の占いでは、「御子《みこ》は三人、帝、后が必ずそろって生まれるでしょう。そのうちの低いほうは、太政大臣《だいじょうだいじん》として人臣の位を極めるはずです」とあった。

源氏は遠く、明石のほうの星空を見た。不思議な気分である。

須磨に流されたときは、この占いを信じることができなかった。天の怒りを買い、海の果てで死んでいく。ところが、こうして都に戻り、内大臣という位についたとき、源氏はこの占いを信じてみようと思った。

すでに、自分の子供は、冷泉帝として、帝の位にある。長男の夕霧《ゆうぎり》も、このまま順調に出世すれば、太政大臣にまで昇り詰めるだろう。だが、この占いを信じようにも、源氏には娘がいなかった。

明石の上が娘を産んだと聞いて、確信した。この娘こそ、将来皇后となるべく生を受けたのだ。

占いを実現するためには、須磨に流され、そこで禊《みそぎ》をする必要があったのだ。そして、明石で美しい姫君と会った。

なんと不思議な縁《えん》だろう。

源氏は人間の力を超えるものの存在を、今はっきりと感じていた。

当時は、表の世界と裏の世界の行き来が盛んだった。身近なところに神仏や物《もの》の怪《け》がいて、表の世界に影響を与えた。占いは、表の世界から裏の世界へアプローチする大切な手段だった。裏の世界の声に耳を傾けて、自分の行く末を見極めるんだね。

宿曜《すくよう》（星の運行を人の運命と結びつけて吉凶を占う）は、当時、広く行われた星占いで、源氏もこの占いの実現に向けて動き出すんだ。

【澪標その四】東宮妃を巡る源氏と権中納言の争い

冷泉帝《れいぜいてい》は、まだ十一歳。誰が先に娘を入内《じゅだい》させるか。

左大臣家の頭領《とうりょう》、権中納言《ごんのちゅうなごん》が真っ先に名乗りをあげた。まだ、十二歳のそのかわいらしい娘は、弘徽殿女御《こきでんのにょうご》と呼ばれた。祖父は太政大臣、父は権中納言、帝とは一歳違いで、仲睦《なかむつ》まじい。

源氏は歯軋《はぎし》りするが、彼のもとには肝心《かんじん》の娘がいない。

このあたりから、かつて左大臣家と右大臣家との間にあった権力争いが、権中納言と源氏との争いに変わっていく。

冷泉帝の即位により、次の権力争いは新しい東宮《とうぐう》にも及んだ。朱雀院《すざくいん》はまだ在位中から朧月夜《おぼろづきよ》をひたすら寵愛《ちょうあい》した。右大臣家の承香殿女御《しょうこうでんのにょうご》は、東宮を生んだものの、それほどときめくことはなかった。そのため、朱雀院の側を去り、東宮につききりである。

源氏の宮中での部屋はなじみの淑景舎《しげいしゃ》（桐壺《きりつぼ》）で、東宮の部屋が隣の昭陽舎《しゃようしゃ》（梨壺《なしつぼ》）であることをいいことに、何かにつけて東宮の世話をしだした。

これだから、男ってイヤなのよ。源氏は愛に生きる純粋な男なんかじゃなくて、女を利用して権力を得ようとする野心家なだけじゃない。

何度もいうけど、当時の恋愛は政治と表裏一体《ひょうりいったい》の関係にあるから、今の価値観で源氏を非難するのは、ちょっと酷《こく》だと思うよ。それに、たとえば女である明石の君だって、父の入道の願いを叶《かな》えるためとはいえ、源氏と関係を取り結ぶことで家の復興《ふっこう》を願っている。

それはそうかもしれないけど。明石の君も男の権力闘争の犠牲者《ぎせいしゃ》ともいえるし……。

だけど、そうとばかりは割り切れないのが、男と女の面白いところでもあるんだ。現に、桐壺院の愛し方は政治的ではなかっただろう？　朧月夜の愛だって、政治とは無関係だ。

朱雀帝だって、東宮を生んだ承香殿女御《しょうこうでんのにょうご》を寵愛すべきなのに、どうしても愛せない。そして、皮肉《ひにく》なことに、源氏を愛している朧月夜にのめりこんでいく。

それが男と女だよ。こういった男女の不条理《ふじょうり》が源氏物語を支えているんだ。

物語の中心は、源氏vs左大臣家の権中納言の権力争いに移っていく。源氏にしてみれば、実の子が帝になったのだから安泰なはずなんだけど、それは世間には明かせない秘密だ。だから、後宮《こうきゅう》に人を送り込んで将来に備えたいところなのに、肝心の入内《じゅだい》させるべき娘がいない。そのため権中納言《ごんのちゅうなごん》に遅れをとったんだ。

そこで、また秘密兵器が登場する。

権中納言って、危険を冒して須磨まで会いにきた人でしょ。源氏の幼なじみで、大の仲良しだったのに、それが今度は一転して、権力争いを演じるなんて……。男と男の関係も、よくわからないわ。

【澪標その五】六条御息所の帰京、そして出家

御代《みよ》が変わると、斎宮《さいぐう》も交代するのが習わしである。朱雀帝《すざくてい》から冷泉帝《れいぜいてい》に代わるに従い、

伊勢の斎宮も交代したので、六条御息所《ろくじょうのみやすどころ》も娘とともに都に帰ってきた。

その六条御息所が出家した。

源氏はそれを聞きつけ、驚き慌《あわ》てて六条御息所の屋敷まで駆けつけた。

六条御息所は自分の枕元に源氏の御座所《ござしょ》をしつらえて、自分自身は脇息《きょうそく》に寄りかかり、源氏の言葉に苦しげに返事をする。源氏は六条御息所のあまりの衰弱《すいじゃく》に狼狽《ろうばい》し、突然悲しくなり、自分の変わらぬ思いをわかってもらえぬまま終わるのかと泣き出す始末である。

六条御息所ははじめは不思議そうな表情で、御簾《みす》越しに源氏を眺めていた。これほどまでに自分のことを思っていたのか。万感《ばんかん》胸に迫る思いになり、思い切って娘のことを頼もうとする。

先《さき》の斎宮《さいぐう》も今では二十歳、長く神に仕《つか》えてきた。もともと彼女に関心があった源氏に異《い》存《ぞん》のあるはずがない。「斎宮のことはこのようなことがなくても見捨てるつもりはなかったのに、ましてやすべてを聞いた限り、心の及ぶ限りお世話しようと思います」という。

御簾越しに、六条御息所の何かにためらう気配がする。彼女の声色が枯れた、寂しげな調子を宿す。

「それにはお願いがあります。母親に先立たれた娘ほど、哀れなものはありません。ましてや、娘は伊勢にいるときまでいつも私が側におりました。もし、お世話くださる人から、恋人のように扱われたらどうなるでしょう。いやらしい気の回しようですけど、私の不幸な身の上を引き合いに、どうかお考えになってください。この娘だけには、こんな辛《つら》い思いはさせたくないのです」

源氏はばつの悪いことを言われたと思い、「私も今では若い頃とは違っているのに、まだ浮気《うわき》心があるように決めつけられるのは不本意《ふほんい》ですが、そのうち自然にわかってもらえると思います」と答えた。

外が暗くなると、部屋の中では大殿油《おおとのあぶら》がちらちらと透《す》けて見えるので、もしやと思い源氏はそっと几帳《きちょう》のほころびからのぞいてみた。

ほの暗い灯火《とうか》のもと、六条御息所がものに寄りかかっている様子が浮かび上がる。心に染みる美しさである。帳台の東側に寄り伏しているのが、先の斎宮であろう。なんともいえない寂しげな様子だ。

まだチラッとしか見ることができないが、可憐《かれん》で、生き生きとした感じである。源氏の心がはやり、すぐにでも会いたく思うが、母である六条御息所の言葉を思い起こし、自重《じちょう》する。

源氏もしてやられたわね。六条御息所に先を越されて、手も足も出ない。

娘だけには自分のような思いをさせたくないというのは、すごくわかる気がして、なんか切なくなるなあ。

何いってるの。これは復讐《ふくしゅう》よ。先の斎宮は父もいないし、母まで死んだら頼るものがない。後見を頼むとしたら源氏しかいないんだけど、自分が死んだら源氏が手を出すことくらいお見通しなのよ。だから先手を打って、精一杯の復讐を果たしたの。それにもめげずに、ちゃっかりのぞき見る源氏も、たいしたものだけど。

【澪標その七】六条御息所の死、娘の斎宮が梅壺女御に

それから七、八日後に、六条御息所《ろくじょうのみやすどころ》が亡くなった。先の斎宮《さいぐう》の嘆きようは並一通《なみひととお》りではなかった。葬儀《そうぎ》一切は、源氏が取り仕切った。

雪が乱れ、荒れ模様のある日、源氏はさぞ寂しかろうと、歌を送った。先の斎宮から、返歌があった。

消《き》えがてに　ふるぞ悲《かな》しき　かきくらし
　わが身《み》それとも　思《おも》ほえぬ世《よ》に★

遠慮《えんりょ》がちではあるが、何とも気品《きひん》のある歌い振りである。六条御息所が死んだ今なら、何とでも言い寄ることができるのだと思ったが、彼女の遺言《ゆいごん》が引っかかる。源氏はあくまで潔白《けっぱく》な心で世話をしようと心に誓った。

★雪が消えかねるほど降るように、身も消えかねて生きているのが悲しい。この世に生きていても、自分が誰ともわからなくなってしまった。

母がこの世を去り、先の斎宮の悲しみは深かった。

幼い頃から父を亡くし、母にすがって生きてきた。伊勢に下ったときも、母と離れることはなかった。母が源氏のことで悶《もだ》え苦しんでいるときも、いつも側にいた。なのに、その母は私ひとりを残して、どこかに行ってしまった。

先の斎宮は怯《おび》えていた。母以外の人に心を許すことはなかった。たとえ相手が、源氏であっても。

源氏はそんな先の斎宮を慎重《しんちょう》に扱った。女房たちにも、自分勝手なことを引き起こしてはいけないと、厳重に戒《いまし》めた。間違っても、恋の仲立《なかだ》ちをすることだけは、禁物《きんもつ》である。

先の斎宮を自分の思い人にはできないと悟ったとき、ある考えが源氏の心を占めていた。自分には娘がいない。そこで、この先の斎宮を冷泉帝《れいぜいてい》に入内《じゅだい》させ、その後ろ盾《うしろだて》になろう。

ここに、源氏は権中納言《ごんのちゅうなごん》に対抗すべき強力な武器を手に入れたのである。

先の斎宮を巡《めぐ》る糸は、さらに複雑に絡《から》み合っていた。彼女が伊勢に下向《げこう》する際、一目見て、その美しさに心を奪われてしまった朱雀院《すざくいん》が、ぜひにもと所望《しょもう》してきたのだ。

源氏は朱雀院から強引に取り上げた形になるのも、畏《おそ》れ多いと思った。また、先の斎宮の人柄《ひとがら》も実にかわいらしく、このまま手放してしまうのも惜しい。

そこで、冷泉帝の母でもある藤壺《ふじつぼ》の宮に相談することにした。

彼女はいう。弘徽殿女御《こきでんのにょうご》は帝と一つ違い。仲がいいとはいっても、まだ人形遊びの世界のこと。自分は出家して、いつも側にいてやれない。だから、年上のしっかりした女性が側についていてほしい。帝は十二歳、先の斎宮は二十二歳で、ちょうどいいのではないか。

藤壺の宮の兄（紫の上の父）である兵部《ひょうぶ》卿宮《きょうのみや》も、自分の娘を入内《じゅだい》させようと画策していた。だが、自分が須磨に流されていたときの兵部卿宮の冷たい態度を、源氏は決して許さなかった。

結局、藤壺の宮の忠告を受け入れ、先の斎宮の入内が決まった。梅壺女御《うめつぼのにょうご》である。

この結果、源氏は冷泉帝の後宮《こうきゅう》にも手を伸ばし、弘徽殿女御を擁《よう》する権中納言と対立を深めていく。

先の斎宮って、かわいそうだよね。たぶん恋なんか、したことないんだろうな。だって、女房に囲まれているとはいえ、ずっと母と二人暮らしで、思春期には、長い間、神に仕《つか》えていたんだ。なのに、いきなり権力抗争に利用されるなんて……。

この先の斎宮は、気品はあるけど内気なんだ。だから、源氏に言い寄られそうになると困ってしまう。なんといっても、源氏は、母の六条御息所を苦しめた原因となった人物だからね。

そう考えてみると、先の斎宮って、かなり特殊な環境で育っているのね。恋に悶《もだ》え苦しむ母親

の姿を側で見てきたから、きっと、恋なんてしたくないと思っていたんじゃない？

そうかもしれないね。でも、冷泉帝はまだ十二歳、恋愛対象ではないんだよ。それが、彼女にとっては、

かえってよかったのかもしれない。ここで面白いのは、源氏が、先の斎宮の容貌《ようぼう》が気になって仕方がないというところだ。朱雀院《すざくいん》がこれほど執着《しゅうちゃく》するんだ。よほどきれいに違いない、と。朱雀院は見ているんだよ。

松《まつ》風《かぜ》（巻之十八）

◉【松風その一】明石の君と姫君、大堰川のほとりに移る

二条東院《にじょうとういん》が落成《らくせい》した。西の対《たい》に花散里《はなちるさと》が迎えられ、東の対《たい》には明石の君を迎えようとする。だが、明石の君はなかなか上京しない。

身分の低い私が源氏のもとに行ったところで、相手にされるはずがない。他の美しい女性たちと寵愛《ちょうあい》を争うなんて、自分にはできない。もし、ほんのわずかの情けしかかけられなかったなら、この先どうやって生きていったらいいのだろう。

源氏が明石を訪れ、私を抱いたことも、今となっては幻《まぼろし》のよう。美しい女性たちに囲まれ、かつて以上の権勢《けんせい》を得た以上、どうしてこんな田舎《いなか》の女に情《なさ》けをかけるだろう。

源氏の便りは途絶《とだ》えがちだ。明石の君は戸惑《とまど》っていた。でも、この子をいつまでも田舎に置いておくことはできない。明石の君は幼い我が子を抱きしめ、心を痛めている。

明石の入道《にゅうどう》は娘の苦悩を見かねて、大堰川《おおいがわ》のほとりに所有する別荘を修理して、そこに母娘を住まわせることにした。

秋、源氏から迎えの使者が来る。入道は独り明石に残ることにした。もう、娘には二度と会えないだろう。自分が望んだことなのに、入道は明石の君との別れに、悲しみが尽《つ》きない。

入道は三歳になる明石の姫君を抱きしめた。何も知らない姫君は、無邪気《むじゃき》にまといつく。この姫君を抱くことだけが、残された楽しみだった。入道は落涙《らくるい》した。

明石の君、二十二歳のときである。姫君はまだ三歳。秋風が吹く頃、人目に立つのを避けて、船でひっそりと旅発つ。

明石の浦の朝霧《あさぎり》の中を、船が遠ざかっていく。入道は悲しくて、これでは悟《さと》りの道も開けそうにないと、魂が抜けたようになって、いつまでも霧のかなたを眺めている。

大堰《おおい》の屋敷は風情《ふぜい》があり、長年過ごしてきた明石の海辺に似ていた。源氏は親しい人を使いにやって、到着の祝宴の用意をさせた。

だが、いつまでたっても源氏自身が訪れることはない。季節は秋、故郷を思い出し、源氏に打ち捨てられた寂しさも重なり、物思いの日々を送る。明石の君は、源氏との思い出の琴をかき鳴らす。その側で、母である尼君が物悲しい様子で、物に寄り伏《ふ》している。

一方、源氏は明石の君の訪問を願いながら、紫の上への配慮から、なかなか果たせないでいた。造営中の嵯峨《さが》野《の》の御堂《みどう》への所要《しょよう》にかこつけて、紫の上をなだめすかし、ようやく大堰に明石の君を訪れた。

源氏は久しぶりの対面に、感無量《かんむりょう》である。明石の君も、直衣《のうし》姿の源氏の美しさを、まぶしく思う。

明石の君は、そっと幼い姫君を源氏の前に押し出す。姫君は緊張した面持《おもも》ちで、おずおずと源氏を見上げる。源氏はその抜きん出た美しさにはっとする。夕霧もかわいらしいと評判だったが、最初から源氏におもねって、そういう見方をしてしまうことが多い。明石の姫君は、かけねなく愛らしいのだ。

明石の姫君がにっこりと微笑《ほほえ》んだ。源氏はそのあどけない笑顔を奮《ふる》いつきたいほどかわいいと思った。今まで遠く離れていた時間が、ひどく残念である。姫君がこんなに愛らしいものならば、はじめから手もとにおいて育てたかったと思う。

「ここは遠くて、私もそうたびたびは訪れることができないので、二条東院に移りなさい」と源氏はすすめるが、「まだ都暮らしが不慣れなもので、もう少しここに」と、明石の君が答える。

その晩、明け方まで、源氏は明石の君と過ごした。

翌朝、源氏は嵯峨野の御堂に出かけ、月の明るく照らす中を、大堰の屋敷に戻る。

源氏はあの明石の夜を思い出している。明石の君が琴をそっと差し出す。源氏は琴をかき鳴らしながら、あのときの夜をつい昨日ように感じている。

契《ちぎ》りしに　変《か》わらぬことの　しらべにて
絶《た》えぬ心《こころ》の　ほどは知《し》りきや★

★約束したように、今も変わらない琴の調べで、あなたを思い続けてきた私の愛情の深さがわかるだろうか。

変《かわ》らじと　契《ちぎ》りしことを　たのみにて
松《まつ》のひびきに　音《ね》をそへしかな★

そうだ、この日をずっと待っていた。そうやって、ようやく会えたのに、明石の君は寂しさに身が震《ふる》えるのを感じていた。

源氏は以前よりさらに美しくなった明石の君を見て、とても捨てておくことはできないと思った。

それにしても、この姫君の何というかわいらしさだろう。

源氏の胸中《きょうちゅう》に、ふとある考えがよぎった。一瞬、全身に鳥肌《とりはだ》が立つのを感じた。

この姫君は将来后《きさき》になるべき運命を背負っている。このまま明石の君のもとで、日陰《ひかげ》の身として育つのは、あまりにも残念だ。二条院に移して、大切に扱ったら、世間から軽んじられることもないだろう。だが、それは母親から一人娘を引き剝《は》がすことになるのだ。

姫君は次第に源氏に慣れ、片言で話しかけたり、笑ったりするようになる。源氏は姫君を抱き上げ、いよいよ愛《いと》おしく思っている。

★心変わりするまいと約束してくださったあなたの言葉、その琴を頼みとして、松風の響きに鳴く琴の音を添えて、あなたをずっと待っていたわ。「こと」は「琴」と「言」を、「松」に「待つ」をかけている。

〜都に戻り、権力の中枢《ちゅうすう》に復帰した源氏は、自らの〜権力を誇示するかのように、いくつかの建物を造営〜

するんだ。二条東院《にじょうとういん》は、もともとの住まいの二条院を拡張して造営したもので、ここには、花散里《はなちるさと》をはじめとして、末摘花《すえつむはな》、空蝉《うつせみ》など、源氏ゆかりの女性たちが呼び寄せられる。嵯峨野に造営されたという御堂《みどう》（仏像を祭ったお堂）は、いつしか仏門《ぶつもん》に入ることを願った源氏の心の現れともいえるね。

明石の君の邸がある大堰川《おおいがわ》（保津《ほづ》川とも。下流は桂《かつら》川という）は亀岡《かめおか》から嵐山《あらしやま》へと流れる川で、御堂がある嵯峨野とは近いんだ。だから、紫の上への言い訳にしたんだね。

いくら娘を后にしたいからって、実の母親から娘を取り上げるなんて、源氏もひどいことを考えたものね。

でも、世間を納得させるためには、それしかないんだ。帝の后になるには、いかに身分が大切かということは、桐壺更衣《きりつぼのこうい》の例を見ればわかるはずだよね。

【松風その二】紫の上、明石の姫君を引き取って養育することに

宮中に参る折り、源氏は脇《わき》へ隠すように手紙を書きしたためる。おそらく明石の君へのものだろうと、女房たちは憎らしく思った。

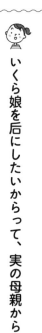

その日は宮中に宿直《とのい》の予定だったが、紫の上の機嫌取りで出るに出られず、夜更けになってしまった。

タイミングの悪いことに、先ほどの手紙の返事を持った使いが参上する。今さら、その手紙を隠すこともできず、「この手紙は破って始末してください。ああ、厄介《やっかい》な。こんな手紙が目についたりするのも、もう不似合いな年齢になってしまったから」といった。手紙など、何の興味もなさそうに、脇息《きょうそく》に寄りかかっていたが、源氏は明石の君が恋しくて仕方がない。

手紙は開かれたままになっているが、紫の上も見ようとはしない。

「無理に見ないふりをしても、あなたの目じりが気にかかりますよ」と源氏がいって、笑いかける。

紫の上はぷいと横を向く。源氏は側までやってきて、「冗談《じょうだん》はさておき、かわいらしい姫が生まれたのですが、一人前に扱おうにも、世間体《せけんてい》が気にかかる。どうしたらよいものか、あなたが考えてくれませんか。いっそうのこと、あなたが育てたらどうだろう。裳着《もぎ》などもしてやりたいと思うが、もし失礼でなかったら、腰結《こしゆ》いの役をつとめてもらえないだろうか？」という。

紫の上は、一瞬きょとんとした表情を見せたが、次の瞬間、少し微笑《ほほえ》んだ。「本当にいいの？　うれしい。ああ、どんなにかわいいことでしょう。私、きっとその幼い姫君を気に入ると思うわ」

無邪気に喜ぶ紫の上を眺めながら、源氏の胸中《きょうちゅう》は複雑である。

大堰《おおい》まで出かけるのは、並大抵ではない。せいぜい月に一度か二度だろう。源氏は、娘まで奪われて、独りで泣き暮らす明石の君のことを考えていた。

ふ～ん、紫の上って、意外と嫉妬《しっと》深いんだ。

当たり前でしょ。嫉妬しない女なんて、いないわよ。もし嫉妬しないなら、本当に愛していないからよ。

源氏の周りにはいつも女性の影がちらついているはずなのに、紫の上がこれほど嫉妬する相手は、今のところ明石の君だけなんだ。

理由は、三つあると思う。一つは、女の直感で、源氏にとって明石の君は特別な存在だと感じていること。二つ目は、自分には子供が生まれないのに、明石の君には子供が生まれたこと。そして、三つ目は、二人は、明石で、自分の知らない時間を共有していること。

そう考えると、紫の上にとって、明石の君は無視できない存在なんだね。

だから、源氏は残酷《ざんこく》なのよ。紫の上に、最大のライバルである明石の君の娘を育てさせようなんて。

薄《うす》雲《ぐも》（巻之十九）

◉【薄雲その一】明石の姫君、紫の上に引き取られる

季節も冬になり、明石の君は心細さに胸も潰《つぶ》れる思いである。源氏の訪問はめったになく、明石の君は姫をかわいがることで、寂しさを紛《まぎ》らわしていた。

源氏の申し出はうすうす予感していたことだった。だが、恐れていたことが現実のものとなり、明石の君は目の前が真っ暗になった。

明石の姫君を引き取りたいという。紫の上のもとで育てるのだ。

涙がうっすらと滲《にじ》み、何もかもがぼやけて見える。ただでさえ寂しくて、息も絶え絶えなのに、その上娘までもぎ取ろうというのか。

紫の上には会ったこともない。その人に、私を憎んでいるだろう源氏の北の方に、かわいい娘を差し出さなければならないなんて。

明石の姫君のかわいらしさは増すばかりである。もし、この子が紫の上に疎《うと》んじられたら。

それだけではない。もし姫君が引き取られたら、ただでさえ訪問が途絶《とだ》えがちなのに、どうして源氏が訪ねてくることがあろう。

明石の君は、源氏と紫の上が自分の娘と仲睦《なかむつ》まじく暮らしている様子を思い浮かべる。自分はたった独りで大堰《おおい》の邸で泣き明かしている。身分が低いばかりに、愛する娘と暮らすこともできないのか。

源氏は明石の君を思いやって、言葉をかける。

「何も心配はいらないのですよ。あちらの方は本当に子供好きで、しかも何年経《た》っても子供に恵まれません。梅壺女御《うめつぼのにょうご》があれほど大人になっていても、親代わりを喜んでする性分ですから、姫君のこともきっと大切に世話をするでしょう」

明石の君には何もかもわかっていた。自分の娘がどのような人生を送るのか、すべては紫の上の気持ち一つなのだ。もちろん、紫の上と張り合おうなんて気持ちは微塵《みじん》もなかった。だからこそ、ためらっていたのだ。それなのに、こんな結末になるなんて。身のほども知らずに、源氏の愛を受け入れた自分が恨《うら》めしい。

母である尼君がいう。「第一に、姫君のことを考えなさい。すべては、源氏の君を信用して任せるしかないのです。帝の皇子でさえ、母親の身分で、大きな違いがあるのです。ましてや、ふつうの身分の私たちなら、なおさらです。姫君の袴着《はかまぎ》一つにしたって、私たちがどれほど苦労したところで、山里住まいでは見栄えがするはずがないでしょう」。

明石の君は姫君の将来を思い、泣く泣く承諾《しょうだく》するしかなかった。

やがて十二月になった。雪が少し解けた頃、源氏が大堰を訪れる。明石の君は、いつもは源氏が来るのを首を長くして待ち焦《と》がれているのに、今日は娘との別れと思うと、胸が潰《つぶ》れそうである。

姫君は愛らしい様子で、明石の君の横に座っている。君の黒髪が尼削《あまそぎ》といった格好にゆらゆらと見事に美しく、顔つきや目もとのつややかな有様《ありさま》などは、今さらいうまでもない。

これから、この娘を他人の子として、遠くから眺めなければならないのかと思うと、明石の君は涙が止まらない。姫君はこれから源氏と出かけるのかと、何も知らずに無邪気《むじゃき》にはしゃいでいる。

明石の君が、姫君を自分で抱いて、車に乗せる。姫君は片言の本当にかわいらしい声で「お母様も、早くお乗りになって」という。明石の君は何も答えることができない。

乳母や姫君の女房たちが車に乗り込む。明石の君は唇《くちびる》を嚙《か》み締《し》め、見送るだけ。車が走り出し、姫の呼ぶ声が遠のいていく。

すべてが終わった。明石の君は、寂しくて、その日一日を生きていくこともできないと思った。

源氏は明石の君や残った女房の気持ちを思いやり、自分がどれほど罪深いことをしているのだろうかと思った。

暗くなってから、二条院についた。

明石の姫君は途中で眠ってしまっていた。抱き下ろされても、泣かなかった。部屋でお菓子などを食べたが、だんだんあたりを見回して、母親の姿がないと知って泣き出した。慌《あわ》てて、乳母《めのと》が慰《なぐさ》める。

泣きながら母を探す姫君を見て、紫の上は胸が張り裂けるようだった。明石の君はどれほど嘆き悲しんだことだろう。

紫の上は、明石の姫君を実の娘以上にかわいがった。いつでも姫の側にいて、あやしたり、遊び相手になったりする。やがて姫君もなついてくる。幼い姫君は、紫の上の後をヨチヨチついてくる。

「あちらでは、どう思っているのかしら。もし私だったら、こんなかわいい子を手放したら、耐え切れないわ」と紫の上は悲しく思う。明石の君に対する嫉妬《しっと》心も、次第に薄らいでいくようだった。

紫の上は姫君を懐《ふところ》の中に入れて、自分の乳房を含ませる。もちろん、乳が出るはずもない。姫君の熱い吐息《といき》が胸を刺激し、くすぐったい。女房たちは、実の子だったらどんなによかったろうと噂する。

明石の君は、娘が去って、胸に穴があいたようだった。

娘の好きなものを何か送りたいが、それも紫の上に失礼だと思って、せめてもと、姫君の女房たちに数々の立派なものを贈った。

一人ぼっちがこれほど辛《つら》いものとは思わなかった。

娘は一番かわいい盛りである。成長していく、その姿さえも垣間見《かいまみ》ることができない。
今年の冬は、過去のどれよりも長かった。そして、年が明けた。

これは辛いなあ。すべてを捨てて明石から出てきたのに源氏とも思うように会えないし、その上、たった一人の我が子まで取られてしまうなんて……。本当にそこまでしなくちゃいけないのかな。辛すぎるよ。

自分の子を他人に差し出すって、女にとっては屈辱よね。でも、私、実はホッとしているんだ。

えっ、どうして？

紫の上が明石の姫君をかわいがってくれたから。ほら、紫の上って、子供ができなかったでしょ。

よっぽどほしかったんだろうなあ。お乳も出ないのに、姫君に自分の乳首をくわえさせるシーン。あれなんか、泣かせるでしょう？　作者が女性じゃないと、書けないわ。

たしかに、紫の上の献身的《けんしんてき》な愛が、子離れという、ともすれば悲惨《ひさん》になりがちな場面を和《やわ》らげる効果を果たしているといえるかもしれない。これがないと残酷《ざんこく》物語になりかねないギリギリの線で、唯一の救いになっている。

ここらへんは、二人の女性の間にはさまれて、源氏の影が薄くなっている気がするね。

【薄雲その二】藤壺の宮が亡くなる

源氏、三十二歳の春、太政大臣《だいじょうだいじん》（かっての左大臣）が亡くなった。その年、世の中が物騒がしく、朝廷の政《まつりごと》に関しても、何かの前触れなのか、しきりに異様なことが起こって、穏《おだ》やかではなかった。天界もいつもと違った月や太陽や星の光が現れ、不思議な雲の行き来があるといったことばかりで、人々は不安に駆《か》られた。

源氏だけは、思い当たるふしがあった。

藤壺《ふじつぼ》の宮は、春のはじめからずっと体調が思わしくなかった。帝もひどく心を痛めていた。藤壺の宮は病を押して、何かに憑《つ》かれたように仏道に勤《つと》めた。それが、病をさらに悪化させたのだ。

源氏が藤壺の宮のもとに見舞いに行く。几帳《きちょう》の側に身を寄せて、病状を女房に尋ねる。藤壺の宮は女房を通して、かすれた声でいう。「桐壺院《きりつぼいん》のご遺言《ゆいごん》通り、帝の後見役を長年務めていただいて、感謝の気持ちをどのようにお汲み取りいただけようかと考えているうちに、それもできなくなってしまいましたのが、残念で」

源氏はとても返事ができずに、もらい泣く。藤壺の宮は苦痛がひどく、これ以上喋《しゃべ》ることもできない。

思えば、何不自由ない人生だった。高貴な身分に生まれ、時の帝に愛され、后にまで上り詰め、我が子は帝の位についた。誰からも愛され、慕《した》われた。他人から見れば、これほど恵まれた人生もないだろう。

だが、自分ほど苦悩の人生を送った人もいないだろうと、藤壺の宮は思う。すべては、あの一夜の過《あやま》ちから起こったことなのだ。

源氏との秘密を、帝にも告げることなく死んでいく。桐壺院にもずっと隠し通した。一時たりとも、心が休まることはなかった。この秘密だけが死後も心にかかり、この世の未《み》練《れん》となって、消えないような気がした。

藤壺の宮は静かに息を引き取る。

源氏にとって、自分の人生の大きな部分が終わったような気がした。源氏はいつまでも泣き続けた。

考えてみると、藤壺の宮の人生って、哀れだなあ。たった一度の過ちを一生背負って生きてきたんだ。誰にも告げることもできずに、独りで苦しんできた。

病気になってから、必死で仏道の修行を積んだのも、きっと、死ぬのが怖かったのね。罪を抱いたまま、死んでいくのが恐ろしかったんだわ。

そういう意味では、最も救われなかったのが、この藤壺の宮かもしれないね。仏の道に入っても、救われなかった。最期の最期まで、罪の意識に怯《おび》え続けていたんだ。そして、その思いが残ってしまったのか、次の「朝顔《あさがお》（巻之二十）」で、死んだ藤壺の宮が源氏の前に現れるんだ。

幽霊《ゆうれい》なの？

それはわからない。幽霊かもしれないし、夢うつつというやつかもしれない。源氏の潜在意識《せんざいいしき》が形になったという見方もできるし。

その話は、後で触れよう。

【薄雲その三】ついに明かされる冷泉帝の出生の秘密

藤壺《ふじつぼ》の宮の四十九日の法要《ほうよう》が済んだ頃、冷泉帝《れいぜいてい》は母の信頼が厚かった僧都《そうず》から、出生の秘密を聞く。

「帝がまだお腹にいた頃、藤壺の宮から祈禱《きとう》を頼まれました。私などには事情はわかりませんでしたが、何でも深くお悩みのようでした。源氏の君が須磨《すま》に流されたときも、藤壺の宮はますます怯《おび》えられ、何度も何度も私に祈禱を命じられました。それが源氏の耳に入って、今度は源氏から助言があり、帝が即位されるまで何度も祈禱をしました」

冷泉帝は、恐ろしさのあまり、唇《くちびる》まで真っ白になった。

自分は桐壺院《きりつぼいん》の子供ではない。源氏と藤壺の宮との間にできた罪の子だ。そして、源氏も藤壺の宮もそのことに怯え、苦しみ、自分が即位するまで必死で祈り続けたのだ。

僧都は続ける。

「私と王命婦《おうみょうぶ》以外、秘密を知っている者はおりません。だからこそ、自分が話しておかなかったらどうなることかと、いっそう恐ろしいのです。天空に異変が起き、世間が動揺《どうよう》しているのは、これが原因なのです。帝が幼くて物心がつかない間は許されるが、物事の判断がついたときになると、天が罪を責めるのです」

冷泉帝は、自分がこの世に存在すること自体が、恐ろしかった。まだ、十四歳の少年である。そして、誰にも頼ることのできない孤独な地位にいた。

なんか、すごいことになってきた。

冷泉帝の衝撃《しょうげき》といったら、想像を絶するものがあるよね。ふつうの人でも、実は父親は別の人だといわれたら立ち直れないぐらいショックだろうけど、帝の立場では、周りへの波紋《はもん》もケタ違いだろうし。

真実を知ってしまった冷泉帝は悩み、父である源氏が自分の臣下であることを心苦しく思って、源氏に譲位しようとするが、源氏はそれを固辞《こじ》する。そして、源氏は帝に秘密が漏《も》れたことに気づくんだ。

さあ、これからが大変だ。藤壺の宮が死ぬまで隠し通し、自分も誰にも告げずに墓まで持っていこうと決めていた秘密が、一部とはいえ漏れてしまった。これが公《おおやけ》になれば、今の源氏の地位どころか、冷泉帝の存在そのものが危険にさらされる。それだけは避けなければならない。

表面上は、何も変わらない。でも、物語の奥深いところで、さまざまな糸が絡《から》み合い、もつれ合って、少しずつ源氏を圧迫していくんだ。

【薄雲その四】梅壺女御への恋情を抑えきれない源氏

秋雨《あきさめ》が降る頃、梅壺女御《うめつぼのにょうご》が里下がりで、二条院に滞在する。源氏は梅壺女御と、亡き六条御息所《ろくじょうのみやすどころ》の思い出話に耽《ふけ》る。

六条御息所への恋情《れんじょう》が、娘である梅壺女御への思いと重なる。禁断の恋。源氏は自分の思いを隠すことができなくなり、ついに真情《しんじょう》を吐露《とろ》する。あなたのことをこれほど慕《した》っているのに、六条御息所のことを考えて、自分の気持ちをずっと抑えてきた。そのことだけは、どうかわかってほしい。

梅壺女御は驚き呆れ、御簾《みす》の後へと身を引いた。梅壺女御にとっては、源氏の求愛はいとわしいだけだったのだ。

あ〜あ、ついにやっちゃった。

まったく、このおじさんときたら、いいかげんにしてよね。梅壺女御って六条御息所の娘でしょ。また化けて出るわよ。それだけじゃない。自分の息子の冷泉帝の奥さんなのよ。いったい、どういう神経をしているんだか……。

朝《あさ》顔《がお》（巻之二十）

◉【朝顔】朝顔の姫君につれなくされる源氏

源氏は紫の上の横で藤壺の宮のことを思い出しながら眠りにつく。すると。夢うつつの状態で、彼女の幻が出てくる。

藤壺の宮はひどく恨《うら》んだ表情で、「秘密を口外しないと約束したのにそれが漏《も》れてしまったので、今も恥ずかしく苦しい思いをしています。恨めしく思います」という。源氏は返事をしようと思ったが、襲いかかられるような気がした。

「あなた、どうしたの？」

紫の上の叫び声で、はっと目がさめる。突然の出来事に、胸の動機《どうき》が静まらず、涙が溢《あふ》れて、夜着《よぎ》を濡《ぬ》らした。

泣きじゃくる源氏の傍《かたわ》らで、紫の上がじっと体を固くして、息を殺している。

紫の上のことが気にかかるな。もしかしたら彼女は、源氏と藤壺の宮の秘密を知ってしまったんじゃないかな。

いいところに気がついたね。紫の上は源氏といつも夜をともにしているんだ。源氏が藤壺の宮に思いを寄せていたことは、わかっているんじゃないかな。

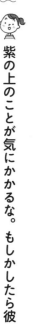

少女《おとめ》（巻之二十一）

◉【少女その一】夕霧元服。源氏の異例の育て方

夕霧《ゆうぎり》が十二歳になった。源氏は元服《げんぷく》の準備を進めている。最初は二条院でと考えていたが、祖母である大宮《おおみや》がその晴れ姿を見たがっているので、三条邸で式を挙げることにした。源氏ははじめ夕霧を四位《しい》にしようと思い、世間もそれを当然と考えていたが、幼いうちからそうした位を与えるのもかえって良くないと思い直した。

夕霧は六位《ろくい》の浅葱《あさぎ》姿で、宮中に参上した。

誰もが驚いて息を呑《の》んだ。なかでも、大宮は大変不満であった。源氏に対面し、そのことを訴えると、源氏は、夕霧を大学寮《だいがくりょう》に入れ、学問をさせるつもりだという。

名門の子弟に生まれ、官位も思いのままに昇進し、世間からちやほやされると、いまさら学問をして苦労する気などなくなるだろう。だから、まだ幼いうちから、学問に打ち込ませるのだ。

学問がないと、権力におもねる人は、内心では鼻であしらいながら、表面では追従《ついしょう》して、機嫌を取るだろう。だが、時勢が移り変わり、落ち目になってくると、人に軽蔑《けいべつ》されて、寄りすがるものがなくなってしまう。学問を基本に、実務能力があれば、まだ何とかなるものだ。源氏はそう大宮に訴える。

夕霧は不満だった。今まで自分より下と見くびっていた貴族の子供たちでさえ、めいめい位が上がって、自分より上である。自分だけが六位の浅葱姿で、恥ずかしくて仕方がない。

夕霧は父の処置を恨《うら》めしく思うが、歯を食いしばって、見事な成績を収めていく。しだいに秀逸《しゅういつ》な才能を発揮しはじめ、寮試《りょうし》も及第《きゅうだい》する。

だが、辛いのは、大宮と会えないことである。

夕霧は母の実家である左大臣家で生活していた。そこには祖母の大宮がいて、夕霧を目に入れても痛くないほどかわいがった。だが、源氏は勉強のため、夕霧を左大臣家から二条の東院に移した。大宮が甘やかすことを恐れたからである。

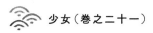

夕霧は寂しかった。思うように祖母に会えないばかりでなく、もうひとり、なくてはならない人に会えなくなるのだ。

源氏も思い切ったことをやるなあ。だって、四《し》位《い》と六位《ろくい》じゃ、ずいぶん差があるんでしょ？

宮中への参上を許される殿上人《てんじょうびと》は五位《ごい》以上がふつうだから、夕霧《ゆうぎり》が六位というのは、異例の低さといえるだろうね。浅葱《あさぎ》姿というのは、薄い藍色の衣《い》袍《ほう》で、六位の人が着るものだ。服の色を見ただけで、その人の身分がわかるんだから、夕霧の屈辱感《くつじょくかん》は相当なものだったと思うよ。
　大学寮《だいがくりょう》というのは、今の大学とは違って、役人を養成するための学校というニュアンスが大きいんだ。学生《がくしょう》（「がくせい」ではない）も貴族（役人）の子供がほとんどだし、卒業試験は官吏登用《かんりとうよう》試験（役人になるための試験）と同じだ。ところが、当時は学問よりも身分や家柄が出世に関係しているから、学問はそれほど重要視されていなかった。
　夕霧をあえて低い官位にするというのも異例だし、彼ほどの身分の子供を大学寮に入れるというのも異例だ。この頃の源氏は、次々と大胆な発想で政治を運営していく。学問をおおいに奨励《しょうれい》していくのも、その一つの現れなんだね。

こんな父親って、いるわよね。自分の価値観をムリヤリ子供に押し付けて、やたら厳しくする人。

　でも、夕霧は歯を食いしばって、学問に打ち込む。それによって、見事な成績を修《おさ》めていくんだ。源氏の仕打ちを悪くいう人がいるかもしれないけれど、彼の根底には須磨《すま》に流された苦い経験があるのじゃないかな。

そうか。あれがかなりこたえているんだ。今は栄華《えいが》を誇っていても、いつどうなるかわからないもんね。

　夕霧は、父親である源氏とはかなり性格が異なっていて、わりと地味で、生真面目《きまじめ》なんだ。夕霧は生まれてからずっと葵の上の母である大宮のもとで育った。祖母の大宮も、早くに母を亡くした夕霧をとてもかわいがる。だから、大宮のもとを離れるのは、彼の人生の一大転機なんだ。

【少女その二】梅壺女御立后。夕霧と雲居雁の淡い恋

梅壺女御《うめつぼのにょうご》が、中宮に決まった。弘徽殿女御《こきでんのにょうご》のほうがずっと先に入内していたのにと、右大将《うだいしょう》（頭中将《とうのちゅうじょう》）は歯軋《はぎし》りする。源氏とかつての左大臣家の権力争いである。

源氏は内大臣《ないだいじん》から太政大臣《だいじょうだいじん》に昇進し、右大将は内大臣になった。

内大臣（頭中将）は何人もの夫人を持ち、その子たちは十余人あり、それぞれが相応な官位について、一族は栄えていた。

だが、肝心なことに、娘が二人しかいない。一人が弘徽殿女御。ところが、彼女は中宮をめぐる争いに負けた。

もう一人は王族を母とする姫君で、血筋《ちすじ》の尊《とうと》さは弘徽殿女御に引けを取らないが、その母はその後再婚し、新しい夫との間に大勢の子供がいる。内大臣はその姫を母親から取り上げ、大宮《おおみや》に預けた。

内大臣はその姫を軽んじていた。だが、期待をかけていた弘徽殿女御が争いに負けた以上、次の東宮《とうぐう》の后《きさき》は左大臣家がとらなければならない。内大臣は、その姫にかけてみるしかないと考え直した。その姫は顔立ちや人柄など、申し分がないほどかわいらしかった。その姫を雲居雁《くもいのかり》という。

雲居雁は、寂しかった。

父にはあまり愛されていなかった。母は再婚し、義理の父と暮らすしかなかったが、や

がて母とも引き裂かれて、大宮のもとにきた。

そこには、夕霧がいた。夕霧は十二歳、雲居雁は十四歳である。二人の間にしだいに淡い恋心が生まれ、互いに幼い手紙を交し合うようになっていた。それなのに、夕霧が大宮のもとを離れて、二条東院に行く。雲居雁は、また独りぼっちになるのだ。


夕霧の初恋の相手は、源氏の政敵である内大臣の娘だった。夕霧が源氏のもとで勉強に励むのを嫌がったのも、雲居雁《くもいのかり》とのことがあったからだろうね。

このあたりから、物語の中心は源氏の次の世代へと移っていく。

【少女その三】夕霧と雲居雁の仲を裂く内大臣

内大臣は大宮の部屋を訪れ、雲居雁《くもいのかり》も呼び寄せ、琴を弾かせる。

「私は弘徽殿女御《こきでんのにょうご》を誰にも負けない見事な方だと思い、入内《じゅだい》させましたが、意外な人が現れて、先を越されてしまいました。せめてこの姫だけは何としても願い通りにしたいと思います。東宮《とうぐう》の元服も間もないことなので、そちらへとひそかに考えておりましたが、あちらの明石の人が生んだ姫君が、また追いついてきました」

内大臣はそういって溜息《ためいき》をついた。ふと横に目をやり、改めて雲居雁を見つめる。琴を弾いている、その髪の形や、その下がり具合など、上品でみずみずしく、なんとも美しい。

内大臣は、これまでこの娘に関心を持ったことはなかったが、こうして見てみると、これは掘り出し物だと思わずにいられなかった。

そこに、たまたま夕霧《ゆうぎり》が訪れる。内大臣は「こちらにどうぞ」と招き寄せ、わざわざ雲居雁が見えないように几帳《きちょう》で隔《へだ》てた。

「最近、あまりお目にかかりませんね。あなたが勉強で閉じこもってばかりいるのを、おいたわしく思っていたのですよ。たまには、別のことをなさいませ」といって、内大臣は夕霧に横笛を渡す。

夕霧はそれを若々しい美しい音色に吹きたてた。内大臣は感興《かんきょう》がそそり、自分たちの琴を止めて、拍子《ひょうし》を打ち、謡《うた》いだした。

雲居雁を、そっとあちらの部屋に遠ざける。姫の琴の音さえ、夕霧には聞かせまいとする配慮《はいりょ》である。

内大臣は屋敷を出たふりをして、こっそりある女房に会おうと座を立ったが、その途中、女房たちがひそひそ声で自分の噂をしているのを聞いた。「いかに賢いつもりでも、やっぱり親ばかね。自分の娘のしていることを、何にも知らないなんて」

内大臣ははっとした。やはり、そうだったのか。夕霧との仲を疑わぬわけではなかったが、まだ子供だと油断《ゆだん》していた。世の中は何とままならぬものよ。

源氏が強引に梅壺女御《うめつぼのにょうご》を押し立て、弘徽殿女御を押さえ込んだだけでも恨めしいのに、このうえ、雲居雁の入内まで妨げられることになったらと考えると、内大臣はいてもたってもいられなくなった。

二日後、大宮のもとに出向いて、「母上を頼って、大事な娘を預けておりましたのも、母上ならば、娘を一人前にしてくださろうと当てにしていたからです。それなのに、幼い人の思うままにして、放任していたとは」と責め立てた。

大宮は、「孫かわいさに目がくらんで、急いで二人を一緒にさせようなどと、考えたことがありません。それにしても、誰がこのような根も葉もない噂《うわさ》を言い立てたのでしょう」と嘆いた。

雲居雁はこんなやり取りも知らず、無邪気に自分の部屋にいた。そこを、内大臣がのぞき込んだ。内大臣は、乳母《めのと》たちを責め立て、夕霧を近づけないよう強く言い渡す。

大宮は、二人の間にこのような恋心があったのかと、いじらしく思わずにいられない。それなのに、内大臣が思いやりもなく引き裂こうとするのを、「どうしてそんなに悪く思うのでしょう。私が姫を大切に育ててきたからこそ、東宮に奉《たてまつ》ることを思いついたはずなのに。その望みが外れて、臣下と結ばれる宿縁《しゅくえん》であるなら、夕霧ほど優れた若者はいないのに」と恨《うら》めしく思った。

夕霧は昼間からずっと雲居雁を思い続けていた。今日こそ自分の思いを打ち明けようと、心に決めていた。大学が終わったら、急いで大宮のもとに駆けつけた。一刻も早く雲居雁を見たい。言葉を交わしたい。自分の苦しい胸のうちを打ち明けたい。そう思って、大宮のもとまで駆けてきたのに、雲居雁は姿を表さなかった。

大宮は、そんな夕霧を見て、「あなたのことで、内大臣から嫌味《いやみ》を言われて、本当に辛《つら》く思っています。誰が聞いても感心できないことに心を奪われて、人をはらはらさせるのは止めなさい」とだけいった。大宮も辛かったのだ。

夕霧はすぐに思い当たって、顔を赤らめた。

「何のことですか。静かなところに引きこもって、学問をはじめてから、人前に出る折もありませんので、内大臣のお恨みになることはないと思いますが」

大宮は、恥ずかしそうにうつむく夕霧がいじらしく、「もう、よろしいのです。せめてこれからは気をつけて」といって横を向いた。

もう会えなくなる。手紙のやり取りもできなくなる。そう考えると夕霧は食事も喉《のど》を通らない。ぽろぽろと涙が零《こぼ》れてくる。

夜になり、床に入っても、どうしても眠ることができない。

人の寝静まる頃、夕霧は気もそぞろで、こっそりと部屋を抜け出す。どうしても一目会いたくて、その言葉を聞きたくて、雲居雁の部屋まで足を運ぶ。部屋を隔《へだ》てている襖《ふすま》をそっと引く。ところが、いつもなら錠《じょう》などかけていないのに、今日に限ってしっかりと固めてあって、人の声もしない。夕霧は呆然《ぼうぜん》として、引き返すこともできずに、その襖に寄りかかった。

雲居雁も目を覚ましていて、物思いに耽《ふけ》っている。どうしても眠れなくて、思わず「雲居の雁もわがごとや」と口ずさむ（「霧《きり》深《ふか》き雲居《くもい》の雁《かり》もわがごとや晴《は》れもせず物《もの》の悲《かな》しかるらむ」という歌の一節）。

暗闇の中で、雲居雁の寂しげな独り言が、夕霧の胸の中まで響いた。居ても立ってもいられなくなり、夕霧は「この襖をあけてください」と訴えるが、何の返事もない。

秋である。しんしんと寒さが心に染み入る。

雲居雁は自分の独り言を聞かれたが恥ずかしく、顔を赤らめながら、夜具《やぐ》の中にもぐりこんでしまった。

それでも、夕霧への思いが募《つの》るばかりだった。乳母たちが側に寝ていて、身じろぎもできない。雲居雁は息を殺して、夕霧の気配をうかがう。夕霧はそっと「雲居の雁もわがごとや」と詠んだ。

さ夜中《よなか》に　友呼《ともよ》びわたる　雁《かり》がねに
うたて吹《ふ》き添《そ》ふ　荻《をぎ》のうは風《かぜ》★

★「雁がね」は、雁の鳴く声。友にはぐれて呼び求める声で、物悲しいものとされている。「吹き添ふ」は、悲しみが倍加するという意味。真夜中に友を呼びながらいく雁の声も物悲しいのに、荻の葉に吹く風の音がさらに悲しみを添えることです。

内大臣って、源氏が須磨《すま》に流されたとき、たった一人で会いにきた人よね。それが幼い二人の

恋心を引き裂くようになるなんて……。やっぱり人間って、偉くなったら変わっちゃうのかな。

内大臣は源氏と権力争いに必死なんだ。戦場は、すでに次の世代に移っているんだよ。夕霧と雲居雁が襖《ふすま》越《ご》しにお互いの気持ちを確かめ合うというのも印象に残る場面の一つだね。二人ともまだ子供だ。そして、どちらも寂しい境遇《きょうぐう》なんだ。だから、二人は寄り添うようにして生きてきた。

それなのに、大人たちの都合《つごう》で引き裂かれて、夜中に声をひそめて、お互いを呼び合っている。それがわからなければ、夕霧の返歌の「さ夜中に友呼びわたる雁がねに」の悲しさは理解できない。

源氏なら華麗《かれい》に登場して、次々とお姫様をものにしていくんだろうけど、夕霧は違う。雲居雁のことを「友」って歌っているのも奥ゆかしいね。まだ、無邪気な恋なんだ。だから、余計に切ないんだね。

【少女その四】夕霧と雲居雁の別れ

内大臣は、次々と手を打った。

まず、帝が引き留めるのもかまわず、弘徽殿女御《こきでんのにょうご》を強引に里下がりさせる。そして、雲居雁《くもいのかり》を大宮から引き取り、弘徽殿女御のもとで育てることにした。

大宮は、それを寂しく思った。楽しみといえば、夕霧と雲居雁とのふれあいしか残されていなかったのに、夕霧は源氏の二条東院に移り、そして、雲居雁も弘徽殿女御のもとに移り住む。大宮は、内大臣の冷酷《れいこく》さを恨《うら》んだ。

いよいよ、夕方、内大臣が雲居雁を迎えにくる。そこで、大宮は雲居雁を呼び寄せた。まもなく、別れである。

「私は朝も夜もあなたを慰《なぐさ》めの相手として離れたことがないのに、これからは寂しくてたまらなくなります。もう、私の寿命も残り少ないので、あなたの行く末を見届けることもできまいと、ただでさえ悲しく思っていたのに、あなたは私を見捨てて出て行くのですね」

雲居雁は顔を上げることもできず、ただただ泣くばかりである。

夕霧は雲居雁恋しさに、大宮の屋敷をうろつきまわり、今は物陰に隠れて、この様子をうかがっていた。たとえ、人に見咎《みとが》められても、雲居雁に会えない辛《つら》さに比べれば、どれほどのことがあろう。そう思ってはみても、心細さに涙が止まらない。

その姿を、夕霧の乳母《めのと》である宰相《さいしょう》の君《きみ》はかわいそうに思って、大宮に何とか訴えて、夕暮れ時に人の行き来するのに紛《まぎ》れて、雲居雁とこっそり逢《あ》わせた。

もう二度と会えない。これからは、お互いに一人きりだ。声を嗄《か》らして呼び合ったところで、遠くの空に空しく響きあうだけである。

二人は見詰め合うだけで、言葉にならない。何も言わずに、泣きじゃくる。

夕霧はやっとの思いで、「内大臣の心が恨めしくてならないので、いっそう、あなたのことを諦《あきら》めてしまおうと思うのですが、そうなるとあなたがなおさら恋しくて、たまらない気持ちになります。これまではお会いする時間がたくさんあったのに、今までどうしてお互いによそよそしくしていたのでしょう」という。

雲居雁は「私もおんなじ」と、ぽつりという。

夕霧の胸は抑えきれないほど高鳴った。涙におぼれて、その中で雲居雁が小さくうつむいて見える。手を伸ばせば、消えてしまうだろう。驚いて、遠くに飛び立ってしまうだろう。

夕霧の呼吸は荒くなった。

「恋しいと思ってくださいますか?」

雲居雁はしばらくたって、こっくりとうなずいた。

灯火が灯《とも》る頃、内大臣が宮中から退出されたのか、ものものしく大声をあげて先払いする声に、「それ、お帰りだ」と女房たちがぴりぴりして騒ぐので、雲居雁は急に恐ろしくなって震《ふる》えだした。

夕霧は内大臣に見咎められて、騒がれるならそれも結構と、一途に雲居雁を見つめて離さない。その時、雲居雁の乳母が探しにきて、二人を見て驚いた声をあげる。

「おや、まあ、本当に情けないことです。殿のお怒りや小言はいうまでもなく、いくら立派な相手でも、六位風情《ろくいふぜい》では」

乳母はそういって、雲居雁を連れ去ろうとする。

夕霧は六位風情と自分に恥をかかせようとしたのだと思い、唇を噛《か》み締《し》めた。

雲居雁は、去っていった。

一人残された夕霧は、胸も張り裂けそうになって、自分の部屋に籠《こ》もったまま、横になっていた。大宮のもとから、「こちらにいらっしゃい」と仰《おお》せがあったけれども、寝ているふりをして、身じろぎもしようとしない。

涙が止めどなく溢《あふ》れてくる。

泣きながら夜を明かし、霜《しも》の真っ白な早朝、急いで邸《やしき》を立つ。真っ赤に泣きはらした目もとを、人に見られるのが恥ずかしかった。

【少女その五】六条院完成。栄華を極める源氏

源氏は、六条《ろくじょうの》御息所《みやすどころ》の旧邸あたりの四町を用地として、新邸を建造する。六条院である。

四つの町は春夏秋冬のそれぞれの季節に配され、そのそれぞれに関係の深い女性が集められた。

ここにおいて、源氏は栄華《えいが》を極《きわ》めた。

春の御殿《ごてん》は、源氏が常に起居《ききょ》する御殿で、紫の上が住み着いた。

夏の御殿は花散里で、彼女が夕霧の養育係になった。

秋の御殿は、梅壺女御《うめつぼのにょうご》、すでに冷泉帝の中宮が住んだ。中宮は、秋を好んだので、秋《あき》

好中宮《このむちゅうぐう》といわれた。

そして、冬の御殿には、明石の君が、他の女性より遅れて、十月くらいにそっと移り住んだ。人並みでない身分を憚《はばか》って、人目につかないようにとの配慮《はいりょ》である。

六条院って、広いんだろうね？

六条院《ろくじょういん》は四町というから、相当大きいことは確かだね。そこに、あちこちから自分と関係の深い女性を迎え入れて、いわゆるハーレムをこしらえたわけだから、これは、男にとっては夢のような生活だろう。まさに、帝をしのぐ権勢《けんせい》といってもいい。こうしてついに、源氏は栄華を誇ることになる。

紫式部はここまでことを運んでおいて、六条院における源氏の栄華を極めた生活を、一年間の年中行事に絡ませて、絵巻物《えまきもの》のように描き出す。それが「初音《はつね》（巻之二十三）」から「行幸《みゆき》（巻之二十九）」に至る一連の物語なんだ。

ただし、紫式部は美しい源氏の一年間を、単なる風景として描いたんじゃない。そこに、複雑に絡み合った物語をちりばめていくんだ。

それって、夕霧と雲居雁のことでしょ？

うん、それが一つだね。でも、もう一つあって、それが次の「玉鬘《たまかずら》（巻之二十二）」で登場する玉鬘の物語。

この二つの物語が交響曲のように、二つの旋律《せんりつ》を奏《かな》でながら、互いに絡み合って、クライマックスまで一気に盛り上げていく。このあたりの紫式部の力量は、すごいね。

面白そうだな。

これらの物語が源氏の栄華を示すと同時に、その影をもくっきりと刻み込んでいく。そうした展開に気を配りながら、第三章を読んでいこう。

第3章

光源氏の栄華

玉《たま》鬘《かずら》（巻之二十二）

◉【玉鬘その一】内大臣と亡き夕顔の娘、玉鬘のその後

あれから、どれほどの年月がたったのだろう。源氏は今でも可憐《かれん》だった夕顔《ゆうがお》を忘れることができない。

夕顔の女房だった右近《うこん》は、今では紫の上のもとにいる。右近もまた、当時四歳だった姫君がどうなったのか、今でも気になっている。

あの時、残された姫君も乳母《めのと》もいつまでも待ったが、結局、夕顔は帰ってこなかった。不思議な男性にどこかに連れて行かれたまま、行方不明だった。乳母は母君の行方が知りたいと、神仏に祈り、昼も夜も泣き焦《こ》がれ、思い当たるところはすべて捜したのだが、どうやっても行方がわからない。

生きているのか、死んでいるのか。

しかし、乳母の夫が大宰少弐《だざいのしょうに》の任に就《つ》くため、一緒に筑前国《ちくぜんのくに》へ下国することになった。そうなると、残された幼い姫君はどうなるのか。仕方がない、この上は、姫君を筑前国までお連れして、母君の形見《かたみ》としてお世話をすることにしよう。一行はそう相談し、旅立った。何の設備もない船に姫君を乗せて、ゆらゆらと漕《こ》ぎ出していく。

姫君のかわいらしさは、たとえようがない。

「お母様のもとに行くの？」と尋ねる姫君に、乳母たちは涙が零《こぼ》れて、答えることができない。

乳母の夢枕《ゆめまくら》に、ほんの時たま、夕顔が立つことがある。消えてしまったあの日のあの姿のまま、じっと立っている。そんなときは、夢から覚めても気分が悪く、患《わずら》うことも多いので、やはり夕顔はこの世にいないのかもしれないと思って、乳母は悲しくなった。

それから、また何年か過ぎた。その姫君を玉鬘《たまかずら》と呼ぼう。

玉鬘は十歳ほどになって、その美しさは気味が悪いくらいだった。

大宰少弐は重い病気にかかり、自分でも死期が近いことがわかった。何とか都に連れて行って、しかるべき人に知らせなくては。このまま筑前国に埋《う》もれさせるわけにはいかない。今をときめく内大臣の姫君であり、しかもこれほどまでに美しいのだから。

大宰少弐は三人の息子に「何としてもこの姫君を都にお連れ申すように。私の供養《くよう》など、気にかけることなどない」と言い含めた。

やがて大宰少弐は亡くなり、遺族たちは心細い気持ちで何とか上京の機会をうかがっていたが、そうこうしているうちに、また何年か過ぎ去った。

玉鬘は立派に成人していくにつれ、母の夕顔にもまして美しくなり、父内大臣の血を受けてか、どこか気品があり、しかも申し分のない性格である。

いつの間にか玉鬘の評判を伝え聞いては、風流がかった田舎者《いなかもの》たちが、思いをつづった恋文を書きつける。その数はますます増えていくばかりである。

乳母たちは驚き呆《あき》れ、誰一人として取り合おうとしない。

「この娘は器量《きりょう》は人並みだが、体に欠陥があり、そのためどなたとも縁《えん》づけず、尼《あま》にして、一生面倒を見てやるつもりです」

乳母はそう言いふらすことで、玉鬘を男たちから守ろうとした。

玉鬘は二十歳になった。乳母の娘や息子たちもそれぞれ土地の者と結婚し、住み着いてしまった。乳母は心の中では上京をせいてはいるものの、実現の可能性は遠のくばかりだった。

玉鬘は分別がついてからというもの、自分の薄幸《はっこう》を嘆くばかりだった。父にも会えず、母の行方もわからないまま、この田舎の地で生を終えるのか。

大夫監《たいふのげん》といって、肥後国《ひごのくに》にかなり勢力を持った武士がいた。無骨《ぶこつ》で、恐ろしい気性の持ち主で、器量のよい女性を集めては、自分の妻にしていた。

その大夫監が、玉鬘の噂を聞きつけ、熱心に言い寄ってきた。

たとえどんなに体に欠陥があろうと、私は見ないふりをして、どこまでも見捨てぬつもりだ。そういって、大夫監は強引に押しかける。しかも、乳母の三人の息子のうち、下の二人を味方につけてしまったのだ。

そのうちに一人がいう。

「この国で、大夫監に睨《にら》まれたら、暮らしていけなくなります。尊い血筋といったところで、父から子としての扱いを受けず、世間に埋もれているのでは、どうしようもありません。もともとこうなる前世《ぜんせ》の因縁《いんねん》で、このような田舎に来たのでしょう。逃げ隠れしたところで、何の得にもならないどころか、あの人が怒り出したら、何をされるかわかりません」

乳母は大変なことになったと聞いていたが、長男である豊後介《ぶんごのすけ》が「この上は亡き父の遺《ゆい》言《ごん》に従ってここを抜け出し、姫君を何とか都におつれしよう」といった。

玉鬘は人知れず胸を痛め、もし大夫監の妻になるならば、いっそう死んでしまおうと心に決めていた。

一行は、夜中に船で逃げ出すことにした。

豊後介は、玉鬘のため、仲のよかった兄弟と仲違《なかたが》いをし、家族も見捨てていかなければならない。姉娘は、家族が多くなっているので、とてもそれを見捨てて出て行くわけにはいかない。妹のほうは、兵部《ひょうぶ》の君《きみ》と呼ばれているが、彼女は長年連れ添った夫を捨てて、姫君のお供をすることに決めた。

そうやって、めいめいが大切な人たちと別れを告げ、なんの当てもない、しかも命がけの旅に出るのである。

「夕顔《ゆうがお》（巻之四）」で、源氏の目の前で亡くなってしまった夕顔と内大臣（かつての頭中将）の娘、玉鬘が中心の物語は、「玉鬘《たまかずら》（巻之二十二）」～「真木柱《まきばしら》（巻之三十一）」まで続いていて、一般に玉鬘十帖《たまかずらじゅうじょう》と呼ばれているんだ。

全体で五十四帖だから、そのうちの十帖って、すごい比率ね。

それくらい、当時の人は玉鬘の話に熱中したんだと思うよ。本当は高貴な血筋のお姫様が父を探して旅をするという設定自体が興味をそそられるものだし、玉鬘が絶世《ぜっせい》の美女というのも、それに拍車《はくしゃ》をかけただろう。

でも、玉鬘の立場に立ってみたら、理不尽な話だわ。まだ幼いのに、母親が知らない男に連れ去られて、いくら待っても帰ってこない。どんなに辛かったことか。しかも、知らない筑紫国まで堕ちていって、世間に顔を出すこともできない。私、玉鬘を応援することにする。

源氏物語の中で、美人コンテストをしたら、藤《ふじ》壺《つぼ》の宮、紫《むらさき》の上あたりが優勝候補になるのかな？

でも、どちらも桐壺更衣《きりつぼのこうい》の生き写しだったよね。残るのは、明石の姫君ぐらいだけど、この時点ではまだ子供だ。そう考えると、源氏物語に出てくるさまざまな美女の中で、玉鬘の扱いは別格といってもいい。実際、物語の中ではいろいろな人の口を通して、玉鬘がいかに美しいかが繰り返し語られているんだよ。

夜の脱出劇、これも切迫感《せっぱくかん》がよく伝わるシーンだね。明かり一つない漆黒《しっこく》の海を音もなく船が進んでいく。海賊《かいぞく》が出るかもしれないし、大夫監《たいふのげん》が追ってくるかもしれない。連れ戻されればどんな目に遭わされるかわからないから、もう後戻りはできない。本当に命がけなんだ。

　子供の頃からお世話している乳母《めのと》は別としても、長男の豊後介《ぶんごのすけ》や次女の兵部《ひょうぶ》の君《きみ》にしてみれば、家族や大切な人を捨てて、玉鬘についていくというのはたとえそれが亡父の遺言とはいえ、勇気のいる決断だろう。しかも、唯一の頼みの綱《つな》である父の内大臣は、あまりにも身分が違いすぎて、たとえ名乗り出ても、簡単に会ってくれるはずがない。第一、信じてもらえるかどうかもわからないだろう。

　豊後介も、残した家族が大夫監にどんな仕打ちを受けているかと思うと、胸も潰《つぶ》れる思いになる。それでも、玉鬘たちは都を目指さなければならないんだ。

なんか、胸が締めつけられてきちゃった。

【玉鬘その二】玉鬘一行と右近、長谷詣でで涙の再会

　都に無事に着いた。どこかに落ち着くことのできる昔の家があるわけでないし、身を寄せられるような人も、誰一人思い浮かばない。一行は捨ててきた家族を思い、涙にむせぶしかなかった。

　ひとまず、九条に昔知り合いだった人が住んでいたのを訪ねだし、身分の卑《いや》しい人たちに混じって、暮らしはじめた。世を嘆きながら、夏が過ぎ、秋になったが、何一つ事態は

好転しない。

かくなる上は神仏にすがるしかないと、一行は石清水八幡宮《いわしみずはちまんぐう》に参詣《さんけい》した。さらに、長谷寺《はせでら》がご利益《りやく》があると聞くと、さっそくお参りすることにする。徒歩のほうがより効果があると思い、玉鬘《たまかずら》は無我夢中で歩いた。

どれほど歩き続けただろうか。自分の足でそれほど歩いたことがなかったので、足の裏が痛くて、もう歩けなくなった。そこで、休みを取ることにした。

人目につかないようにして、一行はひっそりと椿市《つばいち》の宿の片隅で参詣の準備をしていた。そうしているうちに日が暮れていく。

どうもこの宿には身分が高い客が泊まっているようだったので、一行は衝立《ついたて》のようなもので、玉鬘を隠した。

この客人というのは、実はかつて夕顔の女房だった右近《うこん》である。今でも夕顔が忘れられない右近は、この寺にたびたび参詣していたのだ。

右近は隣の部屋に泊まっている一行が気になって仕方がなく、ものの隙間からそっとのぞいて見ると、何と亡き夕顔のもとに使えていた下女ではないか。はっきりそうわかると、右近は夢を見ているような気がした。

「この私に見覚えがありませんか」といって右近は顔を差し出す。女ははたと手を打ち、「あなた様ではいらっしゃいませんか」と言って、次の瞬間、声をあげて泣き出した。

「それよりもお姫様はどうなさったんですか。乳母《めのと》はここにおいでですか」と右近は聞くが、夕顔のことは言い出せないでいる。

「みんないらっしゃいます。さっそく、乳母殿にこのことを申し上げましょう」といって、奥に入っていった。

誰もが驚いた。「まるで夢のようです」といって、互いにわからないようにと仕切った屏風《びょうぶ》をすべて押し開け、言葉も失い、ただただ泣きじゃくった。

年老いた乳母は右近にすがるように、「お方様《かたさま》はどうなさったのですか。夢でもいいから、どこにいらっしゃるのか知りたいと、ずっと念じ続けていました」という。

右近はどう答えていいかわからず、「お方様はとうにお亡くなりになってしまったのです」とだけいった。その途端、二人、三人がそのままむせび泣いて、誰もが涙をこらえきれないでいる。

右近はそっと姫君を見ると、その一行の中に粗末な旅姿ながら、いかにも美しい人がいる。右近は胸が潰《つぶ》れる思いがした。

右近と再会したということは、これでやっと玉鬘も幸せになれるのね。よかったよかった。

長谷寺に参拝した折のことだから、ここでも神仏などの裏の世界が表の物語を動かしている。神仏が右近と玉鬘一行を引き合わせたんだね。

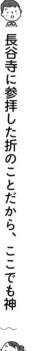

ところが、そう簡単には話が進まないんだよ。たしかに源氏は右近の報告を聞いて喜び、玉鬘を養女として六条院に迎え、花散里《はなちるさと》にその後見《こうけん》を依頼した。

でも、玉鬘にしてみたら、なんで父でもない源氏に面倒を見られなければならないのか、わからないんじゃないかな。

夕顔が源氏に連れ去られたときはまだ幼かったので、玉鬘は夕顔と源氏の関係について多くは知らないはずだ。それなのに源氏は父の内大臣に会わせてあげると約束をして、玉鬘を自分の養女にしてしまったんだ。

考えてみれば、それもそうね。玉鬘にしてみれば、何故源氏がこんなにも親切にしてくれるのか、理解できないのではないかしら。

しかも、玉鬘がいくら頼んでも、源氏は実の父親である内大臣に会わせてくれない。源氏の親切に感謝はしているけれども、玉鬘の胸の奥深いところに、漠然《ばくぜん》とした不信感が芽生《めば》えてくる。

なるほど。玉鬘には、源氏の意図がわからないわけだ。でも、なんで源氏は、玉鬘を内大臣に会わせないの？

最初は田舎育ちだからと高をくくっていたけれど、手紙のやりとりを通して、その聡明《そうめい》さ、教養の高さに驚いたんだ。そこで源氏は、一つの思いつきを実行に移してみる気になった。源氏は、六条院に玉鬘を迎え入れ、彼女を巡《めぐ》る男たちの熱中ぶりを見て楽しもうと思ったんだ。それぐらい、源氏は玉鬘の魅力を見抜いていたともいえるね。

さらに、実際の玉鬘と対面して、あまりの美しさに驚く。そして、現実に、源氏の思惑《おもわく》通りにことが進んでいく。当時の有力な貴族たちが、次々に玉鬘に惹《ひ》かれて夢中になるんだ。

わかった。例の秘密兵器を、源氏はまた手に入れたのね。源氏は紫の上との間には娘がいないから、六条御息所の娘を秋好中宮《あきこのむちゅうぐう》にした。それが第一弾で、次は明石の姫君だけど、彼女はまだ幼いから、隠し玉としてとっておく。そこで玉鬘の登場となるわけね。玉鬘って何歳なの？

この頃、源氏は三十五歳で、玉鬘は二十一歳だ。

やったあ。それじゃあ、即戦力《そくせんりょく》じゃない。

でも、それって波乱《はらん》を呼びそうじゃない？　だって、源氏の対抗馬《たいこうば》って内大臣でしょ。玉鬘の実の父親だよね。

胡《こ》蝶《ちょう》（巻之二十四）

◉【胡蝶その一】玉鬘のもとに殺到する求婚者

噂はまたたく間に広がった。夏の御殿の西の対《たい》には、非の打ち所のない美しい姫君がいて、源氏が大切にかしずいているという。しかも、源氏の養女である。

誰もが我こそこの姫君の婿《むこ》にと胸を焦《こ》がしていた。

源氏の苦悩は深かった。玉鬘に思いを寄せる人が多いほど、婿《むこ》を決めかねていたし、きっぱりと父親として振る舞えそうになく、いっそのこと内大臣に打ち明けて、妻にしようかとも思う。

夕霧《ゆうぎり》は自分の妹と思っているから、遠慮なく接近してくるが、事情を知っている玉鬘のほうでは恥ずかしく思ってしまう。

内大臣の若君たちは、まさか自分の姉妹とは知らず、夕霧にしきりに仲介を頼んだりする。そのたびに玉鬘は困り果て、源氏に早く内大臣の娘であることを公《おおやけ》にしてほしいと願うが、それを口に出すことはできず、ひたすら源氏の言うがままに従っている。源氏はそんな玉鬘の様子を見るにつけ、ますますかわいいと思うのだ。

実際、玉鬘は困り果てていた。彼女のもとに懸想文《けそうぶみ》が次々と届く。源氏は玉鬘の部屋を訪れては、それらの手紙を読み、これは返事を書くべきだとか、いちいち指図をする。

なかでも熱心なのが、源氏の弟の蛍兵部卿宮《ほたるひょうぶきょうのみや》と鬚黒《ひげぐろ》の右大将と内大臣の子供の柏木《かしわぎ》の三人である。源氏は自分を親代わりに思いなさいという。そして、彼女の結婚相手に関して、あれこれと口を出す。

玉鬘は仕方なく「幼い頃から親などないものと過ごしておりましたので、どのように振る舞っていいのか、途方《とほう》に暮《く》れています」とだけいう。

「それなら、私を実の親と思ってください。私の並々でない気持ちがどれほどのものなのか、どうか見届けてくれないでしょうか」

源氏は本心を口に出してはいえないが、時々意味ありげな言葉を話の中に挟《はさ》み込む。玉鬘はそれに気づかない様子なので、源氏はいつも溜息《ためいき》ばかりをついてしまう。

柏木は内大臣の子供だから、玉鬘とは実の兄弟だよね。そうとは知らずに彼女に夢中になっているなんて、ことの真相を知ったときはショックだろうな。

源氏は玉鬘の婿を選ぼうとしながら、その一方で自分のものにしたいという下心が顔を出すから、大変なようね。いい気味ね。

【胡蝶その二】強引に迫る源氏に悩む玉鬘

玉鬘のことが気にかかるままに、源氏はしきりと西の対《たい》に出かけては、玉鬘の世話をする。

一雨降った後の物静かな黄昏時《たそがれどき》、源氏は庭を見ながら、玉鬘の匂うばかりの美しさが思い出され、いつものようにこっそりと西の対に出かけていく。玉鬘はくつろいでいるところへいきなり源氏が入ってきたので、あわてて起きあがり、きまり悪そうにしている。

源氏は玉鬘のなよやかな物腰にふと夕顔が思い出されて、「はじめてお会いしたときは、こうまで似ているとは思わなかったけど、この頃では不思議なほど似ていて、母君ではないかと見間違えそうなときがよくあるのです」といい、涙ぐんだ。

「あの方をいつまでも忘れることができませんでした。でも、こうしてあの方にそっくりのあなたに出会って、夢のようです。だから、どうしてもあなたを愛する気持ちをこらえきれない」

と、源氏は思わず胸のうちを打ち明けてしまった。

そして、源氏は玉鬘の手を取る。

玉鬘はこんな経験をしたことがなかった。胸が張り裂けそうになった。

玉鬘はどうしていいかわからず、伏してしまった。源氏はその姿にもますます魅力を感じ、恋の悩ましさが抑え切れなくなり、今まで押し隠していた恋心を口にする。

「どうしてそんなに嫌がるのですか。私は人前では取り繕《つくろ》い、誰にも気づかれないようにしているのですよ。あなたもさりげない振りをして、隠していらっしゃい。これまでの父親としての愛情に、さらに恋の思いが加わるのだから、恋文を寄越《よこ》す人よりも私をないがしろにしていいはずがありません」

雨がやみ、風に竹の枝が鳴る頃、にわかに明るく射しだした月影が美しく、しっとりとした夜の風情《ふぜい》だった。女房たちは二人の水入らずの話に遠慮して、近くには寄りつかない。源氏は召し物を衣擦《きぬず》れの音も気づかれぬようにそっと脱いで、玉鬘の横に添い寝をした。

えっ、添い寝！

源氏って、女の人の気持ちをまったく理解しようとしないのね。親としての気持ちに、恋心が加わるから、よりいっそう自分を慕うべきだって、自己中の固まりよ！

本当に、玉鬘はどうしていいのか分からず、頭は混乱しているに違いないよ。

かといって、今は源氏に庇護されている身だから、露骨に遠ざけることもできないし。今なら、パワハラ、セクハラ確実よ。

【胡蝶その三】

玉鬘は今まで男女関係の経験がまったくなかった。男と女にこれ以上の接し方があるなど、夢にも思わなかった。誰もが源氏が親代わりに親切に世話をしていると信じ込んでいる。

誰にも知られてはいけないのだ。女房たちに怪しまれてもいけない。誰にも打ち明けることすらできず、一人で思い悩んでいた。女房たちはそんな玉鬘を見て、病気かと心配する。

源氏はいったん自分の思いを打ち明けた後は、遠慮することなく、直接かき口説くことが多くなった。玉鬘は追いつめられた気分になり、ついに病気になってしまう。だが、誰もが源氏を実の親と思い込んでいるので、玉鬘は一人で苦しみ抜くしかない。

「もし、こんなことが父である内大臣に知れたら、きっと蔑《さげす》まれてしまうに違いない」と玉鬘は思って、一人思い悩んでいる。

蛍兵《ほたるひょう》部《ぶ》卿宮《きょうのみや》や鬚黒《ひげぐろ》などは、源氏の意向が望みがないわけではないと伝え聞いて、ますます熱心に思いを込めた手紙を寄越す。

柏木《かしわぎ》も源氏が自分を認めていると聞いて、ただもう一途《いちず》にうれしくて、恋の恨み言を書き連ねては、玉鬘の周りをウロウロしている。

あ〜あ、またやっちゃった。まったくいい年して、中年の嫌らしさ丸出しね。

玉鬘のショックは相当なものだっただろうね。父親に会いたい一心で都に出てきたのに、万策《ばんさく》が尽きて、最後は神仏だけが頼りと思って長谷寺《はせでら》に参詣したら、顔なじみの右近と運命的な再会を果たしたんだ。誰だって長谷観音《はせかんのん》のおかげだと思うだろうし、だからこそ、いよいよ父の内大臣と会えると期待するのも無理はない。

　ところが、源氏は一向に自分の素性《すじょう》を明かしてくれない。あと一歩のところまで来ているのに、おあずけを食った形だ。これは精神的にかなり堪《こた》えるだろう。

　そして、ただでさえ不安に思っているところに、あろうことか源氏が自分に言い寄ってきた。玉鬘にしてみれば、源氏の庇護《ひご》がなければ、内大臣に会うことは難しい。かといって、源氏の愛を受け入れれば、内大臣から軽蔑《けいべつ》されるかもしれない。逃げ場もなく、他人に知られてもいけない。たった一人で耐え忍ぶしかないんだ。

源氏は何を焦《あせ》っているんだろう？　常軌《じょうき》を逸《いっ》した行動だから、かえって哀れに見えるね。老いへの焦りなのか、それとも、もっと漠然とした寂しさなのかなあ。

蛍《ほたる》（巻之二十五）

◉【蛍その一】蛍兵部卿宮の前で蛍の光に照らし出される玉鬘

源氏は苦しい思いを抱いたまま、足繁《あししげ》く西の対《たい》に通い詰め、女房たちがいなくなったときを見計らって、ただならぬ思い詰めた様子で自分の苦しい胸の内を訴える。

玉鬘《たまかずら》はそのたびに胸が潰《つぶ》れる思いになる。かといって、きっぱりと断り、源氏に気まずい思いをさせるわけにはいかない。そこで、気づかない振りをして、さりげなく源氏の相手をするしかなかった。

蛍兵部卿宮《ほたるひょうぶきょうのみや》は、真剣になって、しきりに恋文を玉鬘に届けた。「せめて、もう少しお側近くにあがるのだけでも、お許しくださったら」と書いてあるのを、源氏が読んで「それならいいでしょう。こういう高貴な方が言い寄るのは、さぞ見物でしょう。時々は返事をしてあげなさい」という。文章まで教えて、無理に返事を書かせようとする。

玉鬘はますます情けない気持ちになり、気分が悪いといって、返事を書こうとしない。すると、玉鬘の女房の一人、宰相《さいしょう》の君《きみ》を呼んで、玉鬘の代筆をさせる。源氏は、蛍兵部卿宮に玉鬘が言い寄られる様子を、何としても見たくて仕方がないのだ。

玉鬘は蛍兵部卿宮に特に関心があるわけではないが、宮と結婚をすれば源氏に困らせられることもなくなるかもと思いはじめている。

源氏は一人で張り切って、宮を待ち構えていた。そうとは知らない蛍兵部卿宮は、少しでも色《いろ》よい返事があったと喜び勇んでやってきた。妻戸《つまど》の間に座を作り、几帳《きちょう》を隔《へだ》てて、玉鬘の近くに座った。

玉鬘は東の廂《ひさし》の間に引きこもって、横になっていたが、宰相の君が宮の言葉を取り次いで、奥に入る。

源氏は「これでは、あまりにもったいぶった扱いです。自分で答えないまでも、せめてもう少し近くに寄りなさい」という。こんな意見にかこつけて、源氏が側近くにまで来かねないので、思い悩んでいると辛《つら》くなり、玉鬘はそっとその場を抜け出し、母屋《おもや》との境に立ててある几帳の影に横になった。

蛍兵部卿宮が懸命《けんめい》にかき口説く。玉鬘は返事もせずに、思いためらっている。

そこへ、源氏が近寄ってきて、几帳の帷子《かたびら》を一枚、いきなり引き上げた。その瞬間、光るものが辺り一面散乱し、紙燭《しそく》でも差し出したのかと、玉鬘はびっくりする。源氏は夕方に蛍《ほたる》をたくさん包んでおいて、光が漏《も》れないよう隠していたのだ。そして、何気なくその辺を取り繕《つくろ》うふりをして、いきなり蛍を一斉に放ったのだ。

突然きらめく光の乱舞に、玉鬘は驚いて扇《おうぎ》で顔を隠した。その横顔は息を呑《の》むほど妖《あや》しく美しい。
蛍兵部卿宮は、玉鬘のいるあたりを見当をつけ、帷子の隙間からそっとのぞいた。思いもかけない蛍の光が、暗闇の中で玉鬘の姿をほのかに映し出す。蛍兵部卿宮はすっかり心を奪われてしまった。
たちまち女房たちが蛍を隠してしまったので、ほんの一瞬しか見えなかったが、玉鬘の幻想的な美しさが網膜《もうまく》に張り付いてしまった。源氏の思惑《おもわく》通り、蛍兵部卿宮はすっかり玉鬘の虜《とりこ》になったのである。

暗闇の中で妖しく浮かび上がる玉鬘。紫式部って、本当に印象的なシーンを作るのがうまいのね。

それにしても、源氏の異様さは際《きわ》だっているよね。玉鬘を愛しながら、彼女に夢中になる男たちの様子をのぞいて、一人ほくそ笑んでいる。なんか背筋がぞっとする。

たしかに、この頃の源氏には、なにか凄《すご》みを感じるね。すべての男たちを、自分の思うがままに操《あやつ》ってもてあそんでいる。さて、玉鬘の恋の行方はおいおい明らかになっていくけれど、お婿《むこ》さん候補《こうほ》は、今のところ二人に絞られたといってもいい。
一人は、蛍兵部卿宮《ほたるひょうぶきょうのみや》。皇族で、源氏の弟でもある。風流で色好み、言い換えると、優しいけどプレイボーイで、あちらこちらに愛人をたくさん作っているらしい。源氏は玉鬘をけしかけておきながら、一方ではあまり親しくしてはいけないと忠告する。

源氏の胸中も複雑なんだ。

そして、将来を嘱望《しょくぼう》されているのが、夕霧《ゆうぎり》と柏木《かしわぎ》と鬚黒《ひげぐろ》の三人。

まず、源氏の子供の夕霧は、玉鬘が自分の姉だと思っているから、恋愛の対象になっていない。実際には違うわけだけど、玉鬘二十二歳に対して夕霧十五歳で、年齢的に下すぎる。性格は、葵《あおい》の上に似たのか、生真面目で浮いたところがない。

私の好感度、ナンバーワンね。

次の柏木は内大臣の長男で、このとき二十歳か二十一歳。宮中で覇権《はけん》を争う二大勢力の源氏（太政大臣）と内大臣。そのそれぞれの家の次の時代を担うのが夕霧と柏木なんだ。柏木は、夕霧とは親友であると同時にライバルでもあり、かつての源氏と頭中将（今の内大臣）の関係に似ているね。

柏木は夕霧に何とか自分の気持ちを取り次いでもらおうとするが、真面目な夕霧はあまり相手にしないんだ。もちろん、玉鬘は柏木が自分の弟と知っているから、最初から結婚相手の候補にはならない。ということで、蛍兵部卿宮の対抗馬《たいこうば》は、残る鬚黒しかいないんだ。

鬚黒《ひげぐろ》っていうのも、変な名前だよね。

源氏物語では、基本的には登場人物に名前がないんだ。だから、地位とか役職とか住んでいる部屋の名前で呼ばれるんだけど、いつの間にか読者によってあだ名がつけられることもある。鬚黒も、鬚が黒いからそう呼ばれるようになったんだね。

鬚黒は現東宮《とうぐう》の叔父《おじ》に当たる人で、身分も高い。当然、将来は夕霧や柏木に対抗できる地位にあるんだ。しかも性格は真面目一方で、浮いた噂《うわさ》などこれまでに一度もない。だけど、あだ名からもわかるように、外見的には女性にモテるタイプではないみたいだね。ゴツくて繊細《せんさい》さに欠けるイメージかな。
実際、玉鬘も一番嫌っているんだ。

それなら、蛍兵部卿宮に決まったようなものだね。どんでん返しがあるとしたら、親代わりの源氏ぐらいか。

そう単純にはいかないところが源氏物語の面白いところで、まもなく最高のライバルが登場するんだ。

それって、ズルくない?

先が読めないからこそ読者は物語の世界に引き込まれ、これだけ多くの人に読み継《つ》がれてきたんだ。こうした筋の運び方は、紫式部の真骨頂《しんこっちょう》だから、どういう結末になるか、楽しみは後にとっておこう。

【蛍その二】物語論。一向に進展しない夕霧と雲居雁

梅雨《つゆ》の長雨が続く頃、六条院の女君たちは物語に熱中していた。田舎《いなか》暮らしが長かった玉鬘《たまかずら》も、見たこともないような物語の世界に触れ、それを書き写したりして日々を送っていた。
源氏は、そんな玉鬘を相手に、「物語の虚構《きょこう》にこそ真実が宿《やど》っている」という独自の物語

論を説く。

源氏は夕霧《ゆうぎり》を決して紫の上に近づけないようにしていた。男と女の不条理《ふじょうり》を身をもって知っていたからであろう。

だが、明石の姫君のもとへは出入りを許していた。自分が死んだ後、夕霧が後見《こうけん》になる際、気心も知り、親しんでいたほうが都合がいいと考えたのだ。源氏はこの二人の実の子を、大切に扱っていた。

明石の姫君はまだ人形遊びが好きである。夕霧は明石の姫君と人形遊びをまめまめしくしながら、時折、雲居雁《くもいのかり》と遊んだ頃を思い出し、涙ぐんでいる。

夕霧は雲居雁を忘れることがなかった。だが、彼女の女房から「六位風情《ふぜい》」と軽蔑《けいべつ》されたことが今でも心に焼き付いていて、何とか見直してもらいたいと、そればかりを念じていた。

夕霧が雲居雁になりふり構わずつきまとっていたなら、内大臣も根負けして、二人の結婚を許したに違いなかった。あるいは、源氏が少しでも頭を下げたなら、話は違っていたかもしれない。

だが、夕霧は何としても内大臣に是非を判断していただかねばと心に決めていて、雲居雁にだけは並々でない恋心を抱きながら、表向きは一向に焦《あせ》ったところを見せようとしない。それがまた内大臣はしゃくに障《さわ》るのである。

内大臣にはたくさんの子供たちがいたが、娘はそう多くない。弘徽殿女御《こきでんのにょうご》も中宮にと期待したが、秋好中宮《あきこのむちゅうぐう》に先を越され、雲居雁も東宮妃にともくろんでいたのに、夕霧のために思い通りにならなく、大変悔しがっていた。

内大臣は、玉鬘の噂を聞くにつれ、夕顔とその娘のことが思い出された。

「あの娘はどうなっただろう。実にかわいらしい娘だったのに。今頃、惨《みじ》めな境遇《きょうぐう》に落ちぶれて、さまよっているのではないだろうか」

あるとき、内大臣は夢を見た。夢占いによると、「もしかすると、その娘は今頃誰かの養女になっているかもしれない」という。

内大臣は首を傾げた。まさか、源氏の養女になっているとは、夢にも思わなかった。


源氏が玉鬘に語ったという物語論《ものがたりろん》はこの時代のものとしては、かなり異質な考え方として有名なんだ。当時は、「公的な文書＝漢字」、「私的な文書＝平仮名《ひらがな》」という使い分けが一般的で、主に平仮名で書かれた物語は、（公《おおやけ》の）事実を書いたものではなく、あくまで虚構《きょこう》（フィクション）だというのが常識だった。

それを、紫式部は、百八十度転換して物語という虚構の世界にこそ、真実の人間の姿がこめられていると述べているんだから、その独自性がいかに際《きわ》だっているか、わかるだろう。紫式部は、事実を並べただけの歴史書では見えてこない、真実の人間の姿を、物語を通して描こうとしていたんだ。これは、現代の小説に対しても十分通用する理論だよね。

常《とこ》夏《なつ》（巻之二十六）

◉【常夏その一】玉鬘の処遇に悩む源氏

源氏は明けても暮れても玉鬘のことばかり心にかかっている。いっそのこと、蛍兵部《ほたるひょうぶ》卿宮《きょうのみや》か鬚黒《ひげぐろ》と結婚させてしまおうか。そうすれば自分から離れ、切ない恋も断ち切ることができるのに。

そう思いながらも、やはり足は西の対に向いてしまう。今では、琴を教えることを口実に、玉鬘に馴《な》れ馴《な》れしく寄り添っている。

玉鬘も、最初は気味が悪く、源氏のことを疎《うと》ましく思っていたが、こうして側に寄り添ってきても、それ以上のことは何もしようとしないので、しだいに源氏に慣れ親しんできた。

会うたびに、玉鬘はますます美しくなっていく。源氏はやはり手放すのが惜《お》しくなるのである。

それならいっそ、このまま六条院で世話を続けて婿《むこ》を取り、適当な機会にこっそりと忍んでこようか。

今のように、まだ男を知らないときになびかせるのは難しく、かわいそうなものだ。だが、いったん結婚してしまえば、男女の営みも理解できるので、自分の恋心が相手に通じたら、人目を避けて忍び逢うこともできるだろう。

源氏はそこまで考えて思い直した。結婚させると、ますます悩みが深くなり、ひたすら思い続けているのも、また苦しいものだ。

源氏の悩みは尽《つ》きなかった。

源氏の悩みって、一見複雑そうに見えるけど、第三者からみれば滑稽ね。

でも、本人にとっては深刻な悩みなんだろうな。いったん結婚をさせれば、男女の営みも理解できるから、こっそりと忍び会おうかとか、頭の中は妄想が渦巻いている。

でも、それだけ自分に自信があるのだわ。周りもそれを認めているし。それよりも、私は夕霧と雲居雁のその後のほうが気がかりだわ。だって、真面目で純情な夕霧こそ、私の一番のお気に入りなんですもの。

【常夏その二】内大臣の落胤、近江の君登場

内大臣は、雲居雁《くもいのかり》のことが残念でならなかった。

源氏が玉鬘《たまかずら》にしたように、雲居雁を使って若い公達《きんだち》たちをやきもきさせたかったのに。

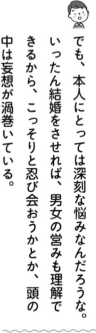

そう思うと、今さらながら悔しかった。

夕霧《ゆうぎり》とはそれほど昇進しないうちは結婚を許すまいと思うのだが、その一方で、源氏が丁寧《ていねい》に口添えをし、重ねて懇願《こんがん》したなら、それに根負けした形で許してやろうとも思った。だが、源氏も夕霧も、さっぱりと結婚を申し込む気配《けはい》を見せない。それがますます内大臣を不愉快《ふゆかい》にさせたのだ。

内大臣には頭痛《ずつう》の種《たね》が、もう一つあった。

玉鬘の噂《うわさ》を聞くにつれ、夕顔の娘が偲《しの》ばれてならない。そこで、柏木《かしわぎ》に捜すように命じたのだ。名乗り出たのは、近江《おうみ》の君《きみ》という娘だった。

「あの近江の君はどうしたものだろう。迎えに行って連れてきた手前、評判が悪いからといって、すぐに送り返すわけにも行くまい。いっそのこと、弘徽殿女御《こきでんのにょうご》の側に仕《つか》えさせて、笑い者にしてしまおう」と考えた。

そこで、内大臣は弘徽殿女御のもとに出かけ、「あの近江の君をお側に仕えさせましょう。見苦しい点は、年寄りの女房に命じて、遠慮せずに叱《しか》ってください」といった。

この近江の君がまた大変な娘で、田舎くさく、無作法で、品がなく、内大臣は思わず源氏の庇護のもとにいる玉鬘と比較して、大きな溜息をつくのである。

な、何なの、この突然登場した、近江の君って？

源氏物語には、源典侍《げんのないしのすけ》や末摘花《すえつむはな》のような道化《どうけ》役の人物が何人か出てくるんだけど、その中で最も活躍するのが、この近江《おうみ》の君《きみ》なんだ。

何か笑っちゃうんだよね。これでも一応、玉鬘の対抗馬なんでしょ？

近江の君を配することによって、源氏と内大臣の違いも、より鮮明になってくるんだ。これは想像でしかないんだけど、もし近江の君が源氏の落胤《おとしだね》（妻以外の女に生ませた子）だったとしたら、ここまで笑い者にしただろうか。

末摘花のような女性も引き取って面倒を見ている源氏なら、もっと違った接し方をしたんじゃないかな。

近江の君は、自分が周囲から笑われていることが、まったくわかってないのよね。かえって応援したくなっちゃうな。

近江の君は、決して悪い人物ではないと思うよ。それどころか、純粋で、けなげなところがある。だけど、身分の卑《いや》しい生まれのため、本人が一生懸命になればなるほど、上流社会では、かえってそれが滑稽《こっけい》に見えてしまうんだ。

そのあたりの観察も、紫式部は見事だ。

篝《かがり》火《び》（巻之二十七）

◉【篝火】篝火に照らし出される幻想的な風景

源氏は近江《おうみ》の君《きみ》の噂《うわさ》を伝え聞き、「どんな事情があるにせよ、内大臣のやり方は感心しないよ。ひっそりと暮らしている娘を自分の都合で引っ張り出し、おおげさに取り立て、挙《あ》げ句《く》の果《は》てには世間の笑い者にしてしまう。何事によらず、取り扱いの仕方一つで、穏《おだ》やかに事を済ませることができるのに」と気の毒そうに言う。

玉鬘《たまかずら》はそれを聞き、たまたま源氏のもとに身を寄せた幸運を思った。自分も九州の田舎《いなか》育ちで、貴族の世界のことなど、何一つ知らなかった。近江の君と少しも違わない。いきなり内大臣の前に名乗りを上げていたら、近江の君の二《に》の舞《まい》になったかもしれないのだ。

源氏の気持ちは辛《つら》いが、それでも自分の情に任せて強引な振る舞いをすることはない。いよいよ思いやりは深まるばかりである。

玉鬘はしだいに源氏に心を許していく自分に気づいた。

初秋の夕月夜、琴を枕に源氏は玉鬘に添寝《そいね》している。空にはうっすらと雲が懸かり、初風が涼しく吹きはじめている。

「篝《かがり》火《び》をつけなさい」と源氏がお供の者に命じる。

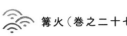

篝火に照らし出された玉鬘の姿は、美しかった。長い黒髪の手触りもひんやりと艶《つや》やかで、身を固くしている様子が、何とも切ない。寄り添うだけで、それ以上進まない仲なんて例があるだろうかと、源氏は溜息《ためいき》を漏《も》らした。源氏は篝火に託して、自分の恋情を歌にした。玉鬘は戸惑うばかりである。

「ほら、ごらんなさい。東の対《たい》から、美しい笛の音が聞こえてくる。夕霧《ゆうぎり》がいつもの友達と遊んでいる。あの笛の音は柏木《かしわぎ》のものだね」

玉鬘はそっと耳を澄ませた。あそこに実の弟の柏木がいる。何も知らずに、一心に笛を吹いている。そう思うと、いとおしい。

源氏が使いをやり、夕霧たちを呼び寄せる。後の二人は、ともに内大臣の息子である柏木と紅梅である。

源氏は柏木に琴を渡し、「早く早く」と催促《さいそく》する。

「御簾《みす》の中には、音色の善し悪しを聞き分ける人がおいでなので」

それを聞いて、玉鬘は切なくなる。この御簾の向こうでは、自分の弟たちが、自分のために合奏《がっそう》してくれるのだ。

柏木は自分の姉とも知らず、琴を引く手が緊張のあまり震《ふる》えていた。あれほど恋い焦《こ》がれた人が、あの御簾の中で自分の演奏に耳を澄《す》ませているのだ。

源氏はそうした状況を、何を思ってか、全身で感じ取っていた。

篝火の中、美しい琴と笛の音が、月明かりの空の中へ消えていく。

恋する相手を前に緊張して琴を弾くこともままならない柏木《かしわぎ》。実の弟なのに声をかけることもできない玉鬘《たまかずら》。玉鬘に心惹《ひ》かれながらも、その様子をじっと見守る源氏。

そんな彼らを篝火《かがりび》（夜中に警護のために焚く火）が照らし出す。静かな緊迫感が漂う、絵になる場面の一つだね。

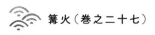

野《の》分《わき》（巻之二十八）

◉【野分その一】野分のいたずらか、夕霧が紫の上を垣間見る

夕霧《ゆうぎり》十五歳、性《せい》の目覚める頃である。

秋が深まり、六条院を激しい野分《のわき》が襲《おそ》い、猛威《もうい》を振るった。

春の御殿《ごてん》では、植え込みの手入れが終わったちょうどその頃、暴風が吹きはじめた。枝もあちらこちらにしなって、一滴《いってき》の露《つゆ》も残らぬほどに、吹き散らしている。紫の上はそれが心配で、縁側《えんがわ》近くにまで出て、眺めている。

源氏が明石の姫君の部屋にいる間に、風の見舞いのため、夕霧がやってきた。東の渡り廊下の衝立《ついたて》の上から、妻戸《つまど》の開いている隙間《すきま》を何気なくのぞくと、女房たちが大勢見える。風が激しいので、屏風《びょうぶ》を畳《たた》んで傍《かたわ》らに寄せてある。そのために中まで露《あら》わに見通せる。

その廂《ひさし》の御座所《ござしょ》に座っているのは、紫の上ではないか。気高く美しく、春の曙《あけぼの》の霞《かすみ》の間から見事な桜が咲き乱れているようだ。

夕霧は紫の上を一目見て、すっかりと心を奪われてしまった。その魅力は、見ている自分にも降りかかってくるほどである。

吹き上げられてくる御簾《みす》を女房たちは必死で押さえようとしているが、それを見て微笑《ほほえ》

んでいる姿がたまらなく美しい。紫の上は庭の花が気になって、中に入ることができない。父である源氏が自分を紫の上から遠ざけていたのは、これほどの美しさのゆえだったのか。

夕霧は何だか恐ろしくなり、慌《あわ》ててその場を立ち去った。

ちょうどその折り、源氏が明石の姫君の部屋から、戻ってきた。

「何とも嫌な風だろう。格子を下ろしなさい。男たちも来ているだろうに、これでは丸見えではないか」という。

夕霧は今はじめて参上したかのように咳払《せきばら》いをして、簀子《すのこ》のほうへ歩いて出た。源氏は夕霧に中を見られたのではないかと気遣《きづか》った。

「どこから来たのですか」

「はい、三条宮におりましたが、風が強くなりましたので、こちらのほうが気になって参上しました。大宮《おおみや》が風の音を幼子のように怖がっていらっしゃるので、またあちらに行こうかと思っています」

源氏は「いかにも、早く行って来なさい。年をとるにつれ、子供に返るものだ」と、大宮に同情する。

〜夕霧は源氏と葵《あおい》の上の子供だから、紫の上の姿を見たことがなかったんだね。〜

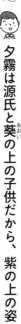

葵の上亡き後、夕霧は祖母である大宮のもとで育てられた。紫の上は、夕霧にとっては継母《ままはは》に当たるけれども、年齢的にはそれほど変わらない。

　まして源氏は、継母である藤壺の宮に想いを寄せて苦しんだ経験をしているから、紫の上を夕霧に見せまいとしたんだね。

息子だからといって油断《ゆだん》ならないのね。奥さんが美人だっていうのも考えものね。

【野分その二】風見舞いで源氏に付き添う夕霧

　野分（台風）が過ぎ去った後、源氏は秋好中宮、明石の君、玉鬘《たまかずら》、花散里と、順次見舞ったが、夕霧はそれに付き従った。明石の君への訪問は、素っ気ないものだった。玉鬘は恐ろしい一夜を過ごしたので、今朝は寝過ごして、ちょうど鏡を見て身繕《みづくろ》いをしているところだった。

　日の光が斜めに射し込んでくる頃で、玉鬘は目の覚めるような美しい姿で座っていた。源氏は風の見舞いにかこつけても、いつものように自分の恋情《れんじょう》を露《あら》わにする。

　夕霧は何としても玉鬘の顔を見たいものと前々から思っていた。御簾をそっと引き上げ、中をうかがうと、邪魔になるものをすべて取り除《の》けてあるので、奥まで実によく見える。

　夕霧は驚愕《きょうがく》した。玉鬘が源氏の腕に抱かれるばかりに、近くに寄り添っている。いくら親子とはいえ、とても信じられなかった。

玉鬘が柱に隠れて少し横を向いていたのを、源氏が引き寄せた。長い黒髪が片方に揺らいで、はらはらと顔を覆《おお》うように降りかかる。

玉鬘は困ったような表情だが、それでも素直な態度で源氏に寄りかかっている。父は自分の手元で育てた娘ではないので、こんな色めいた心を持っているのだろうかと思うと、疎《うと》ましく感じた。

それにしても、玉鬘の美しさはどうだろう。八《や》重《え》山吹《やまぶき》の咲き乱れている盛りに露《つゆ》がかかって、それに夕日の当たっている美しさを、ふと思い浮かべた。

花の美しさは限りがあるもので、時には見にくい蕊《しべ》（おしべとめしべ）が混じっているものだが、玉鬘の美貌はたとえようのないものであった。

夕霧は一人、明石の姫君の部屋へと出かけた。

乳母《めのと》が出てきて、「姫君はまだ紫の上の側にいらっしゃいます」という。夕霧は乳母に筆と硯《すずり》を頼み、雲居雁《くもいのかり》に手紙を書いた。

姫君がお戻りになるというので、女房たちが動きはじめて、几帳を引き直したりしている。

夕霧は垣間見た美しい人々と、明石の姫君を比べてみたくなった。そこで、無理をして妻《つま》戸《ど》の御簾をひきかぶって、几帳のほころびから奥をのぞき込むと、明石の姫君が通り過ぎるのがちらっと見えた。

薄紫の召し物で、髪がまだ背丈《せたけ》まで及んでいない。その末がふさふさと扇《おうぎ》を広げたような形で、ほっそりとした小さな体つきがいかにも可憐《かれん》である。

一昨年に見たときよりも格段と美しくなったようだ。

紫の上を桜、玉鬘を山吹にたとえるならば、この姫君は藤の花とでもいうところか。

こんな美しい方々を思いのまま朝に夕に拝《はい》して過ごしたいものだ。身内の間柄なのに、源氏がこうした姫君を自分と隔《へだ》てている。夕霧はそれを恨《うら》めしく思った。

ここで、今までと視点が変わっているんだけど、気がついたかな?

そういえば、全体が夕霧《ゆうぎり》から見た話になっているわ。

そうなんだ。夕霧という第三者の視点を加えることによって、紫の上や玉鬘《たまかずら》などの美しさを改めて客観的に示しているんだ。源氏の視点だけだと、いくら美しいといっても源氏の主観が入るから、本当の美しさが伝わりにくいからね。

それにしても、源氏は明石の君にはイヤに冷たいな。台風見舞いといっても、義務的に訪れているだけだよね。

私もそう思った。やっぱり紫の上と玉鬘は別格なのね。明石の君なんて、明石の姫君さえ手に入れば、どうでもいいのよ、きっと。

それは言い過ぎだと思うけど、たしかに源氏は玉鬘に夢中になっているよね。それより僕が面白いと感じたのは、まだ子供だと思っていた夕霧が源氏に批判の目を持ちはじめたことだな。それだけ大人になったんだと思う。

夕霧は真面目《まじめ》で勉強熱心、祖母も大事にするやさしい性格だ。そんな夕霧が、十五歳になってはじめて性《せい》に目覚めたんだ。雲居雁《くもいのかり》とのことは、まだ幼い初恋だけど、野分《のわき》をきっかけに、夕霧は源氏の周辺にいる姫君たちを、肉体を持った一人の女として意識しはじめる。

そして、いよいよ雲居雁との関係も新しい段階に入っていくんだ。

行幸《みゆき》（巻之二十九）

◉【行幸その一】冷泉帝行幸。宮仕えに心惹かれる玉鬘

源氏は玉鬘《たまかずら》に宮仕《みやづか》えを勧《すす》めた。悩み抜いた末の結論だった。

その年の十二月、冷泉帝《れいぜいてい》が大原野《おおはらの》に行幸《ぎょうこう》とあって、世間では見物に大わらわであるが、玉鬘も例外ではない。

生まれてはじめて父である内大臣を遠くから眺めた。たしかに堂々として立派と思うのだが。玉鬘の心は不思議と動かない。一人の人に釘づけだったのだ。これほど美しい人に出会ったことがなかった。大勢の方が競って着飾っていたが、御輿《みこし》の中の帝《みかど》の端正な美しさには比べようがない。

源氏の顔立ちにそっくりだが、まだ若くて瑞々《みずみず》しく、ひときわ威厳《いげん》があるように思われた。この帝ほどの人は、この世に二人といるはずがない。玉鬘はすっかり魅せられてしまった。

蛍兵部卿宮《ほたるひょうぶきょうのみや》の姿も見えたが、もはや玉鬘の目には入らない。鬚黒《ひげぐろ》は色が黒く、顔中鬚だらけで、どうしても好きになれない。

玉鬘は帝に仕えることができたら、どんなに幸せだろうと思った。

なるほどこうきたか。玉鬘の相手は、冷泉帝なのか。

冷泉帝って、本当は源氏の子供だから、源氏は自分の子供と玉鬘を取り合うのかしら？　何だか目眩がしそう。

柏木は玉鬘の実の弟。夕霧は生真面目で、雲居雁に一筋。さすがに源氏は立場上あり得ない。髭黒は不細工で、現に玉鬘が嫌っている。やはり冷泉帝一本だな。

さあ、これからどうなるのか。源氏物語のストーリーはそう単純なものではないよ。

【行幸その二】玉鬘、父内大臣の介添で裳着を済ませる

明くる日、源氏は玉鬘《たまかずら》に「昨日、帝《みかど》をご覧になりましたか。宮仕えの件、その気になりましたでしょうか」と便りを寄越《よこ》す。

玉鬘は自分の心中を見透《みす》かされたようで、思わず笑い出した。

源氏はこの先どうなるにせよ、まずは裳着《もぎ》の儀式を済ませてからだと考えた。玉鬘は九州の田舎《いなか》で暮らしていたため、もう二十三歳になろうというのに、裳着を済ませていなかったのだ。

源氏は玉鬘の素性《すじょう》を明らかにする必要を感じ、内大臣に腰結《こしゆい》役を依頼した。だが、内大臣は大宮の病気を理由に断《ことわ》りを入れてきた。大宮の病状は芳《かんば》しくなく、夕霧《ゆうぎり》が夜昼なく三

条宮に詰めている。

源氏は、内大臣が大宮の病気を理由にするなら、それを逆手《さかて》に取ろうと考えた。大宮の病気を見舞ったついでに、玉鬘を引き取った経緯《けいい》を打ち明ける。そして、大宮に内大臣への仲介を依頼した。

大宮から便りが届いた。

「源氏の大臣がお見えになっていますが、おおげさに、私が呼びたてたという風ではなしに、お越《こ》しなさい。大臣が直接あなたにお耳に入れたいこともあるようです」

内大臣は「何事であろう。夕霧と雲居雁《くもいのかり》のことだろうか」と勘《かん》ぐり、「源氏が一言泣きついてきたら断れまい。いっそのこと、適当な機会があったら、先方の言葉に折れたという格好にして、承諾《しょうだく》することにしよう」と思う。

内大臣は公達《きんだち》を大勢引き連れ、大変な威勢《いせい》で参上する。源氏の威勢に対抗するためである。

ところが、いざ久しぶりに源氏と対面すると、不思議と懐《なつ》かしさばかりが込み上げてくる。お互いに離れ離れになっていればこそ、つまらぬことに張り合ってみたくなるものだが、こうして差し向かいになると、昔の思い出が次々と浮かんでくる。

思えば、源氏が須磨に流されたとき、内大臣はただ一人訪ねてきてくれた友だった。

杯《さかずき》を重ねていくうちに、いつの間にか日が暮れていく。二人の長年のわだかまりが、嘘《うそ》のように消えてしまっていた。

源氏は頃合いを見計らって、玉鬘の件を持ち出す。内大臣は「まったく感の堪《た》えない、またとないお話でございますな」と涙ぐむ。

「あの当時から、どうなってしまったことかと行方《ゆくえ》を尋ねていたのですが、たしかあの頃、悲しさをこらえきれずに打ち明けたこともあったように思います」

昔、雨夜《あまよ》の品定《しなさだ》めに、いろいろ語り出された色恋話を思い出し、二人は泣いたり笑ったりで、夜もすっかり更《ふ》けてしまった。

源氏はよい機会なので、夕霧の件も切り出そうかと思ったが、親が口を出すのもみっともないと思いとどまった。内大臣のほうでも先方にそのつもりがないのに、出過ぎたことも言い出しにくく、結局、胸のうちはもやもやしたままだった。

内大臣は玉鬘の裳着の件を快《こころよ》く承諾して、帰っていった。

内大臣は対面の場の興奮《こうふん》が冷めるにつれ、腑《ふ》に落ちない数々の思いが去来《きょらい》する。にわかに玉鬘を引き取り、親ぶった顔をするのも具合いが悪かろう。それに源氏が玉鬘を捜し出して引き取った事情を推察すれば、よこしまな気持ちがあったに違いない。きっと他の女性たちの気兼ねから、おおっぴらに玉鬘を同列に扱うことができず、それに世間で取り沙汰《ざた》されるのも厄介《やっかい》に思い、私に押しつけようとこうして打ち明けたに違いない。

そう思うと、腹が立つような気もするが、いずれにせよ、今となっては源氏の指図に反対するわけにもいくまいと考えた。

二月二六日、玉鬘の裳着の儀が行われた。大宮や秋好中宮《あきこのむちゅうぐう》をはじめ、六条の方々からも祝いが届き、盛大を極めた。

内大臣は裳着の当日、玉鬘に早く会いたいものだと、さっそく六条院に参上した。亥《い》の刻《こく》になって、内大臣を御簾《みす》の中に入れる。早く玉鬘の顔を見たいと思うが、今宵《こよい》はあまりにも出し抜けなので、裳の腰ひもを結ぶときなど、感極《かんきわ》まってこらえきれない。

玉鬘はあまりにも立派な二人を前にして、緊張している。

柏木《かしわぎ》は玉鬘に密《ひそ》かに想いを打ち明けたことを、今になって恥ずかしく思った。弁少将《べんのしょうしょう》は「自分は思いを打ち明けないでよかった」と小声でつぶやいた。

蛍兵部卿宮《ほたるひょうぶきょうのみや》は「裳着をお済ませになった今は、お断りの口実もなくなったのだから」と熱心に訴える。

内大臣はちらっとしか目にすることができなかった玉鬘の姿を、ぜひもう一度はっきり見たいと、かえって恋しく思うのだった。

よかった、よかった。これで一件落着だね。さんざん苦労を重ねてきた玉鬘《たまかずら》はもちろんだけど、離れ離れになった娘に再会しただけでもうれしいのにいきなりの晴れ姿を目の当たりにしたら、内大臣じゃなくても、涙でボロボロになっちゃうよね。

最高のライバルって、冷泉帝のことだったのね。悲劇のヒロイン玉鬘も、今度こそ幸せをつかむんでしょ？

それならいいんだけど、源氏物語を見くびっちゃいけないよ。玉鬘の物語には、まだまだ大逆転劇があるんだ。

【行幸その三】玉鬘の幸運を妬む近江の君

玉鬘《たまかずら》の噂《うわさ》は、近江《おうみ》の君《きみ》の耳にも入った。

近江の君は弘徽殿女御《こきでんのにょうご》の御前に、柏木《かしわぎ》や紅梅も伺候《しこう》しているところに駆けつけ、「内大臣は姫君をお迎えになるとか。その方も私と同じ卑《いや》しい生まれなのに、大切にされているらしいわ」という。

柏木が「その方は大切にされるだけのわけがおありなのでしょう」という。

「まあ、おだまりなさい。私は何もかも聞いているのです。その方が尚侍《ないしのかみ》になるそうではありませんか。私もそのようなお役を世話していただきたくて、ふつうの女房ですらお勤めできないようなことまで進んで奉仕《ほうし》してきたのに」と近江の君が恨《うら》み言《ごと》をいう。

一同は苦笑いをして、「あまりにも非常識な望みを持ったものですね」という。

「立派なご兄弟の中に、私のようなものが入るべきではなかったのだわ。おせっかいにも私を迎え入れて、それなのに軽蔑《けいべつ》して、おからかいになる。ああ、恐ろしいこと」

近江の君は後《あと》ずさりをして、腹立たしそうに目を吊《つ》り上げている。

柏木は「その話なら天《あま》の岩戸《いわと》を閉ざして、中に籠《こ》もっていらっしゃったほうがよい」と席を立ってしまう。

近江の君はほろほろ泣いて、「ここのご兄弟はみんな私に辛《つら》く当たる。女御様だけがご親切なので、私はお仕《つか》えしているのです」と、実にこまめにいそいそと、下仕えの女房でもとてもできないような雑役を懸命《けんめい》に奉仕する。そして、「どうか女御様、この私を尚侍にお願いします」と拝み倒すのだ。弘徽殿女御は呆《あき》れ果てて、口を聞くこともできないでいる。

なるほど、近江の君って、玉鬘と同じ立場なんだね。同じ内大臣の娘で、身分が卑《いや》しい。なのに、なぜ玉鬘だけが持ち上げられて、自分はまともに扱ってくれないのか、それに不満をもったとしても、無理はないよね。

それに、近江の君は人が厭《いや》がる仕事でも一生懸命に奉仕しているんでしょ。だったら、なおのこと、そう思うはずよね。

今の感覚でいうと、近江の君は、ボランティア精神に溢《あふ》れ、思ったことを素直に口にできる、活発な女性といってもいいよね。でも、何事にもゆったりと構え、心の動きを表情に出さないことが美徳《びとく》とされていた時代には、あくせく働き、思いのままを口にする彼女は評価されないどころか、かえって物笑

いの種になってしまうんだ。これなどは、時代によって価値観が違う典型的《てんけいてき》な例だよね。

　それと、先ほどもいったけど、玉鬘と近江の君を対比させることで源氏と内大臣の違いを明らかにしているともいえるんだ。絶世《ぜっせい》の美女と並み一通りの容貌《ようぼう》という違いはあっても、源氏のもとに引き取られた玉鬘は幸せをつかみかかっているのに、内大臣が自ら呼び寄せた近江の君はみんなの笑い者になってしまう。だからこそ、玉鬘もしだいに源氏に心を許していくんだ。

たしかに、内大臣と比較すると、源氏の情の細やかさ、優しさ、大人っぽさが目立つよね。

でも、いやらしくて、しつこいけどね。

藤《ふじ》袴《ばかま》（巻之三十）

◉【藤袴】玉鬘の宮仕えを前に奔走する鬚黒

誰もが尚侍《ないしのかみ》として出仕《しゅっし》することをすすめる。私の心は揺れ動く。親のように頼っている源氏の君ですら、気が許せない世界だもの。

あの美しい冷泉帝《れいぜいてい》のもとで奉仕できるなら、こんな幸せなことはない。でも、それは私の姉妹である弘徽殿女御《こきでんのにょうご》や、同じ源氏の養女である秋好中宮《あきこのむちゅうぐう》と寵愛《ちょうあい》を競《きそ》うことになりはしないか。

かといって、尚侍を断れば、源氏の愛情を拒《こば》みきれないだろう。ただでさえ、人から疑いをかけられているこの関係を、きっぱりと精算《せいさん》できないものか。

実の父である内大臣も、源氏に遠慮《えんりょ》して、堂々と自分を引き取って、娘扱いをしてくださらない。

いっそのこと、すべての煩《わずら》わしい人間関係を絶ってしまいたい。

誰にも相談できない。誰も傷つけたくない。たった一人で、苦しみ抜くしかないのだ。

玉鬘《たまかずら》は自分の数奇《すうき》な身の上を嘆いては、縁側《えんがわ》近くに出て、胸にしみいる夕暮れの景色をいつまでも眺めていた。

三月、大宮が亡くなられた。

そんな折り、喪服《もふく》姿の夕霧《ゆうぎり》が、源氏の使いとして玉鬘のもとを訪ねる。玉鬘は同じく大宮の孫として、喪《も》に服《ふく》している。

夕霧は藤袴《ふじばかま》を差し出し、自分の恋心を訴える歌を詠《よ》んだが、玉鬘は「気分が悪いので」と、奥に引っ込んでしまう。

夕霧は自分の行動を後悔した。

源氏のもとに引き返し、玉鬘の処遇について父を追求する。

「内大臣は内輪《うちわ》ではこう言っているそうでございます。六条院では他にいっぱいの姫君がいて、そうした方々と玉鬘を同列に扱うことができないから、私に押しつけたのだ。帝の寵愛と関わらない形で宮仕えをさせておき、実質は自分のものにしようとする、実に頭のいいやり方だと」

「ずいぶん邪推《じゃすい》したもんだね。そのうちはっきりすることだろう」と源氏は否定する。それでも、夕霧はまだ疑いを捨て切れない。

それにしても、表向きは宮仕《みやづか》えという形にして、人に気づかれないよう玉鬘を自分のものにしようとしたが、内大臣はよくもその魂胆《こんたん》をすっかり見抜いたものだと、源氏は恐ろしく思った。

夕霧も玉鬘が自分の妹でないと分かった途端に、アタック。

あ〜あ、私の一番のお気に入りなのに。でも、すぐにすごすごと帰って行くところは、源氏と違って、まだかわいげがあるわ。

それにしても、内大臣の「表向きは宮仕えという形にして、密かにものにしようとしている」という憶測に対して、「よくも魂胆を見抜いたものだ」と源氏が思っているところが、何ともすごいよね。

【藤袴その二】玉鬘の結婚相手

玉鬘の宮仕えを前にして、求婚者たちは玉鬘の侍女たちに必死で取り次ぎを頼んでいる。その中に、鬚黒《ひげぐろ》がいた。

鬚黒は二人の大臣に次いで帝の信任が厚く、しかも東宮《とうぐう》の後見《こうけん》にもなろうかという人である。年は三十二、三歳。北の方は式部《しきぶ》卿宮《きょうのみや》（もとの兵部卿宮＝紫の上の父）の長女で、紫の上の実の姉に当たる。

もし、玉鬘の相手に鬚黒を選んだら、式部卿宮に恨《うら》まれることになる。しかも、北の方は物《もの》の怪《け》に取り憑《つ》かれていて、鬚黒は何とか別れたいと思っている。それもあって、源氏は鬚黒との結婚をあまり好ましく思っていない。

鬚黒はもともと堅物《かたぶつ》で、色事《いろごと》で踏み外すことのない方であったが、玉鬘の件では夢中になって奔走《ほんそう》している。

内大臣は、玉鬘が宮仕えをしたら、娘の弘徽殿女御と寵愛を争うので、いっそのこと、鬚黒なら都合がいいと考えていた。

複雑……。それぞれの思惑で、玉鬘の結婚相手を決めようとしている。

あまりにも玉鬘がかわいそう。玉鬘の幸せのために相手を探しているのじゃないもの。それに髭黒は不細工で、堅物で、しかも、奥さんまでいる。その奥さんは物の怪に取り憑かれているって、最悪ね。

真《ま》木《き》柱《ばしら》（巻之三十一）

●【真木柱その一】鬚黒、強引に玉鬘を奪う

こんなことを主上がお聞きになったら、畏《おそ》れ多いことです。しばらくは世間に知れ渡らぬようにせねばならない。

源氏が鬚黒《ひげぐろ》にいう。

けれども、鬚黒はとても隠せそうにない。

玉鬘《たまかずら》はその後、日が経っても心を開く様子がなく、いつまでも思い詰めている。

鬚黒は思う。玉鬘は見れば見るほど美しい。顔立ちも姿もまさに理想的である。この世に、これほどの人がいたのか。

もう少しで他人のものになるところだった。

手引きをした弁《べん》のおもとは、玉鬘の機嫌《きげん》を損ねて、側に仕《つか》えることができなくなった。

鬚黒は、天にも昇る心地である。

源氏は不本意で、残念なことと思うけれど、今さらどうにもならないことだった。そこで、鬚黒を婿《むこ》として立派に迎えることにした。

何なの？　玉鬘の身に何が起こったっていうの？　まさか、鬚黒と結婚するんじゃないでしょうね？

そのまさかが現実になって、玉鬘は一番嫌っていた鬚黒と結婚するんだ。

どうして、そうなっちゃうの？

よばいだろうね、きっと。というのも、本文にはこのあたりの描写がまったくないんだよ。この「真《ま》木柱《きばしら》（巻之三十一）」は、何の説明もなく、いきなり「こんなことを主上がお聞きになったら、畏《おそ》れ多いことです」という源氏の言葉からはじまっていて、読み進めていくうちに、だんだんと状況が呑《の》み込めるという仕掛けになっているんだ。

源氏も警戒していたはずなんだけど、鬚黒が、玉鬘の女房である弁のおもとを、一目だけでも会わせてくれと拝み倒しでもしたんだろう。弁のおもとも、真面目一筋の鬚黒が、まさか、こんな大胆なことをしでかすとは、夢にも思わなかったんじゃないかな。

あんまりだわ。いくらなんでも、玉鬘がかわいそう。もうちょっとで幸せになれたはずなのに、最後の最後で、こんなどんでん返しがあるなんて……。紫式部って、残酷《ざんこく》ね。

鬚黒は、理性を失うぐらい玉鬘に夢中だったんだ。一見、おとなしくて真面目そうな人ほど、いざというときに大胆な行動に出たりするのは、今も昔も変わらないのかもしれないね。それに、鬚黒は、玉鬘がてっきり源氏のものになっていると信じていたんだけど、実際に抱いてみると、処女だとわかって有頂天なんだ。

男って、単純ね。

玉鬘って、ぜんぜんシンデレラストーリーではなかった。むしろ悲劇の女性。かわいそすぎる。救いようがないよ。

【真木柱その二】玉鬘、略奪！

鬚黒《ひげぐろ》は、一日も早く玉鬘《たまかずら》を自宅に連れて行こうとする。だがそこには北の方が住んでいる。源氏はそのことを口実に玉鬘を引き留める。

冷泉帝《れいぜいてい》もこのことを聞いて、大いに失望した。

玉鬘は泣き暮れていた。今となっては、源氏の優雅さや優しさが懐《なつ》かしい。源氏なら、自分の気持ちを無視して、強引に奪うことなどなかった。玉鬘は今さらながら源氏のことを恋しく思う。

十一月になった。鬚黒は、昼間でも人目につかないよう身を忍ばせて玉鬘の部屋に籠《こ》もっている。

玉鬘は自分から望んだことではないとはいえ、源氏がこのことをどう思っているかと考えると、死ぬほど恥ずかしい。

源氏は鬚黒が留守なのを見計らって、玉鬘の部屋を訪れた。玉鬘はずっと気分が優れず、いつも沈んでばかりいたが、源氏が入ってきたので、ほんの少し起き上がった。

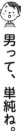

この頃、堅苦しく平凡な鬚黒の相手ばかりしていたものだから、源氏の物腰《ものごし》や容姿《ようし》を見るにつれ、思いもよらない自分の身の上に、涙が零《こぼ》れて止まらない。

おりたちて　汲《く》みはみねども　渡《わた》り川《がわ》
　人《ひと》のせとはた　契《ちぎ》らざりしを★

みつせ川《がわ》　わたらぬさきに　いかでなほ
　涙《なみだ》のみをの　あわと消《き》えなん★

鬚黒は、玉鬘の出仕に気を揉《も》んでいたが、宮中に出たついでに、そのまま自分の家に連れて帰るという計画を思いついた。

これまで人目を忍んで女のもとに通うなど、経験したことがなかったので、気詰まりで仕方がなかった。そこで、自分の家に迎え入れようと、邸を修理し、内装も整えた。北の方が悩み苦しんでいたが、そういった気持ちを察《さっ》することもなく、改築工事を急いだ。

★あなたと親しい仲にはなれなかったけれど、あなたが三途の川を渡るとき、まさか他の男に手を取らせようとは約束しなかったのに。「渡り川」は三途《さんず》の川のこと。女は死ぬと、はじめて契った男に背負われて三途の川を渡るという言い伝えがある。

★「みつせ川」は、「渡川」と同じ意味。「三途の川を渡る前に、私は涙の川の泡のように、消えていくでしょう」と、切り返した歌。

何よ、この髭黒って男は。何を考えているのかわからない。精神疾患を抱えている奥さんがいる自宅に、愛人を同居させようとするなんて

本当にそうだよ。玉鬘の気持ちを考えたら、胸が痛くなる。冷泉帝の奥様になれそうだったのに、よりにもよりって、一番嫌いな髭黒に無理矢理に。

何だか、源氏の方がまともに思えてきた。

【真木柱その三】物の怪に憑かれた北の方が鬚黒に香炉を投げつける

北の方は式部《しきぶ》卿宮《きょうのみや》の娘で、紫の上の姉に当たる。器量《きりょう》も優れて美しく、性格もおっとりとして穏《おだ》やかで、誰からも重んじられていた。

ところが、執念深い物《もの》の怪《け》に取り憑《つ》かれて、ここ数年、常人のようではなかった。時々、正気を失うようなことがある。自然と、夫婦仲も冷《さ》めたものになっていた。

それでも、鬚黒は北の方だけを正室として大切に扱っていた。だが今や、玉鬘のあまりの美しさに、我を忘れてしまったのだ。

それでも、長年連れ添った愛情は急に変わるものではなく、鬚黒は、心の中では本当にかわいそうだと思っている。

「あなたがふつうの人とは違った病気なのに、それでも辛抱《しんぼう》して最後まで連れ添うつもりなのです。それなのにあなたは取り乱して、私を恨み続けている。ここは私に任せて、もうしばらく我慢して結果を見届けてください。父宮が噂を聞いてあなたを引き取ろうとしているようですが、かえってそれは軽はずみなことです」という。

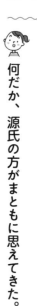

北の方はたまたま正気に戻っていたので、いじらしく泣き沈みながら「私のことを軽蔑《けいべつ》して、お辱《はづかし》めになるのはごもっともです。でも、父宮まで引き合いに出し、あれこれ非難されるのを、父宮がお耳にされたらとてもお気の毒です。私のような不運な娘をもたれたばかりに、父宮まで悪くいわれるのが辛い」といって背を向ける。

もともと小柄だったが、病気で痩《や》せ衰え、いっそう弱々しく見える。以前は長く豊かで美しかった髪も今ではすっかり抜け落ち、櫛《くし》もほとんど入れてないので、涙に絡みついてべったりとしている。

「源氏の太政大臣のまたとない声望は、今さらいうまでもありません。なのに、こちらのみっともない内輪《うちわ》もめの噂《うわさ》が伝わったりすれば、大臣にも畏《おそ》れ多くて申し訳が立たない。里へ帰れば、あなたは世間の物笑いになるし、私も軽率《けいそつ》だとそしられよう。やはり、長年の夫婦の約束を守って、このままお互いに助け合っていこうと思ってください」といって、鬚黒は北の方を慰《なぐさ》める。

日が暮れると、鬚黒は気もそぞろになって、どうかして玉鬘のところへ出かけたいと思う。あいにく雪が盛んに降っている。

こんな空模様にわざわざ出かけるのも、人目について具合いが悪い。北の方が嫉妬《しっと》して恨んだりするなら、こちらもそれにかこつけ、腹を立てて出ていくのだが、今日は北の方はいかにもおっとりと平静にしているので、あまりにも不憫《ふびん》に思えて心苦しくなる。

鬚黒は、格子《こうし》を上げたまま、どうしたものかと思い悩んでいる。北の方は「あいにくな雪ですわね。この雪ではさぞかし道が大変でしょう。もう夜も更《ふ》けましたわ」と外出を促《うなが》す。

もう、おしまいなのだ。引き留めたところで無駄だろうと、北の方は思い詰めている。その姿が実に痛々しい。

「こんな雪で、どうして出かけられるのですか」

「お出かけをやめてここにいらっしゃっても、あなたの心が他のところにあるのでは、かえって辛い。よそにいらしても、私を思い出してくださるのなら、そのほうがうれしい」と穏やかにいう。

北の方は香炉《こうろ》を持ってこさせて、鬚黒の装束《しょうぞく》に香《こう》を焚《た》きしめる。自分は糊気《のりけ》の失せた普段着で、いっそうほっそりと見える。目はひどく泣きはらしていて、鬚黒は、北の方がいかにもかわいそうで、心苦しく思う。

だが、玉鬘のもとに行きたい気持ちが募《つの》り、わざとらしく溜息《ためいき》をつきながらも、出かける衣装に着替えて、自ら香を焚きしめる。

「雪が小やみになってきました。夜も更《ふ》けたようです」と、お供の人々がそれとなくお出かけを促す声がする。

女房の中将のおもとや木工の君などが、「おいたわしいこと」などと、溜息を漏《も》らしている。

北の方はじっと堪《た》え、見るからにいじらしく脇息《きょうそく》に寄りかかって、打ち伏している。と、突然、北の方はすくっと起きあがって、大きな伏籠《ふせご》の下にあった香炉を取り上げるなり、鬚黒の後ろに近づき、いきなりさっと香炉の灰を浴びせかけた。

誰もが見届ける暇もない、ほんの一瞬の出来事だった。

鬚黒は、あまりのことに呆然《ぼうぜん》と立ちつくしている。灰が目や鼻の中にも入って、何が何だかわからない。

灰をいくら払いのけても、辺り一面立ちこめていて、装束もすべて灰まみれで、何枚も脱ぎ捨てた。北の方が正気でこんなことをするのなら、二度と振り向く気にはなれないが、物《もの》の怪《け》の仕業《しわざ》だと思うと、側に仕える女房たちも気の毒に思う。

女房たちが大騒ぎをして、鬚黒の着替えをするが、鬢まで灰で真っ白で、六条院にはとてもこのままでは参上できない。

鬚黒はこれではあんまりだ、いくら乱心のせいとはいえ、今までにないあきれた振る舞いだと、愛想《あいそ》も尽き、嫌気がさして、さっきまで愛しいと思った気持ちも消え失せてしまった。

夜中だったが、僧を呼び寄せ、加持祈禱《かじきとう》をする。北の方は一晩中、物の怪調伏《ちょうぶく》のために、加持の僧に打たれたり、引き回されたり、泣きわめきながら夜を明かした。

明け方、鬚黒は、隙《すき》を見て玉鬘に手紙を書く。
玉鬘は鬚黒が通ってこないのを何とも思っていない。おろおろしながら書いた手紙に見向きもしない。
鬚黒は、日が暮れてくると、そわそわと玉鬘のもとに出かけていった。

妙にリアリティのある描写だね。突然、沈黙《ちんもく》を破って香炉《こうろ》を投げつけるあたりなんか、鬼気《きき》迫るものがあって、かなり怖いな。

いい気味よ。奥さんが物《もの》の怪《け》に憑《つ》かれて苦しんでいるのを知りながら、他の女に手を出すだけでも許せないのに、女のところに行く着替えを手伝わせるなんて最低じゃない。

たしかに、鬚まで灰だらけになった鬚黒《ひげぐろ》なんて、洒落《しゃれ》にもならないね。これじゃ、まるで「鬚《ひげ》白《しろ》」だもん。それにしても、北の方はなんで物の怪に取り憑かれたのかな？　六条御息所《ろくじょうのみやすどころ》は、嫉妬《しっと》のあまり自ら物の怪となって葵《あおい》の上に取り憑いたことになっていたけど、北の方は誰かにそんなに恨まれているのかな？

北の方が祟《たた》られた経緯については、残念ながら、源氏物語では語られていない。だけど、源氏物語における物の怪は、当時、一般に信じられていた物の怪とは、少し違った役割を果たしているように思えるんだ。次に、そのことを説明しておこう。

口源氏物語における物《もの》の怪《け》

当時は、病気になったり、精神に異常をきたしたりすると、それは物《もの》の怪《け》の仕業《しわざ》だと考えられていた。物の怪は、人の恨《うら》みが生《い》き霊《りょう》や死霊《しりょう》となって祟《たた》るものだから、加持祈祷《かじきとう》によって、原因となる物の怪を取り除けば、病気は治ると信じられていたんだね。

「葵《あおい》（巻之九）」で登場した物の怪は、独り身の寂しさに耐えかねた六条御息所《ろくじょうのみやすどころ》の生き霊が、物の怪となって葵の上に取り憑いたと考えられる。

これを「真木柱《まきばしら》（巻之三十一）」に当てはめると、嫉妬《しっと》に狂った北の方が夫を奪った玉鬘《たまかずら》に取り憑くという構図になるんだけど、実際に祟られるのは北の方で、玉鬘の身には何も起きていない。

もちろん、すべての物の怪の正体が明らかになるわけではなく、むしろ、きちんと説明できないからこそ、物の怪のせいにするという側面は大きいんだけど、どうもそれだけじゃない気がする。

紫式部は、物の怪は最初からそこにいるのではなく、物の怪がいると思って見るから、そこに見えるんじゃないかと考えていた節《ふし》があるんだ。つまり、物の怪は見る人が心の奥底に抱いている、意識にも昇らないような思いを映し出す鏡のようなものじゃないかということだね。

北の方は、物の怪に憑かれたから病気になったのではなくて、病気になった北の方を見た鬚黒《ひげぐろ》が、そこに物の怪を重ね合わせたという逆転の発想だ。

そう考えると、物の怪が玉鬘じゃなくて北の方に憑いたのもわかる気がする。鬚黒は、心のどこかで良心の呵責《かしゃく》を感じていたんだろう。だから、病気で日増しに弱っていく北の方を見て、そこに物の怪を見てしまう。でも、鬚黒の思いは意識されていないんだから、自分の気持ちがそこに表れているなんて、考えもしないだろう。

北の方にしてみても、自分がおかしくなったのは物の怪の祟りのためだと思っているとしたら、それは物の怪のせいにでもしないと収まりのつかないような嫉妬や怒り、寂しさといった思いの表れなのかもしれない。

そうだとしたら、紫式部は、当時としてはものすごく異質な考え方の持ち主だったんだろうね。

物の怪の存在が当たり前と思われた当時にあっては、信じられないぐらい理知的な発想だよね。現代でも、そのまま通じてしまうほどの説得力がある。いずれにしろ、この時代は、物の怪が出てしまうほど、人の思いが深かったということだけは、たしかだろうね。

【真木柱その三】鬚黒の北の方、実家へ帰る

北の方のところでは、物《もの》の怪《け》がうるさく現れて、わめいたり、罵《ののし》ったりするので、鬚黒《ひげぐろ》は不面目なことでも起こるのではと、恐ろしくて近づかなくなった。

北の方との間には、十二、三歳の姫君と、その下に二人の男君がいる。式部《しきぶ》卿宮《きょうのみや》もそういう事情を聞きつけ、急に迎えを差し向けた。

いつかはこうなるだろうと予想はしていたが、実際その場になると、女房たちもみな今日が最後だと、ほろほろ泣き合っている。

北の方は何も知らずに無邪気《むじゃき》に遊び回っている子供たちを呼び寄せ、「私はどうなって

もかまいませんが、あなたたちがこれから散り散りに別れてしまうのが悲しくてなりません。姫君はたとえどうなっても、私についていらっしゃい。男君のほうはどうしても父の元に出入りすることになるでしょうが、父君はあなたたちのことなど気にかけてくれそうにないので、かえって悲しい思いをするでしょう。祖父宮が御在命《ございめい》の間はまだ一通りの出世ができるとしても、あの源氏の大臣や内大臣たちの思い通りの世の中ですから、ああした心の許せない宮家の一族なのだと目を付けられ、人並みに出世をすることもできないでしょう」と泣く。

子供たちも、深い事情はわからないものの、つられて泣いている。

「親とは形ばかりで、子供に対してすっかり愛情を失った父君では、この先、力になってくれるはずもないでしょう」と北の方がいうので、乳母《めのと》たちも一緒になって嘆いている。

雪が降り出しそうな夕暮れだった。

「ひどい雪で、荒れ模様になりそうです。早く」と迎えの人々が催促《さいそく》をする。

姫君は、鬚黒から誰よりもかわいがられていた。

早く帰ってきて。姫君が夢中で祈る。今、出ていってしまうと、お別れも言えないまま、父と二度と会えなくなってしまう。姫君は俯《ふ》して、父君が今すぐお帰りになってくださったらと、待ち続けようとする。

いつまでたっても父は帰らない。もう、家を出ていかなければならない。姫君はようやく立ち上がる。

いつも自分が寄りかかっている東面の柱を、これから他の人に譲《ゆず》ってしまうのが、悲しくて仕方がない。そこで、紙に小さく歌を書いて、柱のひび割れた隙間《すきま》に押し込んだ。

今《いま》はとて　宿離《やどか》れぬとも　馴《な》れきつる
　真木《まき》の柱《はしら》は　われを忘《わす》るな★

式部卿宮の邸では、母君の北の方が声をあげて激しく泣き、宮に向かって、「太政大臣をあなたは立派な親戚とお思いですが、私には前世からの仇敵《きゅうてき》としか思えません。わが家から入内された姫君にもひどい仕打ちをするし、今頃になって、素性《すじょう》もはっきりしない娘をちやほや世話をして、自分がさんざん慰《なぐさ》みものにしたあげく、今度はかわいそうに思って、堅物《かたぶつ》で浮気などしそうにもない鬚黒を婿《むこ》に取り込み、下にも置かないように機嫌をとるのは、あんまりです」と罵《ののし》る。

「ああ、聞き苦しい。源氏の君のことに対して、言いたい放題に悪口をいうものではない。ああいう賢いお方は、前々からこういう復讐《ふくしゅう》をしてやろうと、胸の中で企《たくら》んでいらっしゃったのだ。そんな方に睨《にら》まれたのが、私の不運だった。上辺はさりげなく装《よそお》い、その実、須磨の失意時代の恩や恨みに、ある者は引き立て、ある者は追い落としと、実に巧妙に報《ほう》

★もうこれまでと私がこの家を去ってしまっても、これまで慣れ親しんできた真木の柱よ。どうか私を忘れないでおくれ。

恩《おん》や復讐を遂げていらっしゃる。しかし、私だけは紫の上の父と思えばこそ、盛大な五十の賀《が》のお祝いもしてくださったのだ。あれを一生の面目と思って、満足していればいいのだ」と式部卿宮がいう。

母である北の方はそれを聞くと、いよいよ腹を立て、さまざまな呪《のろ》いの言葉をはき散らした。

式部卿宮って、たしか紫の上のお父さんだよね。

そうそう、思い出してきたわ。たしか、継母《ままはは》の北の方のせいで、紫の上はお父さんに引き取ってもらえなかったのよね。そこで、少女時代、おばあさんと暮らしていた。

よく覚えているね。そして、源氏が須磨に流されているときは、時の権力を思いのままにしていた右大臣家に配慮して、手のひらを返したように、娘である紫の上に冷たく当たったんだ。だから、源氏が復権した後に、式部卿宮の娘が入内《じゅだい》する際、源氏は力を貸さなかった。それどころか、今の秋好中宮《あきこのむちゅうぐう》を入内させたんだ。

やっぱり恨《うら》んでいるんだろうね。

この継母ってやつがくせ者ね。同じ継母でも、式部卿宮の北の方と、明石の姫君をかわいがっている紫の上では大違いだわ。

この式部卿宮のセリフでは、権勢家《けんせいか》としての源氏の冷酷《れいこく》な側面が語られている。紳士のように振る舞いながらも、自分が須磨にいたときの仕打ちを絶対に忘れずに、巧妙に、一つひとつ仕返しをしていっている。

源氏が今の権力を手中にするためには、それに敗れていった人々が大勢いるのは当然で、源氏が単なる女好きではないことは、ここからもわかるよね。

【真木柱その四】鬚黒が玉鬘の出仕を許可

鬚黒《ひげぐろ》は、北の方が里に戻ったと聞いて、玉鬘《たまかずら》に「かえってさっぱりして、気が楽になったようにも思います。でも、このままだと私が一方的に悪者にされそうなので、ちょっとあちらに顔を出してきましょう」という。

玉鬘はこうしたいざこざを聞くにつけても、自分の身の上が情けないので、鬚黒には目もくれようとしない。

鬚黒は、まず自分の邸に立ち寄って、木工の君などにこれまでのいきさつを聞いた。姫君の悲しみの様子を聞いても、男らしく堪《た》えていたが、ついにはほろほろと涙がこぼれてくる。

例の真木柱《まきばしら》を見ると、筆跡は子供らしいけど、歌に詠み込まれた姫君の気持ちがしみじみとかわいそうで、鬚黒は、姫君が恋しくてたまらなくなり、道々泣きながら、式部卿《しきぶきょう》の宮《みや》の邸まで訪ねていった。

だが、宮は北の方を会わせようとしない。「せめて、姫君だけでも会わせてください」と訴えるが、それも拒《こば》まれる。

十歳になる男君は、童殿上《わらわてんじょう》★をしていて、とてもかわいらしく、利口で、だんだんものもわかってきている。

次男は八歳で、たいそういじらしく、姫君にも似ているので、髭黒は、この子の頭をなでながら、「これからはお前を姫君の形見《かたみ》と思うことにしよう」と泣きながらいう。

幼い二人を車に乗せ、道々話しながら帰る。

まさか六条院の玉鬘《たまかずら》のところには連れて行けないので、子供だけを邸に残して、「あなたたちはここにいなさい」という。

幼い二人は悲しそうな沈んだ表情で、心細そうに父を見送る。

こうしたさまざまな事件のごたごたで、玉鬘の気分がすっかりと塞《ふさ》ぎ込んでいるのを、髭黒はかわいそうに思い、尚侍《ないしのかみ》として出仕するのを許可するのだった。

★童殿上は殿上人の子供版で、宮中に参上することを許された良家の子息のこと。

子供たちがかわいそう。姫君は大好きなお父さんと会えなくなるし、男の子もお母さんと離れ離れになって、そのうえお父さんは子供たちを残して玉鬘のところに行っちゃうし。

髭黒と北の方は、もうよりを戻すことはできないの？

式部卿宮にきつくいわれたのをいいことに、髭黒は、式部卿宮の邸をさっぱり訪れなくなったんだ。これには式部卿宮も困った。きっと、何度も謝《あやま》りに来ると思ったんだろうな。

だけど、鬚黒は、これで邪魔者がいなくなったから、思う存分玉鬘のもとに通えると内心では喜んでいたんだよ。

なんてヒドイ親なの？　でも、玉鬘は帝に出仕することになったんでしょ？

それが鬚黒には心配でたまらない。しかも、帝は玉鬘を一目見て、夢中になってしまったんだ。焦《あせ》った鬚黒は、玉鬘が宮中から退出するとき、六条院には戻らずに、直接自分の邸に連れて帰ってしまうんだ。これには源氏も「してやられた」と思っただろう。

もう玉鬘には会えなくなる。源氏は玉鬘が恋しくて、こっそりと手紙を出すんだけど、返ってきたのは、なんと鬚黒が代筆した手紙だった。

ここまで来ると、なんか笑えるね。鬚黒って、本当に玉鬘に夢中なんだね。それしか見えていないって感じ。

でも、結局、玉鬘は鬚黒の邸で落ち着いた生活を送るんだ。というのも、玉鬘は鬚黒の二人の男の子を大変かわいがって、子供たちも玉鬘になつくんだ。きっと、自分も幼いときから親と離れて暮らしていたから、子供たちの寂しさがわかるんだろうな。

そして、玉鬘はその年の十一月に、男の子を産む。玉鬘が来てから、鬚黒の家はどんどん栄えていくんだ。

【真木柱その五】近江の君、夕霧に思いを寄せるも叶わず

近江《おうみ》の君《きみ》は内大臣が「もう人前に出てはならぬ」と止めたのに、それも聞き入れないで、すぐにしゃしゃり出る。

いつだったか、殿上人《てんじょうびと》の評判の高い人たちが音楽の遊びをしていたところ、近江の君が女房たちを押しのけて、しゃしゃり出てきた。

「あら、まあ困ったたこまった」「いったい、どうなさったの」と女房たちが慌《あわ》てて近江の君を中へ引き入れようとする。

ところが、近江の君は意地の悪い目つきできっと睨《にら》みつけ、いくら女房たちが引っ張っても動かない。そして、こともあろうに夕霧《ゆうぎり》に向かって、「この方よ。この方よ」と興奮気味《こうふんぎみ》にいう。

おきつ船《ふね》　よるべなみ路《ぢ》に　ただよはば
　棹《さを》さしよらむ　とまり教《おし》へよ★

夕霧はこんなぶしつけなことをいう者がいようとはと不審に思ったが、ふとあの噂の人物かと気づいて、おかしくなった。

★沖の船が波路に漂うように、雲居雁とのご縁がまだ決まっていないのなら、私が側まで漕いで参りますから、どこにお泊まりか教えてください。

よるべなみ　風《かぜ》のさわがす　舟人《ふなびと》も
思《おも》はぬかたに　磯《いそ》づたひせず★

急に色気づいちゃったね（笑）それにしても、堅物の夕霧に目を付けていたなんて……。

そして、見事に振られたってわけね（笑）。

★寄る辺もなくて風にもてあそばれている舟人のような頼りない私でも、気の向かないところには寄りつきません。

梅《うめが》枝《え》（巻之三十二）

明石の姫君は十一歳。東宮《とうぐう》への入内《じゅだい》も間近に迫り、源氏は姫君の裳着《もぎ》の準備に余念がない。

◉【梅枝】明石の姫君、東宮妃に。夕霧と雲居雁の恋の行方

裳着の儀を明日に控《ひか》えた梅の盛りの二月十日、蛍兵部卿宮《ほたるひょうぶきょうのみや》が挨拶《あいさつ》に訪れたのをいい機会として、宮を判者《はんじゃ》として薫物合《たきものあわせ》★が行われる。

翌日は、裳着の儀が盛大に行われ、秋好中宮《あきこのむちゅうぐう》が腰結役《こしゆいやく》をつとめて華を添えた。

内大臣は、そうした明石の姫君の動向を耳にするたびに、娘の雲居雁《くもいのかり》の処遇を思い気分が晴れない。夕霧《ゆうぎり》からはいまだ求婚されずに、中途半端な状態が続いている。

源氏も、一向に身を固めない夕霧を心配して、あれこれ世話を焼く。夕霧は雲居雁に手紙を贈るが、雲居雁は夕霧の縁談《えんだん》の噂《うわさ》を聞いてその恨《うら》み言《ごと》を返して寄越《よこ》した。夕霧は困惑するばかりである。

★薫物合は物合の一つで、左右に分かれて薫物（種々の香を合わせてつくる練香。配分や作り方によって香りが異なる）を出して優劣を競った遊び。

前巻で玉鬘《たまかずら》をめぐる話が一段落ついて、続く二つの巻では、夕霧と雲居雁のその後が語られるんだ。

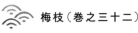

藤《ふじの》裏《うら》葉《ば》（巻之三十三）

◉【藤裏葉その一】夕霧、内大臣と和解して雲居雁と結ばれる

夕霧《ゆうぎり》の縁談《えんだん》の噂《うわさ》を聞いた内大臣は、どうにかして夕霧と和解したいと、その機会を求めていた。

大宮の三回忌《き》に、内大臣は歩み寄りの姿勢を見せ、四月のはじめには、自邸の藤の花の宴に夕霧を招待する。

内大臣は夕霧の座席を整えると、気を遣《つか》うこと並一通りではない。儀式張った挨拶《あいさつ》は少しにし、すぐに花見の宴に移った。

内大臣はまもなく酔った振りをし、夕霧にも杯《さかずき》をすすめて、酔わせようとする。内大臣が歌を詠《よ》む。

紫《むらさき》に　かごとはかけむ　藤《ふじ》の花《はな》
　まつよりすぎて　うれたけれども★

夕霧はひどく酔った振りをして、「気分が悪くなって、とても我慢ができません。お暇《いとま》

★恨み言は藤の花の紫にいうことにしましょう。あなたからの申し込みを待つうちに月日が過ぎてしまって、いまいましいけれど。

するにも道中が危なくなってしまいました。どうか今夜はお部屋を貸していただけませんか」という。

内大臣は「柏木《かしわぎ》よ。部屋を用意しなさい。この年寄りは酔っぱらってしまって失礼ですから、もう引っ込むとしよう」という。

柏木がそっと雲居雁の部屋に案内する。

夕霧は夢ではないかと思った。雲居雁は心の底から恥ずかしく思っている。前よりもずっと美しく成長していた。

ああ、よかった。夕霧と雲居雁のこと、ずっと気になっていたんだ。

内大臣の大人気ない仕打ちで会えなくなり、夕霧自身の、優柔《ゆうじゅう》不断《ふだん》なところがあったとはいえ、この二人は、実に七年間も会わずにお互いのことを思い続けたんだ。

すご～い！　純愛なんだ、ホントに。

【藤裏葉その二】源氏、准太上天皇に。六条院に行幸がある

明石の姫君の入内《じゅだい》が四月二十日過ぎと決まった。

姫君の入内には、母である北の方が付き添われるのが慣例だったが、紫の上はこうした

機会に生母の明石の君を後ろ身として付き添わせようと提案する。それを聞いて、明石の君はたいそううれしくて、願いが何もかもかない、夢のようである。

紫の上は宮中で三日過ごし、それから退出する。入れ替わりに、明石の君が参内《さんだい》するので、その夜、二人ははじめて対面する。お互いに相手の美しさと教養の深さに感動し、これまでのわだかまりをきれいに流し合った。

これで、ようやく実の母と娘は宮中でともに暮らすことが可能になったのである。

来年四十歳を迎える源氏のために、冷泉帝《れいぜいてい》をはじめ、世を挙げて祝賀の準備に奔走《ほんそう》している。

その秋、源氏は准太上天皇《じゅんだいじょうてんのう》の地位に上りつめ、内大臣は太政大臣に、夕霧《ゆうぎり》は中納言にそれぞれ昇進した。夕霧夫妻は、幼い頃ともに過ごした故大宮の三条邸に移った。

十月二十日あまり、六条院に行幸《ぎょうこう》があった。朱雀院《すざくいん》も参加するという異例の盛儀となるのである。

四十歳を前に、源氏の栄華もついに頂点を迎える。

明石の姫君の入内は源氏一族の将来を約束し、源氏は准太上天皇《じゅんだいじょうてんのう》に昇り詰め、さらに帝と院がそろって六条院にやってくるという、考えられる限りで最高の舞台も用意された。

ということは、裏を返せば、後は下るしかないということだ。次の章では、源氏の寂しい後半生《こうはんせい》が語られることになる。

第4章

光源氏の晩年

若《わか》菜《な》上《じょう》（巻之三十四）

◉【若菜上その一】朱雀院出家。女三宮が源氏のもとに降嫁

源氏は准太上天皇《じゅんだいじょうてんのう》という最高の地位につき、秋好中宮《あきこのむちゅうぐう》をはじめ、明石の姫君が東宮《とうぐう》のもとに入内し、養女玉鬘《たまかずら》は鬚黒《ひげぐろ》に嫁ぐなど、六条院はますます栄えつつあった。

だが、見えないところで、何かが陰《かげ》りを見せつつある。

ことは朱雀院《すざくいん》の出家にはじまる。

源氏の兄である朱雀院は、六条院の行幸《ぎょうこう》の後、健康がすぐれなかった。何もかも心細くなり、出家を望みはじめていた。

朱雀院が東宮の頃、藤壺女御《ふじつぼのにょうご》が入内《じゅだい》した。藤壺女御は先帝の皇女で、高い血筋ではあったが、母親の身分が低く、確かな後見《こうけん》もなかったので、宮仕えの間も心細いことが多かった。朱雀院もそれを哀れと思い、誰よりも思いをかけたが、譲位《じょうい》後、藤壺女御は落胆《らくたん》し、自分の不運を恨《うら》みながら死んでいった。

その藤壺女御に、女三宮《おんなさんのみや》という娘が一人いる。

朱雀院は多くの子供たちの中でも、この女三宮だけをとりわけ溺愛《できあい》した。自分が出家した後、女三宮は後見もないまま、いったいどうなるのか。女三宮は、まだ十三、四歳、朱

雀院はひたすらこの娘のことばかり気にかけている。

一般に、皇女は独身を貫《つらぬ》くことが多い。だが、後見もなく、頼りない女三宮には有力な庇護者《ひごしゃ》が必要だ。

朱雀院は、候補者選びに苦慮《くりょ》を重ねた。

夕霧《ゆうぎり》、蛍兵部卿宮《ほたるひょうぶきょうのみや》、柏木《かしわぎ》、悩みはつきない。やがて、朱雀院の心は源氏一人に固まっていく。

夕霧は雲居雁《くもいのかり》との結婚が決まったばかりである。蛍兵部卿宮は人柄は無難で、同じ皇族だが、どうも風流ぶり過ぎて、重々しいところがなく、多少軽薄《けいはく》そうだ。柏木が女三宮に思いをかけているようだが、皇女を与えるには、まだ身分が低すぎる。

結局は、源氏しかないのだった。

源氏には紫の上をはじめ、多くの女性がいるが、どれも中流の身分で、その最高の身分にふさわしい相手がまだいない。女三宮こそが皇女で、それにふさわしいのではないか。

紫の上などは、正式な結婚すらしていないと聞く。

源氏は朱雀院の内意《ないい》を伝えられ、いったんは辞退《じたい》する。だが、源氏の心のどこかに、まだ暗い情念の炎がくすぶっていた。

女三宮は死ぬほど恋い焦《こ》がれた藤壺の宮の姪《めい》である。しかも、器量が人一倍優れているという評判である。

源氏の心が動いた。だが、心のどこかに引っかかりがあり、気分が重かった。自分一人をすべてと思い、ずっと連れ添ってきた紫の上のことが気にかかる。すべてを投げ捨て、新しい恋に生きるには、もう若くないのだ。

女三宮の裳着《もぎ》をすませ、出家した朱雀院を見舞った折り、源氏はその後見を承諾した。紫の上も朱雀院の婿《むこ》選びの話をうすうす耳にしていたが、まさか源氏が承諾するはずはあるまいと、気にかけていなかった。

源氏はその日、紫の上の様子がいたわしく、どうしても言い出せないでいた。翌日、雪がちらついていて、源氏は紫の上と思い出話や将来のことをしみじみと話し、その際にはじめて女三宮のことを告げた。

紫の上は、ふだんならかりそめの浮気にさえ、目くじらをたてて怒る。源氏はさぞかし取り乱すだろうと覚悟していたが、不思議と気にかけた様子がない。

「朱雀院のおいたわしい頼み事ではありませんか。私などが気まずいことを申し上げてよいものでしょうか。私があちらにとって目障《めざわ》りな存在でなかったなら、宮のお母様のご縁からも、親しく仲間入りをさせてください」と紫の上がいう。

紫の上は、ことの深刻さを十分受け止めていた。だからこそ、取り乱すわけにはいかなかったのだ。

今までは、秋好中宮といえども、紫の上には一目置いていた。六条院の女主として、事実上の正妻《せいさい》の地位にいた。だが、皇女である女三宮とではあまりに身分が違いすぎる。源氏は四十歳、紫の上は三十二歳になろうとしている。まだ十三、四歳の女三宮と寵愛《ちょうあい》を争うわけにはいかない。

この女三宮《おんなさんのみや》って、いったい何者なの？

女三宮《おんなさんのみや》の母である藤壺女御は、源氏が恋い慕った亡き藤壺の宮とは腹違《はらちが》いの妹だから、藤壺の宮の姪になる。紫の上にとっても親戚に当たるんだ。

源氏は亡き母である桐壺更衣《きりつぼのこうい》のイメージを追い続けている。永遠の理想の女性だ。藤壺の宮は母に瓜二つで、紫の上も同じだった。女三宮も、その藤壺の宮の姪。源氏の心の奥で、そういった思いがあったのは事実だと思うよ。

女三宮の生い立ちも、因縁《いんねん》めいたものを感じるな。お母さんの名前が藤壺っていうのも偶然とは思えないし……。

藤壺《ふじつぼ》というのは部屋の名前だから別に珍しい呼び方ではないんだけど、あえてここにもってくるところに紫式部の意図を感じるね。

藤壺女御は母親の身分が低いために苦労したんだ。当時の朱雀帝がそれを不憫《ふびん》に思って寵愛するんだけど、そのために、藤壺女御は他の女性からひどい仕打ちを受けて、恨みを抱きながら死んでいく。

ホント、桐壺更衣の話とソックリね。

だからこそ、朱雀院の思いは女三宮に向かっていったんじゃないかな。逆にいうと、こういう筋書きを作っておかないと、女三宮が源氏に降嫁《こうか》（皇族の娘が臣下に嫁ぐこと）することを読者に納得させるのは難しかったんだと思う。

　女三宮はこの時点でまだ十三、四歳、四十の賀を迎える源氏とは、今でいえば、還暦《かんれき》のおじいちゃんと孫のような年齢差だ。それをあえて源氏に嫁がせるためには、因縁めいた構図が欠かせなかったともいえる。

　そして、少し強引にも見える女三宮の登場は、この後の源氏の晩年に深く暗い影を投げかけていくんだ。

紫の上が気がかりだな。なんかイヤな予感がする。事実上の正妻の座を奪われて、心中は穏やかなはずはないのに、表面上は何もなかったように振る舞うのって、愛が冷めた証拠じゃないかな？

【若菜上その二】女三宮、六条院へ輿入れ。源氏と紫の上の溝が深まる

二月十日過ぎ、女三宮《おんなさんのみや》が六条院に輿入《こしい》れになる。受け入れの準備は、並一通りではなかった。源氏自身が迎えに出て、女三宮を直接下ろした。

婚儀《こんぎ》の三日間、源氏は毎晩、女三宮のもとに通った。紫の上は今までこんな目にあったことがなかったので、こらえようとするものの、やはり寂しさが込み上げてくる。

出かけようとする源氏の装束《しょうぞく》に、丁寧《ていねい》に香《こう》を焚《た》きしめてはいるものの、放心したような

紫の上の表情は、限りなく切なく、美しい。

「今夜だけ、特別に許してくださるでしょうね」と源氏がいう。

「あなたご自身でさえ、行くかどうか決めかねているのに、私なんかがわかるはずがありませんわ」と紫の上が微笑を浮かべていう。

源氏はまともに目を合わせられない気がして、頬杖《ほおづえ》をつき、ものに寄り添い、横になる。

紫の上は硯《すずり》を引き寄せる。

目《め》に近《ちか》く　移《うつ》ればかはる　世《よ》の中《なか》を
行《い》く末《すえ》とほく　たのみけるかな★

命《いのち》こそ　絶《た》ゆとも絶《た》えめ　さだめなき
世《よ》のつねならぬ　なかの契《ちぎ》りを★

源氏がすぐに女三宮のほうへ出かけようとしないので、紫の上は「本当に私が困ってしまいますから」と急《せ》き立てる。

源氏は美しい召し物で、えもいわれぬ匂いを漂《ただよ》わせながら、出かける。その姿を見送りながら、紫の上は心中穏やかではいられない。

★目の前でこうも変わっていくあなたとの仲だったのに、そうとも知らず、行く末永くとあてにしていたとは。

★命はそれは終わることもあるだろう。だが無常なこの世とは違って絶えることのない二人の仲だよ。

紫の上があまりにも思い悩んでいるせいであろうか、源氏は夢枕《ゆめまくら》に紫の上が立つのを見た。ふと目を覚まし、胸騒ぎがするので、一番鶏《いちばんどり》が鳴くのにかこつけて、まだ夜明け前に女三宮のもとを出る。

明け方の薄暗い空に、雪明かりが白く見えて、まだあたりはぼんやりしている。格子《こうし》を叩いたが、長らくこうして朝帰りをすることもなかったので、女房たちは寝たふりをして、しばらく待たせてから、格子を引き上げる。

「ずいぶん長いこと待たせられて、体もすっかり冷えてしまった。こうして早く帰ってきたのも、あなたを怖がる気持ちが強いからです。何も私に咎《とが》などないのに」と源氏が夜着を引きのける。

紫の上は涙ですっかり濡れてしまった袖《そで》をそっと隠した。紫の上は源氏の抱擁《ほうよう》を拒む。先刻まで女三宮と夜を過ごした源氏から、今さら愛撫《あいぶ》される屈辱には耐えられない。

源氏はそんな紫の上が気にかかり、女三宮のもとに出かける気になれない。その日は「今朝の雪のため、気分が悪く」と手紙を書く。

翌朝、紫の上のもとで目を覚まし、女三宮に歌を送った。

中道《なかみち》を　へだつるほどは　なけれども
心《こころ》みだるる　けさのあは雪《ゆき》★

★あなたの部屋とこちらの途中の道をふさぐほどではありませんが、降り乱れる今朝の淡雪に遮られてお伺いできず、心が乱れております。

女三宮からの返事が届く。紅の薄様《うすよう》の紙に目も鮮やかに包んであるので、紫の上の手前、胸がどきりとする。手紙を隠すわけにもいかず、端の方から広げてみると、紫の上はそれを横目で見ながら、ものに寄りかかっている。

はかなくて　うはの空《そら》にぞ　消《き》えぬべき
　風《かぜ》にただよふ　春《はる》のあは雪《ゆき》★

女三宮の部屋の様子や調度品《ちょうどひん》は堂々と格式張《かくしきば》っているのに、当の本人はいたって無邪気で、痛々しいくらいに幼い。まるで召し物の中でうずくまっている感じで、体つきも弱々しい。源氏に対しても、特に恥ずかしがるというわけでもなく、幼子が人見知りしないといった有様《ありさま》である。

源氏はどうしても紫の上と比べては、溜息《ためいき》をついてしまう。

朱雀院が西山に籠《こ》もると、源氏は紫の上と女三宮との板挟《いたばさ》みの重圧から逃れるように、里下《さとさ》がりをしていた朧月夜《おぼろづきよ》に忍んで、久しぶりの再会を遂《と》げた。

紫の上との間に、どうにもならない溝《みぞ》が生まれていく。それはもはや埋めるべくもなかった。

★頼りなくて中空に消えてしまいそうです。風に吹かれてただよう春の淡雪のように。

さすがの源氏ももう年ね。いくらなんでも無理があるわ。女三宮は幼すぎて話が合わないけれど、高貴な娘だから、粗末に扱うこともできない。しかも、紫の上の心はもう二度と戻ってこない。

紫の上の心の中の虚無《きょむ》はどんどん広がっていくんだ。自分でもどうにもならなくなっていく。子供のような女三宮に対抗心があるわけではない。実際、女三宮はいかにも無邪気で、自分の存在が紫の上にどれほど大きな影を落としているか、実感できない。何の悪気もないんだ。それだけに、紫の上の悲しみは、やり場がない。女三宮が幼ければ幼いほど、かえって紫の上の苦悩が浮《う》き彫《ぼ》りにされるといえるだろうね。

こんなときでも、ちゃっかり朧月夜と浮気するなんて、老いの焦《あせ》りがなせる業《わざ》なのかな。

【若菜上その三】明石女御懐妊、紫の上と女三宮が対面する

夏頃から懐妊《かいにん》の兆しがあった明石女御《あかしのにょうご》が、里下《さとさが》りして六条院に戻ってきた。明石女御はまだ十二歳、早い出産である。そのためか、本人も不安げで、周囲の人々も案じている。

紫の上にとって、明石女御は実の娘以上である。幼い頃から、手塩《てしお》にかけて育ててきたのだ。

紫の上は明石女御に対面する折り、ついでに女三宮《おんなさんのみや》にも挨拶《あいさつ》をしたいと、源氏に申し出る。源氏はにっこりとし、「それこそ願ったりかなったりです。宮は本当に幼いご様子なので、安心のいくように教えてあげてください」という。

源氏は部屋に戻り、紫の上が何気なく書いた手すさびを見つける。

身《み》にちかく　秋《あき》や来《き》ぬらん　見《み》るままに
　青葉《あおば》の山《やま》も　うつろひにけり★

明石女御は紫の上を誰よりも慕《した》っていた。紫の上も以前よりもさらに美しく大人っぽくなった彼女を、しみじみといとおしく思う。紫の上は明石女御に優しく話を交わし、さらに女三宮とも対面する。

女三宮は幼い様子なので、気兼《きが》ねもいらず、紫の上は母親のような態度で、昔の血筋のことなども話した。

「畏《おそ》れ多いことですが、宮と私は同じ祖先を持つものです。これからは遠慮なさらず、私の部屋にもお出向きなされて、不届きなことなどございましたら、ご注意いただければ、うれしゅうございます」

紫の上は女三宮に絵などのことや、自分が今でも雛《ひな》人形を捨てきれないことなど、話して聞かせた。

女三宮はなるほどお優しい方だとすっかり打ち解け、なじむようになった。この日以後、

★この私の身にも秋が迫ってきたのでしょうか。見ているうちに青葉の山の色も変わってしまいました（私も飽きられたのでは）。

二人がわだかまりもなく、つきあいはじめたので、いつの間にか悪い噂も立たなくなっていた。

紫の上が自分から対面を願い出るというのは、自分はへりくだって、女三宮を正妻と認めるということなんだ。六条院の秩序を守るためにとった行動とはいえ、紫の上にとっては大きな屈辱だったんだよ。

ふ〜ん、紫の上って、できた女の人だなあ。

男の人って、どうしてこうも甘いのかな。女三宮がまだ子供だから、競争相手にならなかっただけよ。だから、人形遊びの話なんかするのよ。

えっ、どういうこと?

鈍《にぶ》いわね。つまり、紫の上は女三宮を一目見て、子供だと思ったのよ。自分の対抗馬《たいこうば》にはならないって。だから、お人形のことでも話せば相手は喜ぶだろうって。

たしかにそういう側面はあるかもしれないね。逆にいうと、紫の上はそうでもして精神的に優位に立っておかないと、心の均衡を保てないほど追い込まれていたのかもしれない。

人間関係って、複雑なんだね。

【若菜上その四】明石女御出産。女三宮を垣間見る柏木

翌年三月、明石女御《あかしのにょうご》は、東宮《とうぐう》の男子を無事出産した。

遠い明石の地でこの報に接した入道《にゅうどう》は、年来の宿願《しゅくがん》の次第をしたためた手紙を娘に送った後、自らは山深くに入って姿を消した。

明石の君と母である尼君は自分たちの人生を突き動かした怪しい運命を思い、悲喜《ひき》こもごもである。

柏木《かしわぎ》は朱雀院《すざくいん》が女三宮《おんなさんのみや》の婿を探していたときから意中《いちゅう》を申し出ていただけに、源氏に降嫁《こうか》が決まったとき、胸が激しく痛んだ。

どうあっても、思い切ることができない。

柏木は親しくしていた女房のつてで、女三宮の様子を聞くのをせめての慰《なぐさ》めとしていたが、それもはかないことだった。

やがて、源氏の寵愛《ちょうあい》が相変わらず紫の上にあり、女三宮は形だけの夫婦であると伝え聞く。柏木は自分なら女三宮にそのような悲しい思いをさせないのにと、胸がなおさら痛んだ。

三月の末、六条院で蹴鞠《けまり》★が行われた。

一汗かいた柏木は階段に腰を下ろし、女三宮の部屋を横目で見た。御簾《みす》の近くにいる女房たちは、部屋の隅に几帳《きちょう》をだらしなく寄せて、場馴れした態度で蹴鞠を見ている。

★蹴鞠は、数人で、鞠が下に落ちないよう蹴って遊ぶもの。サッカーのリフティングに近い。

そのときである。

かわいい小さな唐猫を大きな猫が追いかけ、急に御簾の下から走り出した。女房たちは怖がって騒ぎ立て、あわてふためく衣擦《きぬず》れの音がやかましい。

唐猫の長い綱がものに引っかかって、猫の体にまつわりついた。猫が何とか逃げようと綱を引っ張るうちに、御簾の端が引き上げられ、側にはそれを直す女房もいなかった。

几帳の少し奥に、その人は立っていた。柏木ははっきりと見たのである。

柏木は息を呑《の》んだ。恋い焦《こ》がれていた女三宮に違いない。

長い黒髪の裾《すそ》はふっくらと豊かに切りそろえてあり、実に可憐《かれん》で、身長よりも二十センチほど長い。ほっそりと小柄で、着物の丈があまり、裾ばかりのように見える。立ち姿や髪がかかっている横顔など、気品があって、何ともいえずかわいい。

庭の若者たちは、蹴鞠に夢中で、桜木に鞠があたって、花びらが散るのも目に入らない様子だ。

柏木だけが、女三宮の姿をほんの一瞬のうちに網膜《もうまく》に焼き付けようと、立ち尽《つ》くしている。そのとき、時間が止まった。

偶然が巻き起こしたその一瞬が、柏木と女三宮と、そして源氏の運命まで変えようとしているのを、誰も気がつかない。

また出たね、垣間見《かいまみ》。これが出ると、必ず何かが起こるんだよね。

鋭い読みだね（笑）。それくらい女性の姿を目にするというのは大きな意味があったんだね。その家の男からすれば、「姿を見られる＝寝取られる」ぐらいの感覚があったんだろう。だから、「野分《のわき》（巻之二十八）」で紫の上を夕霧に垣間見られた源氏は激しく動揺したんだね。

若菜下《わかなげ》（巻之三十五）

◉【若菜下その一】女三宮ゆかりの猫をかわいがる柏木

柏木《かしわぎ》は煩悶《はんもん》した。一目垣間見《かいまみ》た女三宮《おんなさんのみや》が忘れられない。

源氏の正妻だということはわかっている。だが、源氏は女三宮を大切に扱ってはいないではないか。

このことについては、夕霧《ゆうぎり》と口論した。夕霧はむきになって女三宮をかばう柏木を、呆《あき》れ果てた顔で見た。

式部卿宮《しきぶきょうのみや》が柏木を孫娘である真木柱《まきばしら》の婿《むこ》にといってきた。女三宮に夢中の柏木は、この縁談《えんだん》に見向きもしない。

仕方なく式部卿宮は柏木を断念し、蛍兵部卿宮《ほたるひょうぶきょうのみや》を通わせることにしたが、この結婚はうまくいかなかった。真木柱は不幸な結婚生活を余儀《よぎ》なくされた。

柏木は垣間見る機会を作ってくれた猫をもらい受け、夜も自分の側に寝かせた。夜が明けると、すぐに猫の世話に取りかかる。

猫ははじめのうちは人見知りしていたのが、今ではすっかりなついて、衣の裾《すそ》にまつわりつき、体をすり寄せる。

柏木は猫を心からかわいいと思った。女三宮のことを思い、深く物思いをしていると、猫がまるで「ねうねう（寝よう寝よう）」と聞こえるようにとすり寄ってくる。

恋《こ》ひわぶる　人《ひと》のかたみと　手《て》ならせば
なれよ何《なに》とて　なく音《ね》なるらん★

柏木は猫の顔をのぞきながら、そう話しかける。

年輩の女房などは、「妙なこと。急に猫をかわいがりになるとは。今までこんな動物など、見向きもしなかったのに」と首を傾げた。

★自分の恋い慕うあの方の形見と思って飼い慣らしていると、お前はいったいどういうつもりでこうした鳴き方をするのだろう。私の恋しい気持ちがわかっているのか。

柏木って、なんだか頼りないわね。猫を抱いて、恋しい人のことを思うなんて……。

僕なんかは、かえってそこに狂おしいものを感じるよ。それだけ気持ちが伝わってくる。紫式部は、こういう人間の奥底に潜む底知れない不気味なものを描くのが、本当にうまいね。

柏木は、女三宮を思い出させてくれるものなら、猫でもなんでもよかったんだ。それくらい思い詰めているんだね。この純粋さが、柏木にとって致命的《ちめいてき》になる。そして、そのことが源氏の未来にも決定的な影響を与えるんだ。

【若菜下その二】今上帝即位。明石一族栄える。出家を願う紫の上

それから、四年の歳月が過ぎた。源氏は四十六歳になり、女三宮《おんなさんのみや》は二十歳前後、柏木《かしわぎ》は三十歳前後である。

冷泉帝《れいぜいてい》が譲位《じょうい》し、明石女御《あかしのにょうご》の第一皇子が東宮《とうぐう》に立った。太政大臣（かつての頭中将）は引退し、鬚黒《ひげぐろ》の右大将が右大臣に昇った。

明石女御は四人の子供をもうけ、今上帝《きんじょうてい》の寵愛《ちょうあい》も厚く、明石の一族はますます栄えるばかりであった。

その年の十月、源氏は住吉《すみよし》神社に参詣《さんけい》する。明石女御の皇子が東宮に立てたのも、明石の入道《にゅうどう》の長年にわたる住吉信仰のおかげということで、その願解《がんほど》きに行ったのである。

まもなく、女三宮は、帝の計らいにより二品《にほん》に叙《じょ》され、格式はいよいよ高まった。源氏は朱雀院《すざくいん》や帝に憚《はばか》り、女三宮の扱いに丁重《ていちょう》さを増すばかりである。

紫の上は明石の君や女三宮に引き比べて、自分の立場の不安定さを思った。いつの間にか、出家を願うようになっていた。

朱雀院は女三宮との対面をしきりに願っていた。源氏はそれを実現するため、院の五十の賀宴を計画し、それに備えて女三宮に琴を教授した。

年が明け、源氏は四十七歳になる。

二月に予定した賀宴に先立ち、源氏は六条院の女性たちを集め、女楽《おんながく》を催《もよお》した。盛大な

催しとなった。

その翌日、源氏は紫の上にしみじみと自分の半生《はんせい》を語る。

自分ほど栄華《えいが》を極めた人は過去にも例がない。だが、自分ほど世にまたとないほど悲しい思いをしたものもいないだろうという。

「それに比べ、あなたは須磨《すま》の別れ以外は物思いの種になるほどのことはなかったはずです。たとえ后《きさき》の身分でも、誰もが必ず心穏やかならぬ悩み事がつきまとっているものです。帝の寵愛を競って他人と争い、安らぎを覚えることもできません。あなたは幼い頃から私の庇護《ひご》のもとで暮らし、他人と争うこともなかった。その点では、あなたは並はずれて幸運だったことを、おわかりになっているでしょうか。思いもかけず、女三宮がお輿入《こしい》れになったことは面白くなかったでしょうけれど、それにつけ、私はあなたに幾層倍の愛情をかけたはずです」

紫の上は寂しそうに一点を見つめ、「仰《おお》せの通り、私などには分不相応《ぶんふそうおう》な幸せと、世間の目には写るでしょうが、私の胸の奥底にいつの間にか耐えきれない悲しみがつきまとっているのです」という。

源氏は驚いて、紫の上の顔を見る。今、目の前に、私の知らなかった人がいる。いつも近くにいた人が、今は最も遠いところにいるような気がする。

紫の上が続ける。「本当のことをいうと、私はもう長くない気がするのです。どうか、前にお願いしたことを、お許しください」。

源氏ははじめて我に返ったように、慌《あわ》てていう。「とんでもないことです。あなたが世を捨ててしまったら、後に残る私は何の生き甲斐《がい》があるというのです。やはり、あなたを思う気持ちがどれほど深いものかを、最後まで見届けてください」。

紫の上は黙ったまま、涙ぐんでいる。

紫の上は、なんで出家を願っているのかな？ たしかに源氏が鈍感《どんかん》で、二人の心はすれ違っているけれど、源氏が最後まで最も愛していたのは紫の上なんだよね？

紫の上の悲しみは、とてもわかりにくい。出家を願う紫の上の心を知るには、やはりこの時代の仏教観を押さえておく必要があるんだ。

人は誰もが業を背負って生まれてくる。前世《ぜんせ》からの因縁《いんねん》といってもいい。出家し、この世を捨てることによって、極楽浄土《ごくらくじょうど》を夢み、それによってはじめて安らぎを得られるんだ。

源氏物語もこの「若菜下《わかなげ》（巻之三十五）」あたりから、こうした仏教観が色濃くなっていく。源氏もこの仏教観のために、出家を考えている。

だけど、紫の上と源氏では、出家を願う気持ちに大きな隔《へだ》たりがあるんだ。だから、源氏には紫の上の苦悩がわからないともいえる。


どう違うのかな？

源氏には、人生において最高の栄達《えいたつ》を得たという自負がある。権力闘争をしたたかに勝ち抜いた源氏は、冷酷《れいこく》でもあった。そこが源氏の凄《すご》みなんだけど、それだけに苦悩も深い。藤壺の宮との関係をはじめ、多くの罪を犯《おか》した。そのことを自覚し、心の奥底で怯《おび》えているのは、他の誰でもない、源氏自身なんだと僕は思う。

だから、源氏が出家を願うのは、ある意味では当然かもしれない。逆に、いまだに現世《げんせ》に執着《しゅうちゃく》しているのは、潔《いさぎよ》さが欠けているといってもいいくらいだ。

それに対して、紫の上は何一つ罪を犯していないわけね。そのうえ、紫の上は、他の誰よりも愛されていて、女三宮とだって、明石の君とだって、仲良くなっちゃって、ライバルにはならなかった……。

そこなんだ、問題なのは。源氏はあちこちの女に手を出して浮気《うわき》はするけれど、最後にはいつも紫の上のもとに帰っていく。事実上の正妻の座を追われたといっても源氏の気持ちが女三宮に移ってしまったわけではない。

源氏にとって、紫の上は他には代えられない存在なんだ。それなのに、たとえようもない不安が紫の上を襲《おそ》っている。もしかすると、紫の上は自分の人生そのものに言葉にならない虚無《きょむ》を感じていたのではないかな。だとすれば、これは深い。

あっ、そうか。紫の上はうすうす感じているんだ。源氏が追い求めているのは、自分ではないんだって。

今までの経緯《けいい》を思い出してごらん。紫の上は、幼い頃、奪うようにして源氏のもとに連れてこられた。源氏が「あなたは紫のゆかりの女性だから」という歌を詠《よ》み、彼女は「紫のゆかりって何？」と聞き返したよね。

その後、紫の上は源氏を自分の親だと信じて暮らした。ところが、突然、源氏は男になった。源氏を信じていただけに、深く傷ついたと思うけれど、それをも乗り越えて、源氏だけを頼みに、懸命に生きていく。それも、源氏好みの女性になるために。

同じ頃、源氏は藤壺の宮に思いを寄せて、狂乱じみていく。彼女との間に冷泉帝が生まれ、そのために藤壺の宮は出家する。当時の源氏はまだ若く、自分の情念を抑え切れない。夜をともに過ごしている紫の上が何も気づかないはずはないと考えるのがふつうだよね。

もちろん、具体的に何があるのかは知りようがないけど、それでも源氏の思いが自分以外の誰かに向けられていることだけはわかる。それって、とっても怖い。

そして、源氏は須磨《すま》に落ちていく。紫の上は、なぜ源氏が須磨に自ら落ちていくのかわからない。源氏がいなくては生きていけない。自分も一緒に行きたいとすがる。それも、源氏は拒《こば》んだ。

別れの最後の夜、源氏は葵《あおい》の上の女房だった中《ちゅう》将《じょう》の君《きみ》と夜を過ごす。紫の上は一晩中寝ないで、じっと源氏を待っているんだ。しかも、中将の君は源氏が須磨に流されてからは、紫の上の女房になっているんだ。バレないはずがない。さらに、朧月夜《おぼろづきよ》とのこともある。

こうやって並べられると、ヒドイ話だね。源氏は紫の上が何もいわないことをいいことに、すべてうまく隠し通したつもりなんだろうなぁ。

都《みやこ》落《お》ちした源氏は明石の君と関係を持ち、子供までもうける。それが後の明石一族の繁栄《はんえい》につながるんだけど、紫の上には子供ができない。だから、明石の姫君を引き取って、自分の子供以上の愛情を注ぐ。

そして、玉鬘《たまかずら》の事件。紫の上の心は、次第に深い悲しみに沈んでいく。でも、それは決して源氏に知られてはいけないことだ。

源氏に理解を示し、明石の君と和解し、明石の姫君を育て、秋好中宮《あきこのむちゅうぐう》の親代わりになり、玉鬘まで面倒を見る。それもすべては六条院の女主としての自負からだと思う。やがて、秋好中宮も入内し、玉鬘も嫁ぎ、明石の姫君も入内する。そして、女三宮の降嫁《こうか》。自分は六条院の女主ではなくなった。それもショックだろう。

でも、それ以上に、自分の人生の意味を見失ったんじゃないか。たしかに源氏の愛は変わらないかもしれない。けれど、その源氏の愛というのは、誰に向けられたものだったか。

女三宮も紫の系譜《けいふ》（桐壺更衣《きりつぼのこうい》→藤壺の宮→紫の上→女三宮）に連なる人だ。またもや、紫という幻の存在が私の人生に絡んでくる。

いったい自分の人生とは何だったのだろうか。源氏が愛したのは、自分ではない。永遠の女性像である「紫の人」なのだ。私はその代用に過ぎないのではないか。

ここに思い至ったとき、紫の上がそれまで懸命に守っていた細い糸がぷつんと切れたんだと僕は思う。紫の上は最も深い虚無《きょむ》を、自分の人生に見たのではないか。最も救われたいと願っているのは、紫の上その人ではないか。それなのに、源氏はあなたほど幸運な人はどこにもいないという。紫の上は源氏のその言葉をどんな思いで聞いただろう。

涙なしでは語れないわ。紫の上は源氏だけを見て、懸命に生きてきたのに、それがすべて無意

味だったなんて……。

それでも、源氏は紫の上の出家を許さないんだ。

どうして？

考えてもごらん。夫がまだ元気で、出家もしていないのに、その奥さんがいきなり出家したら、世間の人はどう思う？

たしかに格好悪いね。世間体《せけんてい》ってやつだね。

まるで結婚生活がうまくいっていないのを、世間に公表しているみたいなものだろう。源氏にとっては、絶対に認めることはできない。もちろん、紫の上を失いたくないという気持ちが、最も大きいのは間違いないと思うけれどね。

誰か紫の上を救ってあげてよ。ただでさえ生きる意味を見失って苦しんでいるのに、退路《たいろ》まで断《た》たれているなんて、いくらなんでもヒドすぎる。

【若菜下その三】紫の上発病。柏木、女三宮と結ばれ一線を越える

その夜、紫の上が突然発病する。

源氏は急いで駆けつける。ひどい熱で、粥《かゆ》などにも手を触れない。ちょっとした果物さえ口にするのを嫌がり、起きあがることもできないまま幾日《いくにち》も経過する。

源氏はさまざまな加持祈禱《かじきとう》を試みるが、いっこうに回復する気配がない。容態《ようだい》は変わら

ないまま、二月も過ぎた。

源氏は思い悩み、試しに場所を変えてみようと、紫の上を二条院に移す。そんな中で、紫の上はとぎれとぎれに「お願いしている出家のことを、お許しくださらないことだけが辛《つら》くて」という。

明石女御《あかしのにょうご》も駆けつけ、源氏と一緒に看護《かんご》する。紫の上は、明石女御の幼い子を見て、「大きくなるのを拝見できないことになりますね。私のことなどお忘れになってしまうのですね」といって泣く。

明石女御は溢《あふ》れる涙を抑えきれない。そして源氏は「忌《い》まわしいこと。そんな風に考えないでください」という。

柏木《かしわぎ》は、女三宮《おんなさんのみや》への思いを断ち切れず、煩悶《はんもん》していた。柏木も今は中納言、帝の信任も厚く、今をときめく人である。

女三宮恋しさに、同じく朱雀院《すざくいん》の娘で、内親王《ないしんのう》である姉の女二宮《おんなにのみや》と結婚する。女二宮は人柄もはるかに優れていて、美しかったが、女三宮への思いゆえに、どうしても愛することができないでいる。

四月、葵祭《あおいまつり》の御禊《ごけい》の前日、柏木は源氏の不在に乗《じょう》じて、小侍従《こじじゅう》の手引きで、ついに女三宮と通じる。

女三宮は無心で眠っていたが、身近に男の気配がするので、源氏が来たのかと思い込んでいた。柏木が緊張しながら抱き下ろしたので、女三宮は何かに襲《おそ》われているのかと目を開けると、なんと別人だった。気が動転《どうてん》して、人を呼んだが、近くには誰も控《ひか》えていない。女三宮はわなわなと震《ふる》えだし、気も失わんばかりである。

柏木は死にものぐるいで訴《うった》える。

「ずっと身を焦《こ》がすような思いで、お慕《した》いしてきました。その気持ちを抑えかねて、このように身のほどを知らぬ振る舞いをしてしまいましたが、これ以上大それた罪を犯そうとは思いません。ただ、自分の思いを伝えて、あなたに一言、言葉をかけていただきたくて」

女三宮は震えながら、言葉を失っている。

柏木の中で、何かが変わった。想像の中での女三宮は高貴で美しく、とても畏《おそ》れ多くて近づけない人だった。威厳があって、馴《な》れ馴《な》れしくお会いすることなど、気後《きおく》れする人だと思っていた。

だが、今目の前で怯《おび》えているその人は違った。それほど気高い様子はなく、優しくて、かわいくて、その上品な美しさは他に比べようがない。小さくて、抱きしめたら消えてしまいそうな、可憐《かれん》な人。

柏木の中の自制心が消えた。女三宮をどこかへ連れて隠し、自分もこの世を捨てて行方《ゆくえ》を眩《くら》ましたい。我も忘れて、女三宮を抱きしめた。すべては夢の中のようだった。

女三宮もあまりに意外なことなので、今でも現実とは思えない。ただただ正気を失っている。

女三宮は心底怯えていた。こんな恐ろしいことが源氏に知れたら、どうしよう。どうしていいかもわからず、泣きじゃくっている。

次第に夜が明けていく。柏木は涙ぐむ女三宮を置き去りにして帰る気にはなれず、胸が引き裂かれるようである。

「私はいったいどうしたらいいのでしょうか。あなたがひどくお憎みになっていらっしゃるので、もう二度と話できないのでしょうか。どうか、ただ一言だけ、お声を聞かせてください」と訴える。

「もうどうにもならないのですね。私は命を絶ってしまうしかありません。ほんのわずかでも心を開いていただけるのなら、そのお情けと引き替えに、私の命を捨てることもできるのに」と柏木がいう。

起《お》きてゆく　空《そら》も知《し》られぬ　あけぐれに
　いづくの露《つゆ》の　かかる袖《そで》なり★

あけぐれの　空《そら》にうき身《み》は　消《き》えななむ
　夢《ゆめ》なりけりと　見《み》てもやむべく★

★あなたに別れて起きてゆく、その行く先もわからない夜明けの薄暗がりに、いったいどこから露がかかってこうも袖が濡れるのでしょう。

★明け方の薄暗がりの空に、この私の不運な身は消えてなくなればいいのに。これは夢だったと思って、すまされればいいのに。

柏木は一途《いちず》に思い込み、すべてをなげうって、思いを遂《と》げた。だが、女三宮の実像は、威厳を持った高貴な人でも、いたわりをかけてくれる人でもなかった。

激情《げきじょう》の虜《とりこ》となった柏木は、女三宮と二人で破滅《はめつ》していくのを願った。だが、女三宮はあまりに幼すぎた。ただ、源氏に怯え、震えるだけの人だった。

柏木は女二宮が待っている自邸には帰らず、父の大臣の邸にこっそりと行った。横になってみたものの、どうしても眠ることができず、自分が犯した過《あやま》ちに怯えた。

もう取り返しがつかないのだ。これでもう、堂々と世の中で生きていくことができない。

柏木は恐ろしくて出歩くこともできない。

女三宮は、ひたすら怯えていた。もし、この秘密が誰かに気づかれてしまったらどうしよう。そう思うと、明るいところへ出ていくことさえ怖くて、何という情けない身になったのかと、おどおどするばかりである。

源氏は女三宮の具合が悪いと聞いて、あわてて駆けつけた。女三宮はどことといって苦しそうな様子はなく、ただ恥ずかしそうにまともに顔を見せようとしない。

源氏は久しく訪ねなかったのを恨《うら》んでいるのかと思った。

「紫の上の病気がひどくて、この幾月、何もかも捨てたかのように看病しているのです。一段落したら、私の真心《まごころ》もわかっていただけるでしょう」と諭《さと》すようにいう。源氏が柏木との秘密にまったく気づかないのが心苦しくて、女三宮は人知れず涙を流した。

柏木は寝ても覚めても女三宮を恋い慕って、悩み続けている。葵祭の当日も病気のふりをして、いつまでも床について悩んでいた。

女二宮は、柏木が何に塞《ふさ》ぎ込んでいるのか事情がわからず、女房たちが葵祭の見物に出かけてしまってから、一人ぼんやりと物思いに耽《ふけ》りながら、箏《そう》の琴《こと》を弾くともなく弾いている。

柏木は、「どうせ同じことなら、あちらの女三宮をいただきたかったのに」といまだに悔やんでいる。

もろかづら　落葉《おちば》をなにに　ひろひけむ
名《な》は睦《むつ》ましき　かざしなれども★

★桂と葵のかざしのように、仲良く並んだ姉妹のうちから、どうして落ち葉のような人を選んでしまったのだろう。「もろかづら」は葵祭で頭につける葵と桂のかざしのことで、女二宮と女三宮を指す。

ついに柏木が動いたね。そうくると思ったよ。

でも、女三宮のどこにそんな魅力があるのかしら？

朱雀院があまりにもかわいがり、大切に育てたから、きっと自分では何も考えなくてもよかったんだろうね。もしかしたら、これが本当の高貴なお姫様の姿なのかもしれない。人形のようにおっとりとしていて、かわいいけれど、世間のことなど知らないし、男女のことだって何一つわからない。だから、柏木がいきなり忍んできても戸惑《とまど》うだけで、どうしていいのか見当もつかずに、ただひたすら怯えるだけ。源氏に見つかったらどうしようって。子供が悪いことをして、親に怒られるのを怖がるように。

柏木も相当なお坊ちゃんだね。勝手に女三宮を美化して、その妄想《もうそう》に恋い焦《こ》がれているんだ。

【若菜下その四】紫の上、物の怪に憑かれるが死の淵から生還

紫の上様がご臨終《りんじゅう》です。突然、使いの者がそう告げた。

源氏は何の分別《ぶんべつ》も付かず、心の中が真っ暗になり、無我夢中《むがむちゅう》で二条院に帰った。邸内からは人々の泣きわめく声が聞こえた。我を忘れて、源氏が中に入る。

「この二、三日は少し具合がよろしかったのに、急にこんなことになってしまって」と、紫の上に仕えている女房たちが、自分たちも死出《しで》のお供《とも》をしたいと泣きじゃくっている。

「たとえ息が絶えたとしても、物《もの》の怪《け》の仕業《しわざ》ということもある。そんなにむやみに騒ぎ立てるものではない」と人々を鎮《しず》めて、優れた験者《げんじゃ》を数多く集めて、必死の加持祈禱《かじきとう》をさせた。

源氏は「せめてもう一度だけでも目を開けて、私の目を見てください。あまりにもあっけないご臨終だったので、その間際《まぎわ》にさえ会えなかった」と、取り乱している。

すると、この幾月の間、一向に現れなかった物の怪が、憑坐《よりまし》の小さな女の子に乗り移って、大声で叫んでいる。

紫の上が息を吹き返す。

物の怪は見事に調伏《ちょうぶく》されて、「他のものはみな出て行きなさい。源氏の君お一人と話したい。私はこの幾月か調伏されて、それがあまりにも苦しいので、どうせ取り憑《つ》いたのなら、命を奪って思い知らせてやろうと思ったが、さすがに源氏の君が自分の命も危なくなるほど骨身《ほねみ》を削《けず》るように悲嘆《ひたん》に暮れている様子を拝見すると、今はこうした浅ましい魔界《まかい》に生まれているものの、まだ人の世に生きた心が残っているので、あなたが悲しみのあまり取り乱している姿をこれ以上見るに忍びなくなり、とうとう姿を現してしまったのです。決して悟られてはなるまいと思っていたのに」と髪を顔に振りかけて泣く様子は、昔見た六《ろく》条《じょうの》御息所《みやすどころ》の物の怪とそっくりだった。

源氏はこの子供の手を取り、引き据《す》え、「本当にあの方か。質《たち》の悪い狐《きつね》などの気の狂ったのが、亡くなった人の恥になるようなことを口走ることもあるそうだから、はっきりと名を名乗れ。私だけしか知らないことをいってみよ。そうしたら、信じてやる」という。

憑坐の子供は、ほろほろと涙を流して、いかにも辛《つら》そうに泣き、「ああ、恨《うら》めしや、恨めしや」と泣き叫びながら恥ずかしそうにしているが、まさに昔の六条御息所そっくりである。

「この世で生きていたとき、私を他の女たちよりもお見下げになり、捨ててしまったことよりも、愛する方との睦言《むつごと》のついでに、私のことを嫌な女だとお話しになったことが恨めしいのです。紫の上を深く憎んでいるわけではないけど、あなたは神仏のご加護《かご》が強くて、とても側に近づくことができず、声がかすかに聞こえるばかりなのです。あなた、どうか私の罪が軽くなるよう、ご祈禱《きとう》をしてください。調伏のために、やれ修法《しゅほう》、やれ読経《どきょう》などと大騒ぎをしても、ただただ苦痛で、辛い炎となって身にまとわりつくばかりで、一向にありがたいお経《きょう》も耳に入らず、悲しくてたまらないのです。それから、どうかこのことを娘の中宮《ちゅうぐう》にもお伝えください。私のように、宮仕えの間に、人と争ったり、妬《ねた》み心を起こしたりしないようにと」

源氏はこれ以上物の怪と話をするのも嫌で、憑坐の子供を一室に閉じこめて、紫の上を別の部屋にそっと移した。

誰かと思ったら、六条御息所《ろくじょうのみやすどころ》の物の怪か。スゴイ執念《しゅうねん》だね。

私は、源氏みたいに、気味悪がる気持ちにはなれないな。彼女だって苦しいのよ。好きで取り憑《つ》いたわけじゃない。自分でもどうしようもないのよ。嫉妬を抑えきれない自分も憎いし、それもあって成仏《じょうぶつ》できないんだと思うな。

娘の中宮に伝えてくださいって頼むところなん

かは、たしかに読んでいて辛くなるよね。

【若菜下その五】女三宮、柏木との子を懐妊。源氏の知るところとなる

女三宮は源氏と会うのを恐れた。源氏にすべてを見抜かれてしまうのではないか。源氏が話しかけても、返事することすらできない。

源氏は長く通わなかったので、さすがに恨《うら》んでいるのかと心がとがめ、なんとかと機嫌をとろうとした。年輩の女房を呼び、女三宮の容態を尋ねる。女房は「ふつうの病気とは違うようです」と答える。

女房は懐妊《かいにん》らしいと申し上げる。

「おかしいね。ずいぶん時がたってから、珍しいことがあるものだ」と源氏が首を傾げた。

柏木は源氏が六条院に戻ってきたと聞くにつけ、自分の立場もわきまえず嫉妬《しっと》に燃えて、恨み言を書いた手紙を小侍従《こじじゅう》に寄越《よこ》した。

源氏がいないちょっとした隙《すき》に、小侍従は忍び込み、その手紙を女三宮に見せた。女三宮は「そんな煩《わずら》わしい手紙を見せるなんて、本当にひどい人ね」と目もくれようとしない。

「でもやはりこれだけは読んでください。この端に書かれた言葉が、とてもかわいそうですよ」といって、手紙を広げたところへ他の女房が来たので、小侍従は慌《あわ》てて几帳を引き寄せて立ち去った。

女三宮は手紙を見ると、いっそどきどきして胸が潰《つぶ》れそうである。そこへ源氏が入ってきたので、とっさに手紙を隠すこともできなく、慌ててしとねの下へ挟《はさ》み込んだ。

翌朝、まだ涼しいうちに出かけようと、源氏は早起きをした。

「昨夜、扇《おうぎ》をどこかへ落としてしまったらしい。どうもこれでは風がぬるい」といって、昨夜うたた寝をしたあたりを探した。

すると、布団の少し乱れている端から、浅緑の手紙の端がのぞいている。何気なく引き出してみると、男の文字である。紙に焚《た》きしめた香の匂いなどなまめかしく、恋情《れんじょう》のこもる書きぶりだった。紙二枚に細々と書き連ねた筆跡は、紛《まぎ》れもなく柏木のものだった。

小侍従は、昨日の手紙と同じ紙の色だと気づき、大変なことになったと思う。女三宮は何も気がつかず、まだぐっすりと眠っている。

源氏は「何とたわいないことか。こんな物を無造作《むぞうさ》に置いて。私以外の者が見つけたらどうなるのか」と情けない気持ちになった。

源氏が立ち去った後、小侍従は女三宮の側に近づき、「昨日の手紙はどうされましたか。今朝《けさ》がた、源氏の君がごらんになっていた手紙の色が、あれとよく似ていたのですけど」といった。

女三宮は意外なことに驚き、その後は涙に暮れるばかりである。

「いったいどこに置かれたのです。手紙はきっとお隠しになったものとばかり思っておりました」

「そうじゃないの。私が手紙を見ているときに、入っていらっしゃったから、とっさに隠すこともできず、下に挟んでおいたのを、すっかり忘れてしまって」

源氏は人のいないところで、何度も手紙を読む。やはり、柏木に違いない。源氏はとても信じられなかった。

それにしても、女三宮をこれからどのように扱えばいいのか。懐妊というが、これも柏木との恋の結果ということか。この秘密を知りながらも、これまで通り大切に世話をしなければならないのか。

正妻として、これ以上並ぶ者もない扱いをしてきた。内心ではずっと深く愛している紫の上よりも、大切なお方として接してきたのに、こんな不始末《ふしまつ》をしでかすとは。柏木風情《ふぜい》に心を移されるとは。

源氏はあれこれと思い続けていた。そのとき、ふと桐壺院《きりつぼいん》のことを思い出した。亡き父も、今の自分と同じように、心の中では藤壺の宮との密通《みっつう》のことを承知のうえで、何も知らないふりを通したのではないか。そう思うと、恐ろしさで身が凍《こお》りつくようだった。

源氏の怒りはわかるけど、柏木と女三宮に同情〜 するな。だって、源氏はたしかに女三宮を大切〜

にしたけど、それは表向きそうしているだけで、いつも帝や朱雀院の手前ばかり考えているんだろう？　しかも、源氏には紫の上がいる。

源氏と女三宮では年齢が離れているから、恋愛対象にはならないのね。そこに、柏木が命と引き替えに愛を求めてきた。

たしかに、女三宮がふつうの女の子だったら、君たちのいう通りかもしれないね。

ふつうの女の子？

女三宮はかわいらしい人形なんだ。つまり、人の気持ちも、愛するということも、まだ知らない。だから、源氏の心もわからないし、柏木の心もわからないんだ。彼女にはまだ愛という感情が芽生えていない。柏木がなぜこのようなことをするのか、理解できない。でも、柏木を何度も受け入れているんだよ。

どうして拒《こば》まないの？

そこが人形なんだ。拒み通すにも自我《じが》が必要だ。藤壺の宮や玉鬘のように、自分を守ることもできない。どうしていいか、わからないんだ。だから、相手が強引だと受け入れてしまうしかない。そして、源氏に怒られるのが怖くて、震えるばかりなんだ。

そうとは知らずに、女三宮に夢中になった柏木も悲劇《ひげき》だな。いくら愛しても、相手が愛そのものを理解できない人じゃ浮かばれないよ。それに、もう取り返しがつかない。

源氏は嫉妬《しっと》から怒っているの？

単なる嫉妬ではないだろう。もともと女三宮を本気で愛しているわけではないからね。源氏は天下人《てんかびと》（天下を取った人。権力を手中に収めた人）なんだ。権力を手中にするには、冷酷《れいこく》な部分がなくてはならない。

現に、源氏は自分が都落ちしたとき、手の平を返したような態度をとった人を決して許さない。源氏にはこうした厳しい一面があることを忘れてはいけないよ。

源氏にしてみれば、自分がこれほど大切な扱いをしたのに、自分よりもはるかに格下の柏木に心を移したことが屈辱《くつじょく》なんだ。自尊心《じそんしん》がひどく傷つけられたんだね。そして、立場上も、このことを許しておくわけにはいかない。柏木も、源氏のそういった厳しさを知っているからこそ、あれほど怯えているんだよ。

そういう意味では、桐壺院はすごく大きな人だったんだね。だって、藤壺の宮と源氏との関係を知ったうえで、その秘密を隠し通し、しかも最後まで二人を愛し抜いた人なんだから。

もちろん、桐壺院が二人の密事《みつじ》を知っていたかどうかはわからないけれど、もしそうだとしたら、ずいぶん深く悩み苦しんだだろうね。

【若菜下その六】朧月夜出家。源氏の嫌味に病に伏す柏木

柏木《かしわぎ》がひどく切なそうに相変わらず思いのたけを書き送ってくるので、小侍従《こじじゅう》はこれ以

上面倒になってはと思い、源氏に手紙を読まれた一件を知らせた。

天に眼があった。柏木は何もかも見透かされている気がして、天が恐ろしかった。部屋に籠《こ》もってひたすら怯《おび》えていた。疑いようもない手紙の証拠を見られた上は、身も心も凍《こお》りつくようである。

柏木は宮中に参上することもできず。自分の一生はもう破滅してしまったと思い、これほど女三宮《おんなさんのみや》を愛してしまった自分の心を恨《うら》めしく思った。

源氏がここ幾月ばかり、二条院の紫の上のところばかりにいて、六条院の女三宮のところに出向かなくなったと聞いて、朱雀院《すざくいん》は心配のあまり胸が潰《つぶ》れそうになる。そこで、女三宮に細々としたことを書き送ったのだが、それを源氏が読んだ。

女三宮の不始末のことが耳に入るわけがないのだから、すべては自分の怠慢《たいまん》と朱雀院が考えているだろうと思い、源氏は「この返事をどうお書きになりますか。あなたに粗略《そりゃく》な扱いをしていると、人に見咎《みとが》められることはしていないつもりです。いったい誰が院に申し上げたのでしょうね」という。

女三宮は恥ずかしそうに顔を背《そむ》ける。ひどく面やつれし、物思いに沈《しず》んだ寂《さみ》しげな顔が、何ともいいようがなく気高くて、美しい。

「子供っぽいあなたの御気性を知っていらっしゃるから、朱雀院は心配で仕方がないのです。これからはもっと気をつけなさい。誰かの言葉を信じて、そちらになびいてしまうあなたでは、私のいうことなどは、ただ馬鹿らしく浅はかだとばかりお考えになり、今はすっかり年寄り臭くなった私の容姿なども軽蔑《けいべつ》していらっしゃるのも悔しく思いますが、せめて朱雀院がご存命中だけでもやはり辛抱《しんぼう》なさってください」と、例の一件をそれとなくほのめかした。

女三宮は涙に暮れて、正体もなく悲しみに打ちひしがれている。

「さあ、あなたの手でお返事をお書きなさい」

源氏は硯《すずり》を引き寄せ、自分で墨《すみ》を擦《す》り、紙を用意する。女三宮は筆を持つ手もわなわな震え、書くことができないでいる。

十一月は柏木の妻である落葉《おちば》の宮《みや》（女二宮）が、朱雀院の賀《が》を執《と》り行った。

源氏の計画した朱雀院の賀宴は延期を重ね、十二月になった。

父からも「無理しても参上するように」と再三手紙が来たので、柏木は辛《つら》く思い、参上した。

舞楽《ぶがく》は誰もが涙ぐむほど、すばらしいものだった。式部《しきぶ》卿宮《きょうのみや》も、鼻が赤くなるほどすすり泣き、感涙《かんるい》にむせんでいる。

源氏は「年をとるにつれて、だらしなく酔い泣きするようになった。柏木が目ざとく見つけて、にやにや笑っておられるのが、何《なん》とも恥ずかしいものよ。しかし、あなたの若さだって、それも今しばらくのことでしょう。決して逆さまには流れないというのが、年月というもの。誰だって、老いから逃れることはできないのだから」と柏木をじっと見据《みす》えていう。

柏木は一人気が滅入って、気分も悪くなり、せっかくの舞も目に入らないでいた。源氏はその柏木をわざと指名して、酔ったふりをしながら、こんな風にいう。

柏木は胸が張り裂けそうになり、動悸《どうき》が激しくなり、杯《さかづき》がまわってきても頭がずきずきして、飲むふりだけをして取り繕《つくろ》う。源氏はそれを見咎《みとが》め、無理に杯を持たせて、執拗《しつよう》に酒をすすめる。

柏木は心が乱され、苦痛に耐えきれなくなり、宴席も終わらないうちに退出してしまった。

それは一時の悪酔いのための苦しさではなかった。柏木はそのまま重い病気になり、寝ついてしまったのだ。

父の大臣や母である北の方が驚き騒いで、別に暮らすのでは心許《こころもと》ないと、無理矢理自分たちの邸に移してしまった。

落葉の宮の悲しみは深かった。

柏木はこれまで落葉の宮を深く愛してきたわけではないが、これが最後の別れかと思うとしみじみと悲しく思い、自分が死んだ後の落葉の宮が気になって仕方がない。

落葉の宮の母、一条《いちじょうの》御息所《みやすどころ》も激しく嘆き、「夫婦というものはどんなときでも決して離れないものなのに、こうして引き裂かれて全快されるまであちらの邸でお過ごしになるのは、心配でたまりません。もう少し、このままご養生《ようじょう》なさってください」という。
「ごもっともなことです。ふつうなら及びもつかない高貴な姫君と無理矢理結婚を許していただきました。こんな不甲斐《ふがい》ない私でも、少しは人並みに出世しているところをご覧いただきたいと思っていましたのに、こんな重い病気にかかってしまったのです。私の愛情を見届けてもらえないまま、あの世に旅立つのが辛《つら》く思います」
柏木はそういって、互いに泣き合った。

源氏って、結構陰険《いんけん》ね。怒るなら、はっきりそう言えばいいのに。

立場上、それも難しかったんだろうね。だって、あからさまに柏木を非難すれば、二人の間に何かあったと周りの人が邪推《じゃすい》するだろうからね。柏木と女三宮の関係は、院や帝の手前もあって、公《おおやけ》にはできない。

ところで、柏木はなんで落葉の宮と結婚したの？ いくら女三宮の姉といっても、好きじゃないみたいだし。

柏木は名門の出で、もともとエリート志向が強かったんだ。夕霧とは大の親友で、最高の身分の女性と結婚したいものだと、彼には常々いっていたんだ。だから、女三宮を希望したんだけど、状況が状況だけに、その腹違いの姉である落葉《おちば》の宮《みや》（女二宮）でもよかったんだと思うよ。ともに、朱雀院の娘で、今上帝《きんじょうてい》の妹に当たるわけだからね。

落葉の宮も最高の身分の女性なのね。

だから、源氏も女三宮に気を遣《つか》うんだね。帝も自分のかわいい妹だから、大切に思っている。

なるほど、源氏もいい加減な扱いができないわけだ。

ところが、蹴鞠《けまり》のときに、柏木は女三宮を垣間見《かいまみ》て、夢中になってしまった。身分など二の次で、女三宮でないと駄目なんだ。けれど、そうとは知らない父親が柏木のことを心配して、無理に落葉の宮との結婚を決めた。あれほど、柏木が望んでいた最高の身分の女性だからね。

でも、女三宮に夢中になってしまった柏木は、落葉の宮にはどうしても関心がもてないのね……。

柏《かしわ》木《ぎ》（巻之三十六）

◉【柏木その一】薫誕生。柏木の死期迫る

女三宮が夕暮れ頃から苦しみだし、女房たちが産気《さんけ》づいたのだと大騒ぎをするので、源氏も慌《あわ》てて駆けつける。

源氏は「ああ、残念なことだ。何の疑念もなく、このお産に立ち会えたなら」と思う。難産だった。女三宮はいっそこのまま死んでしまえたらと思った。一晩中苦しみ抜き、朝日が昇ると同時に男の子が誕生した。

「こうしてあのことは秘密にしているのに、男の子であの男と生き写しの顔であったら、どうしよう。女の子なら、多くの人に顔を見られることもないから、まだごまかせるのに」と源氏は憂鬱《ゆううつ》だった。

こうして、柏木と女三宮の不義《ふぎ》の子が生まれた。何も事情を知らない人々は、源氏の晩年にこのような高貴な男の子が生まれたので、その若君への寵愛《ちょうあい》は並ぶものがないだろうと思った。だが、父からも母からも望まれない子供だった。

その子は、後に薫《かおる》と呼ばれることになる。

源氏は表向きは、産養《うぶやしない》の儀《ぎ》をこの上もなく立派に行った。人前では上手に繕《つくろ》っていたが、

生まれた子供の顔を見ようともしない。

「なんて冷たい態度ですこと。ずいぶん久しぶりでお生まれになった若君が、恐ろしいほどお美しいというのに」と年老いた女房がつぶやく。女三宮はそれを小耳に挟《はさ》み、自分の心が凍《こご》えるほど冷えていくのに気づいた。


産養《うぶやしない》の儀《ぎ》（子供が生まれた三日、五日、七日目などの夜に催す）は子供の誕生を祝って親類縁者が衣服・調度《ちょうど》・食物などを贈る宴のことだ。

【柏木その二】女三宮、薫を残して突然の出家

夜になっても、源氏は女三宮《おんなさんのみや》のもとに泊まろうとしない。昼頃、ほんの少し顔を出すだけである。

源氏が「いかがですか」と几帳《きちょう》の端からのぞく。女三宮は伏《ふ》せたまま、顔を少し上げ、「どうか、出家させてください。尼《あま》になれば、死んだとき罪が少しは消えるかもしれないので」という。

源氏は心の中で、それも一つの妙案《みょうあん》かもしれないと思う。

このままでは宮に対して、今までのように深い情愛を示すことができそうにない。宮を粗略《そりゃく》に扱っていると人目に映《うつ》ったなら、外聞《がいぶん》が悪かろう。それが朱雀院《すざくいん》の耳に入れば、自

分の落ち度と思われる。いっそのこと、病気を理由にこのまま出家させれば。だが、まだ若く、美しいままで、世を捨てさせるのも、あまりにも女三宮が哀れだった。女三宮はまだ二十二歳である。

朱雀院は、女三宮が無事に出産したと聞いて、会いたくてならなかった。ところが、その後、病気がずっと続いているらしい。

女三宮はすっかり衰弱して、何も口に入れなくなり、まったく快復しそうにもない。「父とはずっと会うことができなかったけど、今これほど恋しくてたまらないのは、もう二度とお目にかかれなくなってしまうからなのでしょうか」と女三宮がいうのを、源氏から人を介して、朱雀院に伝えられた。

朱雀院は居ても立ってもいられなくなり、出家の身にはあるまじきことと知りながら、夜、闇《やみ》に紛《まぎ》れて山を下りた。

源氏もいきなり朱雀院が訪ねてきたので、驚き恐縮する。とりあえず、女三宮の几帳の前に、敷物を整え、朱雀院を案内した。

女三宮は弱々しく泣きながら、「とてももう生きられそうにありませんので、こうしてお越しくださったついでに、どうか私を尼にしてください」と訴える。

源氏ははっと胸を突《つ》かれた。女三宮がこれほどまでに思い悩んでいたとは。この瞬間、はじめて女三宮は自分を主張したのではないか。それが世を捨てることだったとは。

「この幾日かはそんな風におっしゃるのですが、物《もの》の怪《け》が病人の心をたぶらかせて、そんな気持ちにさせるのだと、私は取り合わなかったのです」と源氏が取り繕《つくろ》うようにいう。

朱雀院も一瞬にしてすべてを察《さっ》したのだろう。

「たとえ物の怪のすすめることにせよ、こんなに衰えた病人がいよいよ最期のときがきたと思って願っていることを聞き流しては、あとで後悔し、辛《つら》い思いをすることになるでしょう」と朱雀院がいう。

源氏は思わぬ成り行きにすっかり取り乱し、几帳の中に入って、「どうして老い先短い私を振り捨てて、そんな気持ちになられるのですか。とにかくすべてはご養生《ようじょう》なさってからのことです」という。

女三宮は体を横たえ顔を少し上げ、冷たいまなざしで源氏を見た。「今さら何という情けないことをおっしゃるの」と首を横に振る。

表面上はさりげなくしていても、心の底ではこれほどまでに自分の薄情《はくじょう》さを恨んでいたのだろうか。

ただ、人形のようにに自分のいうがままに振る舞っていた少女。それが、あの秘事を境に、ただ私に怯《おび》え、震《ふる》えるだけの人になっていた。そして、今はじめて人間らしい感情を見せたのだ。源氏はまだためらっていた。

夜が明けようとする。朱雀院は人目を忍んで訪れたため、山に帰るのに、昼間は人目について具合が悪かろうと、受戒《じゅかい》を急いだ。

今を盛りのまぶしいほどの長く美しい黒髪が削がれていく。まだ二十二歳で、幼い子供を残しながら世を捨てる。

源氏はたまらなくなり、激しく泣いた。

後夜《ごや》の加持《かじ》の最中に、物の怪が現れて、「それ見たことか。まったくうまく取り逃がしたと、紫の上については思っていたのですが、実際悔しかったので、この宮の側に何食わぬ顔でこの数日取り憑《つ》いていたのです。さあ、もう帰ることにしよう」と嘲笑《ちょうしょう》する。

源氏は、またあの物の怪が今度は女三宮まで苦しめていたのかと、女三宮をいじらしく思った。だが、出家させた今、もう取り返しがつかないことだった。

出家するときは髪を切って仏の戒律《かいりつ》を受けて仏門に入るから、剃髪《ていはつ》（髪を剃ること）、受戒《じゅかい》（戒律を受ける）、得度《とくど》（涅槃《ねはん》に達する）といった言葉はいずれも出家を指すんだ。御髪下《みぐしお》ろし、世を捨てる、世を背《そむ》くといった表現も同じだね。

柏木もやるせないね。命がけで恋して、死を目の前にしているのに、当の相手が自分のことしか考えないで、いきなり出家しちゃうなんて。

柏木だってほめられたものじゃないわ。結果的には、女三宮も落葉の宮も不幸にしているんだから。それに、生まれてきた子供だってかわいそう。誰からも心から祝福してもらえないのよ。

薫《かおる》は柏木と女三宮の子供だけど、源氏はそれを秘密にしたまま自分の子供として育てるんだ。ちょうど、かつての桐壺帝が源氏と藤壺の宮の間にできた不義の子を自分の子供として東宮にしたようにね。

歴史は繰り返すか……。源氏は薫を抱くたびに、柏木と女三宮の不倫《ふりん》をイヤでも思い出すのか。それって、辛いよね。

この薫は、「橋姫《はしひめ》（巻之四十五）」～「夢浮橋《ゆめのうきはし》（巻之五十四）」で源氏没後の世界を描いた宇治十帖《うじじゅうじょう》の中心人物の一人になるんだ。源氏物語は、まさに最後の最後まで因果《いんが》の糸が縦横無尽《じゅうおうむじん》に張り巡らされているんだよ。

それはそうと、女三宮って、なんか急に存在感が出てきたと思わない？

開き直ったんだろうな、追い詰められて。

でも、考えさせられちゃうな。だって、まだ二十二歳なのにいきなり世を捨てたのよ。望まないとはいえ、お腹を痛めた子供だっているのに。世を捨てたら、いったい何のために生きていくの？

難しい質問だね。ただ、夫を捨て、子を捨て、家を捨てて仏門に入るんだから、この世の幸せは願わないということかもしれないね。ただ、毎日念仏《ねんぶつ》を唱《とな》えて、極楽浄土《ごくらくじょうど》を願うんだ。父朱雀院の思いもそこにある。この世では幸せにできなかった最愛の娘とせめてあの世では一緒に暮らしたい、これが願いなんだ。

やっぱり出家は、自分の運命を自分で決められ

ない女性たちに残された最後の切《き》り札《ふだ》だったのかもしれないね。

それと、六条御息所《ろくじょうのみやすどころ》の妄執もすごい。ある意味では、最も存在感があるわ。

【柏木その三】柏木の死

女三宮の出産とそれに続く出家。柏木《かしわぎ》はそれを聞くと、張りつめていた最後の糸が切れたように思った。

あの人は、自分を捨ててしまった。もう自分には回復する気力も、望みもない。今となっては、気がかりなのは、自分亡き後一人残される落葉《おちば》の宮《みや》のことばかりである。

「一条宮にどんなことをしても、もう一度行きたい」と訴えるが、両親はそれを許さない。そこで柏木は、誰彼《だれかれ》なしに、自分の死後、落葉の宮のことを頼み込む。

帝も柏木の臨終《りんじゅう》が近いと聞いて、たいそう残念に思い、急に権大納言《ごんのだいなごん》に昇進させた。その喜びに元気づき、少しは回復できるかとの配慮《はいりょ》である。だが、柏木の容態《ようだい》は一向に回復の兆《きざ》しがなかった。

夕霧《ゆうぎり》は柏木の病気を深く悲しみ、始終《しじゅう》、見舞いにいった。今度の昇進のお祝いにも、真っ先に駆けつける。

柏木は夕霧ほどの身分の人に、取り乱した不作法《ぶさほう》な姿のまま会うことはできないと思ったが、それでもどうしても会いたくて、加持の僧など、しばらく席を外させて、枕もとに呼びつける。

夕霧は衰弱しきった柏木の姿に涙ぐみ、「私たちは死ぬときは同じにと誓《ちか》った仲じゃないか。それなのに、この病気の原因は何なのですか。私には何もわからない。こんなに親しい仲なのに、何もかも腑《ふ》に落ちないことばかりで」という。

柏木はしばらく考えた末、「実は誰にもいえない深い煩悶《はんもん》を抱えているのです。人には決して漏《も》らすまいと思っていたが、やはりそれでは忍びないし、あなた以外の誰に訴えられるでしょう。源氏の君とちょっとした行き違いがあって、この幾月かずっとひそかにお詫《わ》びしていたのだが、私にとってはそれが残念で、ついには病気になってしまったのです。朱雀院の御賀《おんが》の試楽《しがく》の折り、源氏の君が私を射るような眼でご覧《らん》になったので、やはりまだお許しになっていなかったのかと心が惑《まど》い、その挙《あ》げ句《く》このような状態になってしまいました。どうか、何かのついでの折り、源氏の君に釈明してください。私の死後にでも、この咎《とが》めが許されたなら、あなたのおかげと感謝するつもりです」と苦しそうにいう。

「どうしてこんなに悩むまで、私に相談しなかったのです。知っていれば、必ず二人の間に入って、うまく仲を取り持てたのに」

「このことはどうか胸の内にしまって、外には漏らさないように。また、一条においでになる落葉の君を、何かにつけて見舞ってください。それだけが気になって」

柏木はそこまでいうと、苦しくなったのか、「もう、お帰りください」と手真似《てまね》で促《うなが》した。

夕霧は泣く泣く帰っていく。

泡が消えるようだった。柏木が死んだ。

父である致仕大臣《ちじのおとど》（かつての頭中将）や母北の方の悲嘆は深かった。女三宮もさすがに宿縁《しゅくえん》を思って落涙《らくるい》した。

三月、五十日《いか》の祝い★に、源氏は薫《かおる》を抱く。なんとその子の顔は柏木にそっくりだった。源氏は苦々しさを心に抱きながら、柏木の死を痛ましく思い、同時に尼《あま》となった女三宮への未練《みれん》を断ち切れずにいた。

落葉の宮の悲しみはなおさら深く、その上臨終にも立ち会えなかった恨《うら》めしさが加わり、広い御殿《ごてん》でひっそりと暮らしている。

そんなある日の昼頃、門の前に車を止めた人がいた。

「まるで、殿のおいでかと、死んでしまったのも忘れて、ついそう思ってしまいました」

と女房の一人が泣き出した。

夕霧だった。

並の客と同じように女房が相手をするのも失礼なので、母である一条御息所《いちじょうのみやすどころ》が直接会い、故人の思い出を語り合った。一条御息所は、落葉の宮と柏木の幸薄《さちうす》かった結婚を悔《く》い嘆く。

四月になり、しばしば一条宮を訪れていた夕霧は、はじめて落葉の宮自らの応対を受け

★五十日の祝いは、子供が生まれてから五十日目に行う祝いの儀で、子供に少し餅を食べさせる（この餅を「五十日の餅」という）。

た。ふだんは応対している一条御息所の気分がすぐれなかったからである。

夕霧は、はじめのうちは柏木の頼みを果たすために一条宮を訪れたのだが、落葉の宮の奥ゆかしさに、次第にほのかな恋心を抱きはじめる。

「今はどうか私を亡きお方と同様にお考えになって、よそよそしくせずに、おつきあいください」

夕霧の直衣《なおし》姿がきりっとして、背丈が高く、堂々としている。女房たちは「どうせなら、こんな風にこちらに通いくださるようになればいいのに」と話し合っている。

帝をはじめ、誰もが柏木の死を悼《いた》んでいる。

そうした中で、秋の頃になり、薫はハイハイなどをするようになった。

さすがの源氏もちょっとかわいそうね。本当は自分を裏切った人たちの子供なのに、親のふりをして、かわいがらなきゃいけないなんて。薫がかわいければかわいい分だけ、苦悩が深くなるのね。

横《よこ》笛《ぶえ》（巻之三十七）

◉【横笛その一】次第に落葉の宮に惹かれていく夕霧

季節はさらに巡《めぐ》った。春になり、源氏は四十九歳、夕霧《ゆうぎり》二十八歳、女三宮《おんなさんのみや》二十三歳、そして薫《かおる》は二歳になる。

柏木《かしわぎ》の一周忌《いっしゅうき》。源氏は故人を惜《お》しみ、お布施《ふせ》も格別のものとした。事情を知らない致仕《ちじの》大臣《おとど》★（かっての頭中将）は、源氏や落葉《おちば》の宮《みや》に対する夕霧の誠意に感激し、それと同時に悲しみを新たにした。

秋の夕暮れ。夕霧は落葉の宮と母の一条御息所《いちじょうのみやすどころ》を見舞った。落葉の宮はちょうど琴を弾いていたところらしい。それを奥へ片づけることもできず、そのまま夕霧を南の廂《ひさし》の間に通す。

いつものように一条御息所が応対し、故人の思い出などを語り合う。夕霧は自邸では人の出入りが激しく、子供たちが大勢でやかましいのに慣《な》れているので、こちらの静かな佇《たたず》まいに風情を感じた。

夕霧は和琴《わごん》を引き寄せた。亡き柏木が弾いていたものだろう。面白い曲を一つ、二つ弾いて、「宮にもぜひ一曲聞かせていただきたい」といった。

★致仕（「ちし」とも）は官職を辞することで、致仕大臣といえば引退した大臣のこと。

雲一つない、冴《さ》え冴《ざ》えとした夜だった。月が出ていた。澄み切った空を、雁《かり》が仲間と離れずに、羽をうち交わして飛ぶ。

そんな風情に、落葉の宮は心を動かされ、ほんの少しとばかり、箏《そう》の琴をかき鳴らした。何とも深みのある音だった。

夕霧はますます心が惹《ひ》きつけられていくのを感じた。今度は自分で琵琶《びわ》を取り寄せ、想《そう》夫恋《ふれん》★の曲を弾く。夫を思う女の曲である。

すかさず、一条御息所が「今宵《こよい》のような風流は、亡き人もお咎めにはなりませんわ」といい、贈り物に笛《ふえ》を添えて差し上げる。

「この笛はまことに古いいわれが伝えられているのですが、このような草深い家に埋もれているのも哀れですから」という。

夕霧が笛を受け取ってみると、柏木が肌身離さず愛用していたものである。

「私自身もこの笛を十分の音色で吹きこなすことができない。これを大事にしてくれる人があったら、ぜひ伝えたいと思っているのです」といった、柏木の言葉が思い出される。

夕霧はひとしお胸に迫る思いで、その笛を吹いた。

★想夫恋（相府蓮とも）は舞を伴わない演奏専門の雅楽で、男を思慕する女心を表す曲といわれている。

待ってました！　やっと夕霧が主役を演ずるのね。なんといっても、私の一推《いちお》しだもんね。背が高くて、男前で、学問も積んで、友達思いで、浮気っぽくなくて、真面目で一本気、それに誠

実。源氏と違っていうことなしよ。

でも、こういう真面目一途《いちず》な男が狂ったら怖いぞ〜。ふだん自分を抑えているから、いったんタガが外《はず》れると誰にも止められなくなるんだ。

夕霧は、七年間も離れ離れになりながらも雲居雁《くもいのかり》と結ばれた。柏木の遺言《ゆいごん》も律儀《りちぎ》に守って落葉の宮をしばしば訪れる。根が真面目なんだね。ところが、落葉の宮の不幸な境遇に同情し、親切にするうちに、やがてほのかな恋心が芽生えていくんだ。

【横笛その二】柏木と女三宮の仲を疑う夕霧

夕霧《ゆうぎり》が邸に帰ると、格子《こうし》を下ろして誰もが寝静まっていた。

「夕霧様は落葉の宮にご執心《しゅうしん》で、あのように親切になさっているのです」と忠告する者がいるので、雲居雁《くもいのかり》は夕霧がこのように夜更《よふ》けに帰るのが気にくわない。夕霧が部屋に入ってくる気配を感じているものの、わざと寝たふりをしている。

「これはどうした。このように厳重に戸締《とじ》まりをして。こんな月夜に、のんびりと夢を見ている人があるものか。少しはこちらに出ていらっしゃい」と夕霧は女房たちに格子を上げさせる。

眺め渡すと、女房たちも込み合って寝ているし、子供たちの寝ぼけ声があちらこちらでする。

夕霧は思わず溜息《ためいき》をつく。先ほどの一条宮の物寂しげな風情とは大変な違いである。

夕霧が少し寝入った頃、柏木が生前の姿のままで、側に座ってこの笛《ふえ》を取ってみる。

笛竹《ふえたけ》に　吹《ふ》きよる風《かぜ》の　ことならば
　末《すえ》の世《よ》ながき　音《ね》に伝《つた》へなむ★

柏木は「私がこの笛を伝えたかったのは、あなたとは違うのですよ」という。それは誰なのですかといおうとしたとき、「わ〜ん」と子供の泣き声がして、夕霧は目が覚めた。子供が寝ぼけて泣いたのだ。乳を吐《は》いたりして、いつまでも泣きやまないので、乳母《めのと》も起きだし、雲居雁は灯火を側近く引き寄せ、額髪《ひたいかみ》を耳に挟《はさ》んで、子供をあやしている。よく肥《こ》えて、ふっくらときれいな胸を開けて、お乳をくわえさせている。もうお乳は出ないのだが、気休めになだめすかせているのだ。

「どうしたの」と夕霧が近寄ってみるが、雲居雁は「あなたが若い人のように家の外をうろついていらっしゃって、夜更けのお月見とやらで格子を上げるものですから、物《もの》の怪《け》が入ってきたのです」という。その表情が実に若やいで美しいので、夕霧は思わず苦笑する。

夕霧はあの夢を思い出す。この笛は、あなたに伝えるものではないと、たしかに柏木はそのようなことをいった。柏木の子孫とは、誰のことだろう。

夕霧には思い当たることがあった。この笛は実に厄介《やっかい》だ。わざわざ一条御息所《いちじょうのみやすどころ》がいわ

★この笛の音が風に乗ってどこへ伝わっていくか。同じことなら末永く私の子孫に伝えてほしい。

れのあるものとしてくださったのを、すぐに寺に寄進するわけにはいくまいと、とりあえず父に相談することに決めた。

夕霧は柏木と女三宮のことを疑っていた。死ぬ間際《まぎわ》に柏木が自分に伝えたかったのは、そのことではないか。そう思ってみるせいか、薫はやはりどこか柏木に似ている。何といたわしいことだろう。いや、そのようなことがあるはずがないと、夕霧は思い直した。

源氏が東の対《たい》に渡ったので、夕霧もゆっくりと話したいとついていった。夕霧は昨夜の夢の話を、源氏に打ち明ける。源氏はすぐには何もいわずに、しばらく考え込む様子だった。

やがて源氏は、「その笛は、私のほうで預からなければいけない、わけのある品です。あれは陽成院《ようぜいいん》の笛なのです。それゆえ、故式部《しきぶ》卿《きょうの》宮《みや》が大切にしていたのを、柏木が子供の頃から際立って上手にこの笛を吹き鳴らしていたものだから、それに感心して、贈られたものです」といった。そういいながら、たぶん夕霧は勘づいたのではないかと思った。

夕霧は源氏の表情をうかがった。だが、それ以上、詮索《せんさく》することはできない。そこで、今思い出した風に、「そういえば、柏木がいよいよ臨終《りんじゅう》のとき、妙なことをいったのです。六条院（源氏のこと）に申し訳なく思っていることをくれぐれも伝えてくれと、繰り返していました。いったい何のことか、腑《ふ》に落ちなくて」という。

夕《ゆう》霧《ぎり》（巻之三十九）

◉【夕霧その一】一条御息所、物の怪に憑かれる

夕霧《ゆうぎり》は落葉《おちば》の宮《みや》を親切に見舞い続ける。だが、次第に恋心は募《つの》ってくる。母である一《いち》条《じょう》御息所《みやすどころ》は、世にまたとない親切よと、それを心に染《し》みて感謝している。

夕霧は最初から色めいた素振《そぶ》りを見せたわけではないから、何とか自分の思いのたけを伝えるきっかけがないかと思っていた。だが、落葉の宮が直接応対することはない。虚《むな》しく月日が過ぎていく。

そうしているうちに一条御息所が物の怪に煩《わずら》い、小野《おの》のあたりにもっていた山荘に急遽《きゅうきょ》移ることになった。というのは、祈禱師《きとうし》として物の怪を調伏《ちょうぶく》したことのある律師《りっし》が比叡山《ひえいざん》に籠《こ》もっていて、その方に麓《ふもと》近くまで降りてもらいやすくするためだった。

夕霧はさっそく小野まで出かけていった。

一条御息所は北の廂《ひさし》に、落葉の宮は西表の母屋《おもや》にいる。一条御息所は物の怪が乗り移るのを恐れて、中に仕切《しきり》を置いて、そちらへ人を入れることがない。

落葉の宮は奥のほうにひっそりと隠れていたが、なにぶん仮住まいなので、宮の気配がはっきりと感じられる。夕霧はあのあたりらしいと聞き耳を立て、気もそぞろで落ち着かなくなっていく。

女房たちが一条御息所の取り次ぎで行き来する隙《すき》を見て、少将の君などに「こうして始終おうかがいするようになって、もう何年も経ちましたのに、いまだに他人行儀《ぎょうぎ》なのは何とも恨《うら》めしいことです。このような御簾《みす》の外で、人伝えの挨拶《あいさつ》しかいただけないなんて、私のことをみなさんが笑っているだろうと思うと、きまりが悪くて仕方がない。これほどまでに生真面目に、愚《おろ》かしく年月を過ごしてきた者など、他に例がありません」という。

女房たちはやはり思った通りの成り行きになったと思い、落葉の宮に「ここまで意中を訴えていらっしゃるのに、このままでは人の情けがわからないように思われますよ」という。

落葉の宮は、仕方なく「母がご挨拶を申し上げられないので、代わって私が申し上げるべきですが、本当に恐ろしくなるくらいのお苦しみの様子だったのを介抱《かいほう》しているうちに、私もすっかり弱り切ってしまって」と女房を介して伝える。

夕霧は「これは宮のお言葉ですか」と居住《いず》まいを正して、「私が長年御息所の病気をこれほど心配しているのも、いったい何のためでしょうか。畏《おそ》れ多い申し分ですが、早く宮のお気持ちが晴れやかになることこそ、御息所のためにもあなたのためにもいい。私が御息所のためにばかり見舞っているように取り計らって、長年寄せていた私の気持ちがわかっていただけないのが残念です」と訴える。

女房たちは「いかにもごもっともです」と宮に申し上げる。

あ〜あ、夕霧のイメージが狂っちゃうな。やっぱり、夕霧も「男」ってことね。

雲居雁《くもいのかり》もかわいそうだね。せっかく長年の思いがかなって結婚したってぃうのに、当の相手が心変わりしたんじゃ意味ないもんな。

もちろんそういう面があるのは否定しないけど、変わったのは雲居雁のほうかもしれないよ。

えっ、どういうこと？

夕霧は源氏の家系には珍しく子だくさんなんだ。雲居雁との間に八人。愛人である藤典侍《とうのないしのすけ》との間に四人。

そりゃすごいな。そうか、雲居雁は育児に忙しくて夫のことまで気が回らなくなっているんだね。

そうなんだ。雲居雁はいつも育児に追われている。それに、夕霧は真面目で浮気などしないと安心していたから、気を許したのか、いつのまにか太ってしまった。夕霧にしてみれば、色恋の対象ではなくなってしまったんだね。その夕霧が落葉の宮に夢中だから、雲居雁も気が気でない。

それだけ立て続けに子供を生めば仕方ないと思うけど、妙にリアリティがあってイヤね。

それにしても、落葉の宮はなぜ夕霧が気に入ら

ないのかな？　ずいぶん親切にしてもらっていると思うんだけど。

落葉の宮は皇女だ。皇女は本来結婚しないのが習わしなんだ。ところが、致仕大臣《ちじのおとど》のたっての願いで降嫁《こうか》した。それ自体がすでに外聞《がいぶん》のいいものではない。そのうえ、夫が死んだからといってまた結婚するなど、皇女として恥ずかしくてできないと思い込んでいるんだ。身分が邪魔《じゃま》しているんだね。それだけじゃない。夕霧の妻である雲居雁は亡き夫、柏木の妹だ。

あっ、そうか。そりゃ、マズイね。

夕霧と結婚すれば、義理の妹である雲居雁にも、義父である致仕大臣にも申し訳が立たない。

父の朱雀院も立場をなくすだろう。母の一条御息所だって許すはずがない。そう思うからこそ、未亡人の落葉の宮は頑《かたく》なに夕霧を拒《こば》むんだ。

夕霧も、どうしてそういった事情が汲み取れないのかな。真面目なだけに、いったん思い込むとどうしようもないのね。

ところが、女房たちは違っている。この結婚を誰よりも望んでいるのは女房たちなんだ。落葉の宮は夫を亡くした。つまり、後見《こうけん》を亡くしたわけだ。父である朱雀院はすでに出家し、母の一条御息所は病気で、それほど長生きはできない。だから、生活上の不安があるんだ。

だから、夕霧に後見になってもらいたいんだね。

もちろん夕霧もそれを承知で、経済力を盾《たて》に、まず女房たちを味方に引き入れて、落葉の宮の外堀《そとぼり》を埋めてから、攻略《こうりゃく》していくんだ。

【夕霧その二】落葉の宮に強引に迫る夕霧

一条《いちじょうの》御息所《みやすどころ》がひどく苦しみだした。女房たちは慌《あわ》ててそちらに集まり、もともとこうした仮住まいには供人も多くはなかったから、人気《ひとけ》が少なくなって、落葉《おちば》の宮《みや》は一人呆然《ぼうぜん》としている。

またとない好機《こうき》が巡《めぐ》ってきた。夕霧《ゆうぎり》は自分の胸中を打ち明けるのは今しかないと思い、折りから霧が立ちこめてくるので、

山里《やまざと》の　あはれをそふる　夕霧《ゆうぎり》に
たち出《い》でん空《そら》も　なき心地《ここち》して★

山《やま》がつの　まがきをこめて　立《た》つ霧《きり》も
心《こころ》そらなる　人《ひと》はとどめず★

落葉の宮の言葉が、こうしてかすかだが直接聞こえてきた。夕霧は胸が立ち騒ぎ、とても立ち去ることができない。夕霧はもうこれ以上自分を抑えることができなくなって、苦

★山里の寂しい思いを募らせる霧が立ちこめて、どちらの空に向かって出かけていいものか。あなたのお側を立ち去りかねています。

★「山がつ」は落葉の宮が自分を卑下した。「心そらなる人」は夕霧。山がつの垣根をつつんで立ちこめている霧も、心の浮ついた人をお引き留めするはずがありませんわ。

しい胸の内を訴える。

落葉の宮はこれまでも気づかなかったわけではないが、いつも知らないふりをしていたのに、夕霧が直接言葉に出して恨《うら》み言《ごと》を言い出したので、困ったことになったと返事をせずに押し黙《だま》っている。

夕霧は「霧が深く、帰り道がおぼつかないので、今夜はこの近くで泊まらせてもらいます。同じことなら、この御簾《みす》の前でお許しをいただきたい」と何食わぬ顔でいう。

落葉の宮は不快に思ったが、わざとらしくすぐさま一条御息所のほうへ逃げていくのも見苦しいので、息を潜《ひそ》めていた。

夕霧はあれこれと訴え、その口上《こうじょう》を取り次ぎに入っていく女房の後について、御簾の中に入り込んでしまう。

まだ夕暮れどきの、霧に閉ざされた薄暗い部屋の中、背の高い夕霧の姿がぼんやりと見える。女房は驚いて振り返り、落葉の宮は恐ろしくなり、襖《ふすま》の外に逃げ出そうとするのを、夕霧が手探りで探り当て引き留める。

落葉の宮の体だけが襖の外にある。召し物の裾《すそ》がこちら側に残り、落葉の宮は水のような汗を流し、わなわなと震《ふる》えている。女房たちも呆然としてどうしていいのかわからない。

女房は「まあ、なんてひどいことを。そんなお気持ちでいたとは、知らなかったわ」と泣かんばかりに訴え、落葉の宮はこれほどまでに自分を見下げているのかと無念に思い、返事もしない。

「今まで私がどれほどの千々《ちぢ》に砕《くだ》ける切ない思いを堪《こら》えかねていたか。それを知りながら、あなたは無理に惚《とぼ》けて、つれない扱いをされる。こうなっては仕方がない。無理にでも私の嘆きをはっきりと聞いていただかなくてはなるまい」

落葉の宮は襖を懸命に押さえている。夕霧はそれを無理に開けようとはしない。

風が心寂しく吹いて、夜が更《ふ》けていく。虫の音も鹿の鳴く声も滝の音も一つに混じり合う。格子が上げられたままになっていて、月が山の端《は》に隠れようとしているのが見える。

「せめて、夜が明けないうちにお帰りください」と落葉の宮は泣きながら訴える。

「なんとひどいおっしゃりようだ。これだけはよくわかっていただきたい。あとでうまくいいすかして帰してやったとお見限りになるなら、そのときは私としても気持ちが収まらない。そんなことはしたことがないが、私もどのような行動に出るかわかりません」と夕霧がいう。

夕霧はとても立ち去りがたかったが、ここでいきなり事に及んだら落葉の宮も不憫《ふびん》だし、自分自身にも愛想《あいそ》が尽きるだろうと、人目のつかないほど立ちこめる朝霧に紛《まぎ》れて出ていく。

これまで長年の間、さまざまに親切な気持ちを寄せてきたのに、突然うって変わって、油断をさせたあげく色目かしい振る舞いに出たような結果になったのが、落葉の宮に対して気の毒で、また気の引けることだと、よくよく思い返してみる。だが一方で、宮のご意向に従ってばかりいても、結局は馬鹿を見るだけである。

夕霧は霧の中こうしてあれこれと思案しながら、一人帰っていく。

源氏と比べると、夕霧の不器用さが目立つわ。これじゃ、ほとんど脅迫《きょうはく》じゃない。

たぶん、源氏のようにあまり浮《う》き名《な》を流したことがなかったから、女の扱いに慣れていないんだ。

この場面、二人のギリギリのやりとりがすごく面白いと思う。柏木《かしわぎ》の死後、夕霧はもう何年も通い詰めている。それでも、直接言葉を交わすことさえできなかったんだ。それが今、山里の仮住まいで、一条御息所が病《やまい》に苦しんでいる。女房たちもあまりいない。まさに絶好のチャンスだ。これを逃したらと、夕霧は焦《あせ》ったんじゃないかな。

でも、落葉の宮のお母さんが病気で苦しんでいるのよ。そんなときに言い寄ったって、成功するはずないのに……。

だから、相手の気持ちがわからなくなっているんだ。落葉の宮の気持ちがわかれば、もう少しうまい言い方があったんだろうにね。

それに対して、落葉の宮は、自分が未亡人で、しかも後見《こうけん》をなくしているから、その弱みにつけ込まれたことが悔《くや》しい。これほど見下げた振る舞いをするなんてと、彼女の自尊心がボロボロにされてしまったんだ。しかも、このことが世間に知れたらどうしようと、そのことが辛《つら》くて仕方がない。

皇女という高い身分が自分を苦しめることになるんだね。

このときは結局、肉体関係はなかったんだ。夕霧は何もせずに、朝早く帰っていく。ところが、加持《かじ》祈禱《きとう》をする律師《りっし》が朝帰りの夕霧を目撃したんだ。そして、おせっかいにも、それを一条御息所に告げる。このことが次の悲劇を生むんだ。

【夕霧その四】一条御息所からの手紙を雲居雁に奪われ動揺する夕霧

夕霧《ゆうぎり》はその日の昼に三条院に戻ってきたが、今夜折り返し小野まで行くのはいかにも人聞きが悪いだろうと我慢し、気を揉《も》んでいた。

雲居雁《くもいのかり》は夕霧の忍び歩きをうすうす耳にして不快であったが、気づかないふりをして子供たちの相手をしながら気を紛《まぎ》らしていた。

宵《よい》の口《くち》が過ぎる頃、小野から使いの使者が来た。手紙はいつもと違って鳥の足跡のような筆跡なので、夕霧はすぐにはとても読み切れず、灯火を手もとに引き寄せ読もうとする。雲居雁がそれを見つけ、背後からそっと近づいてきて、いきなり手紙を奪い取ってしまった。

夕霧はひやっとして、血の気が引いた。

「何をするのです。これは花散里《はなちるさと》からの手紙ですよ。恋文なんかではありません。長く一緒に暮らしているうちに、このように私をないがしろにするのが情けない。恥ずかしく思わないのですか」と夕霧はとっさにごまかして言い繕《つくろ》う。手紙をわざと取り返そうとはせず、溜息《ためいき》をついてみせる。

雲居雁は取り上げては見たものの、さすがに中までは読もうとせず、「年月が立つにつれ、私をないがしろにするようになったのは、あなたのほうでしょ」とかわいらしくいう。

夕霧は笑い出し、「私のような相当な身分のものが、一人の妻を守り通し、その妻にびくびくしているのは、世間の笑い者ですよ。そんな男に大事にされても、あなたには名誉なことではありますまい。たくさんいる中で、あなただけが一段飛び抜けて格段に扱われてこそ、人からも奥ゆかしく思われるものだし、私としてもいつまでも飽きがこないというものです」という。

結局、二人があれこれと言い合いをして、雲居雁はその手紙を隠してしまった。

今さら、あの手紙にこだわった様子を見せると、自分の嘘《うそ》がばれてしまう。夕霧は無理に探そうとせず、強《し》いて平気《へいき》を装って床につく。だが、胸は波打って、「何とか取り返さなければ。一条御息所からの手紙だろうが、何があったのだろうか」と眼が冴《さ》え渡って、眠ることができない。

雲居雁が眠ったのを見計らって起き出して、あれこれ探してみるが見つからない。実にいらいらしているうちに夜が明ける。

雲居雁は子供たちに起こされ、御帳台《みちょうだい》から出てきたので、夕霧は自分も今起きたように装って、そっと雲居雁の様子をうかがうが、やはり手紙の隠し所がわからない。

そうしているうちに時が過ぎて、日も暮れていった。

「ああ、あの山里のお住まいは、今頃深く霧が立ちこめているだろう。せめて返事だけでも書きたいのだが」と溜息をつく。

ふと、御座所《ござしょ》の奥の少し膨《ふく》らんだところをためしに引き上げてみると、手紙がそこに挟《はさ》み込んであった。

あわててそれを読んでみると、痛々《いたいた》しいことが書かれてあった。昨夜のことを、わけがあったのだと思い込まれたのだ。

「一条御息所は昨夜どんな気持ちでお過ごしになったのだろう。そのうえ今日まで返事も書かないで」と胸が締《し》めつけられる。「よほど悩み抜いて、このような手紙をお寄越しになったのだ。こちらからは何の音沙汰《おとさた》もないので、私のことをさぞ冷淡な男と思われたに違いない」と、雲居雁の悪ふざけが今さらながら恨《うら》めしく思われる。

すぐに一条御息所にお会いしたいけれど、今日は坎日《かんにち》だから、もし落葉の宮との結婚をお許しになったら、かえって縁起《えんぎ》が悪かろう。夕霧はそう考えて、とりあえずは一条御息所に返事を書いた。

秋《あき》の野《の》の　草《くさ》のしげみは　分《わ》けしかど
かりねの枕《まくら》　むすびやはせし★

★秋の野の草の茂みを分けてお訪ねしましたけれども、宮とともに仮寝の枕を結んだことはございませんでした。

結局、夕霧は誤解を解いたの？

夕霧からの返事がなかなか来ないものだから、一条御息所はすっかり夕霧にもてあそばれたと思って気落ちし、物《もの》の怪《け》に憑《つ》かれて気を失ってしまう。落葉の宮は泣き崩れて取り乱し、一心不乱《いっしんふらん》に祈《いの》っている。

そうした中で、夕霧の手紙が届けられたんだ。一条御息所はそれをかすかな意識の中で聞き、やはり今夜も夕霧が来ないのかと絶望して、どうして自分までが夕霧に手紙を書いて、噂の証拠を残してしまったのだろうと嘆くんだよ。そうして思い悩んでいるうちに、息を引き取ってしまうんだ。

えっ、死んじゃったの？

夕霧は「まめ人」と称される真面目な性格なだけに、この期《ご》に及んでも縁起《えんぎ》を担《かつ》いでしまったんだね。坎日《かんにち》というのは、何事も凶《きょう》であるとして外出を忌《い》む日なんだ。

落葉の宮の嘆きようは大変なものだった。落葉の宮は、母の後を追って死んでしまいたいと、側を離れようとしないが、女房たちが強引に引き剝《は》がしてしまう。

それで、夕霧はどうしたの？

一条御息所の甥《おい》である大和守《やまとのかみ》が執《と》り行う葬式の最中に、夕霧は慌《あわ》てて駆けつける。そこで落葉の宮にお悔《く》やみの言葉をかけるんだけど、落葉の宮にしてみれば、母親の死の直接の原因を作ったのは夕霧だと思っているから、返事をする気も起こらない。落葉の宮は、せめて亡骸《なきがら》だけでもしばらく側に置いて別れを惜《お》しみたいと訴えるんだけど、葬儀は滞《とどこお》りなく行われ、母の遺体は跡形《あとかた》もなく灰となってしまう。落葉の宮は身悶《みもだ》えして嘆き悲しむ。そうした中でも夕霧は抜かりなく、大勢の手伝いを差し出して、大和守をすっかり感激させ、手なずけてしまうんだ。

落葉の宮が一人取り残されてしまったみたいでかわいそう。

その後、夕霧が何度も手紙を送っても、落葉の宮は返事すら書こうとしない。夕霧は実際、何度も小野まで足を運んでいる。それでも、落葉の宮は会おうともしないんだ。そうこうしているうちに、四十九日の法事の日を迎え、夕霧がそれをすべて取り仕切る。世間に自分が落葉の宮の夫だと思わせるためなんだ。

ヒドイ。ヒドすぎる。

もちろん、世間の人は落葉の宮も合意のことだと思っている。だから、致仕大臣《ちじのおとど》は非常に不快に思うんだよ。自分の息子である柏木の妻だった落葉の宮が同じ自分の娘である雲居雁から夕霧を奪ったみたいなものだから。

そうか。結局は、落葉の宮が悪く思われてしま

うんだ。

源氏だって快くは思っていない。でも、後見《こうけん》をもたない落葉の宮にとって、対抗手段は多くは残されていないんだ。自決するか、出家するか。だから、落葉の宮が発作的に髪を切らないよう、女房たちがはさみやそれの類をすべて隠してしまう。

そこで、落葉の宮は一生山に籠《こ》もって暮らそうと決意するんだけど、それを聞いた朱雀院が慌てて落葉の宮をたしなめる。朱雀院としては、女三宮が出家して、そのうえ落葉の宮にまで出家されたらどうしようもないという思いもあったんだろうけど、それだけでもないんだ。

女三宮は源氏という後見がいるからまだいいが、落葉の宮は後見がないから、出家しても恥ずかしい思いをするだけだと説得するんだ。

落葉の宮は出家することすら許されないのね。まさに八方塞《はっぽうふさ》がり。悲劇だわ。

【夕霧その五】夕霧、ついに落葉の宮を迎え入れる

夕霧《ゆうぎり》はこれまでさんざん説得してきたけれど、落葉《おちば》の宮《みや》が自分の恋を受け入れる可能性はないと思った。とはいえ今さら引っ込むのも格好がつかない。この際、一条《いちじょうの》御息所《みやすどころ》から死ぬ間際《まぎわ》に落葉の宮のことを頼まれたことにして、強引に結婚してしまおう。

そこで、夕霧は落葉の宮を一条宮に移す日取りを、何月何日と決めた。そして、大和守《やまとのかみ》を呼びつけ、結婚に必要な準備を言いつけた。邸を隅々まで掃除させ、部屋の飾りを命じ

る。

当日は一条宮にいて、迎えの車や人々を小野に差し向ける。

落葉の宮は、一条宮に帰るのを強く拒《こば》んだ。女房たちがそれを執拗《しつよう》に説き伏せる。

大和守も、「わがままをおっしゃってはなりません。これまではお気の毒に思い、できる限りのお世話はしてきたつもりです。だが、私もそろそろ任国の大和に帰らねばなりません。一条宮も、誰も任せる人がございません。幸い、夕霧の大将が万事お世話をしてくださるのです。今までも皇女が心ならずも結婚した例はいくらでもございました。なのにそれを拒むなんて、あまりにも幼いお考えでございます」と説得する。

女房たちが集まってきて、落葉の宮に華やかで美しい召し物をさっさと着せてしまう。

落葉の宮は呆然《ぼうぜん》とするばかりである。

「予定の時刻が過ぎております。早く出ないと夜も更《ふ》けて参りましょう」と女房がいう。

落葉の宮は泣き伏してしまった。

女房たちがそそくさと引っ越しの支度《したく》をはじめて、荷物もしっかりと荷造りをしないまま運び出してしまったので、落葉の宮は一人で残るわけにも行かず、泣く泣く車に乗る。

ずいぶん久しぶりに一条宮に帰ってきた。ここで亡き母の一条御息所と静かに暮らしていたのだ。ところが、一条宮は自分がいない間にすっかり変わり果てていた。母との思い出など、すべて消し去ってしまうかのように、人気《ひとけ》も多く賑《にぎ》やかになっている。母と暮らした思い出の場所など、名残《なごり》一つも残っていない。

落葉の宮は悲しくて、とても車から降りる気持ちになれない。すると女房たちが「なんと大人げないこと」という。

夕霧は東の対《たい》に自分の仮の部屋を整え、すっかり主人気取りである。

一方、三条邸では、雲居雁《くもいのかり》の女房たちがこの噂を聞き、「なんとひどいことを」と驚いている。誰もが落葉の宮が不承知《ふしょうち》であるとは思いもよらず、長年の情事を今まで隠していたのだと思っている。

女房たちって本当にたくましいね。結局、みんな自分の生活のことを考えたんだろうな。

後見がない今となっては、夕霧だけが頼みの綱なんだ。だから強引に、落葉の宮を夕霧と結婚させようとする。誰も落葉の宮のことなんて考えていないのかもしれないね。

夕霧もヒドイわ。自分の権力や経済力をかさにきて。今まで好感度ナンバーワンだったけど、考え直すわ。

夕霧は、真面目で世慣《よな》れていないために、かえって女性の気持ちがわからず独《ひと》り善《よ》がりになってしまうんだろう。

落葉の宮は、愛はなかったとはいえ夫の柏木《かしわぎ》に死なれ、続けざまに最愛のお母さんにも死なれ

てしまった。ただそっとしておいてほしかっただけなんだと思う。悲しみに浸《ひた》りたかっただけなのよ、きっと。

【夕霧その六】最後の抵抗も空しく夕霧と結ばれる落葉の宮

誰もが寝静まった頃、夕霧《ゆうぎり》が女房のところにやってきて、今夜、落葉《おちば》の宮《みや》に会えるように取り計らえとせき立てる。

「本当に宮へのお気持ちが深いなら、今日はどうかこのままお帰りください。宮は悲しみのあまりずっと死んだように伏《ふ》せっております。私たちが慰《なぐさ》めるのでさえ、かえって辛《つら》そうになされるのです。これ以上、私たちも宮の御不興《ごふきょう》を蒙《こうむ》りたくはありません。どうかこれ以上強引になされないでください」と女房たちが手をすりあわせて頼み込む。

「今まで女からこんなひどい目に遭わされたことはない。憎い嫌な男だと見下げられている自分が、つくづく情けない。宮と私と、どちらがひどいか、人に聞いてもらいたいものだ」と夕霧がいう。

「それはあなたが男女の機微《きび》に疎《うと》いせいでは。人に聞いてもらったら、いったいどちらに味方するやら」と女房が少し笑った。

夕霧は今となってはもう自分を拒《こば》む者はいないので、だいたいの見当をつけて、自ら内に入っていく。

落葉の宮はあまりの思いやりのない行動に、幼稚《ようち》な振る舞いと人に誹《そし》られようが構うものかと、塗籠《ぬりごめ》の中に敷物を一つ敷かせ、内から鍵《かぎ》をかけて籠《こ》もってしまう。夕霧はあまりのなされようだと腹を立てるが、宮はもう逃れようがないと高《たか》をくって気楽に考え、その夜を過ごした。

夕霧は日が高くなってから、三条邸に帰った。

たちまちかわいらしい子供たちがまとわりつく。雲居雁《くもいのかり》は御帳台《みちょうだい》の中で眠っている。夕霧がそこに入っても顔を会わせようとしない。

夕霧はそれを見て恨《うら》んでいるんだなと思う。そこで、雲居雁の召し物を引きのけると、雲居雁は「いったいここがどこだかお間違いではありませんか。私はとっくに死んでしまった。いつもあなたが私を鬼だというから、いっそ鬼になってしまおうと思って」という。

「心は鬼よりも恐ろしいけど、姿がとてもかわいらしいから、嫌いになれそうもないな」と夕霧がいう。

「この頃いつもお洒落《しゃれ》して、ときめいていらっしゃるあなたのお側で、私のような古びた女はもう一緒にいられそうにありませんから、もうどこかへ行って消えてしまいたい。どうか、こんな私のことなど思い出さないでください」

雲居雁はそういって立ち上がった。その様子が何ともかわいらしく、顔は上気してつやつやと美しい。

「いつも怒ってばかりなので、もうすっかり見慣れてしまって、この鬼さんはちっとも怖くなくなったよ。鬼ならもっと神々《こうごう》しい威厳《いげん》がほしいものだね」と夕霧が冗談《じょうだん》めいていう。

「何いってるの。あなたなんか、さっさと死んでしまえばいいんだわ。そうしたら、私も死ぬから」と雲居雁が睨《にら》みつける。

「顔を見れば憎らしいし、声を聞けばしゃくに障《さわ》るし」といいかけて、雲居雁は少し考え、

「でも、あなたを見捨てて死ぬのは、気がかりだし」とぽつんという。

夕霧はそんな雲居雁の様子をかわいいと思うが、その一方では落葉の宮のことを考え、

「もし、今頃尼《あま》になろうと決心していたら、自分の立場がなくなるだろう」と気もそぞろになる。

雲居雁は昨日、今日と食事が喉《のど》を通らなかったが、ようやく少しだけ口に入れる。

「思い出してごらん。昔から、私はあなたのことを思い続け、舅《しゅうと》の大臣が認めてくださらなくても、私はたくさんの縁談も聞き流し、ずっと堪《こら》えてきたでしょう。私の心はいつまでも変わることがないんだよ」

夕霧にそういわれると、雲居雁は世にも珍しかった二人の仲を考え、さすがに深い縁で結ばれていたのだと思わずにいられない。

夕霧は自分の説得が少しは功《こう》を奏《そう》したと判断すると、さっそく糊気《のりけ》が落ちて皺《しわ》になった召し物を脱ぎ捨て、新調の立派な衣裳を幾枚も重ねて、香《こう》を焚《た》きしめ、美しく装って出か

けていく。

雲居雁はそれを灯影のもとに見送りながら、こらえかねて涙が溢《あふ》れてくる。夕霧が脱ぎ捨てていった単衣《ひとえ》の袖を引き寄せて、

なるる身《み》を　うらむるよりは　松島《まつしま》の
　あまの衣《ころも》に　たちやかへまし★

一条宮では、まだ落葉の宮が塗籠《ぬりごめ》に閉じこもっている。女房たちはいつまでもそうしていては大人げないし、世間に悪い評判が立ちましょうという。それでも、悲しくて悲しくて、落葉の宮は塗籠から出る気にはなれない。

ついに、女房たちは自分たちが出入りする塗籠の北の戸口から、夕霧を入れてしまった。落葉の宮はあまりにも呆《あき》れ果てたことと、お側の女房たちを恨めしく思った。

夕霧は何とか道理を説いて、相手を説得しようとする。哀れっぽく訴えたり、興味を引くようにもちかけたりしたが、落葉の宮はひたすら夕霧を疎《うと》ましく思うだけである。しまいには単衣の召し物を引き被《かぶ》ってしまい、声をあげて泣くばかりである。

夕霧はもうどうしていいのかわからず、一方で、今頃雲居雁がどれほど嘆き悲しんでいるだろうと思い、途方《とほう》に暮れる。いつまでもこんな風に不首尾のまま家に帰っていくのは

★長く連れ添い、あまり馴れすぎて、飽きられてしまった我が身の不幸を恨むより、いっそ黒染めの衣に着替え、尼になってしまいたい。

間が抜けているので、今夜はこちらに泊まることにした。

夜が明ける頃、夕霧は塗籠の中にそっと入り、落葉の宮の被っている召し物をそっと引きのけた。中はまだ暗かったが、日の光がほのかに隙間《すきま》から漏《も》れてくるので、見苦しいほど乱れて顔にまといついている黒髪をそっと掻《か》き上げ、ほのかにその顔を見る。

女らしく、あでやかで美しい。

落葉の宮はもう抵抗することもしなかった。力尽きたように、ぐったりしている。

涙に浮かんで、夕霧の姿がぼやけて見える。夕霧という人は、これほど美しかったのか。あらたまった正装のときよりも、くつろいだときのほうがかえって見事である。

亡くなった柏木《かしわぎ》はそれほどの美男子ではなかったのに、あの人はすっかりうぬぼれて思い上がり、私の器量《きりょう》をあまり美しくないと決めつけていた。それが私には辛かった。なぜだろうか、ふとそんなことを思い出す。

夕霧はこんなにも美しいのに、今はひどくやつれて器量の衰えてしまった私を、しばらくでも辛抱《しんぼう》して愛してくれるだろうか。そう思うと、落葉の宮はたまらなく恥ずかしくなる。

なんか寂しくなっちゃうな。結局、落葉の宮は夕霧に抱かれたんでしょ？

まあ、そうだね。

自分の身を守るために、必死で塗籠《ぬりごめ》にまで籠《こ》もったのに、男に身を任せた途端《とたん》、今度は飽きられ、捨てられることに怯《おび》えている。女って悲しい生き物なのね。

落葉の宮は、皇女という身分ゆえにプライドが高い。それが、亡き夫の柏木は妹の女三宮《おんなさんのみや》に熱を上げて自分には冷たく当たった。そのことで深く傷ついていたのかもしれないね。相当コンプレックスをもっていたというか。

その点、雲居雁のほうがわかりやすいよね。こんな人、現代でもいそうだもんね。

【夕霧その七】雲居雁、実家へ帰る。子だくさんの夕霧

夕霧《ゆうぎり》が住み慣れた顔をして、長く一条宮に滞在しているので、雲居雁《くもいのかり》はもう何もかもおしまいだと思い、これ以上の侮辱《ぶじょく》を受けたくないと、実家の致仕大臣《ちじのおとど》の邸に帰ってしまった。

夕霧がそれを聞きつけ三条邸に帰ってみると、男の子たちが残されていた。雲居雁は女の子と幼い子だけを連れて帰ったのだ。

夕霧は何度も手紙を出すが、返事がこない。なんて頑固で、軽々しいことをする妻だと腹立たしく思ったが、舅《しゅうと》の大臣の手前、日が暮れてから自分で迎えに行った。

夕霧は雲居雁に「小さい子供をほったらかしにして、一人で遊びに行くなど、なんとい

うことです。取るに足らないつまらないことで、こんな態度をとっていいものですか」となじる。

「何もかもあなたにすっかり飽きられてしまったんだもの。今さらあなたのお気に召すように、自分を変えられないわ。残してきた子供たちのことは、あなたが捨てなければうれしいのだけど」と雲居雁がいう。結局、夕霧は怒って姫君を連れて帰ってしまうのだった。

惟光《これみつ》の娘、藤典侍《とうのないしのすけ》がこうした噂を聞いて、歌を贈った。

数《かず》ならば　身《み》に知《し》られまし　世《よ》のうさを
　人《ひと》のためにも　濡《ぬ》らす袖《そで》かな★

雲居雁はこの手紙を少し当てつけがましく思ったが、この人だって結局心穏やかではいられなかったのだと思い直した。

人《ひと》の世《よ》の　うきをあはれと　見《み》しかども
　身《み》にかへんとは　思《おも》はざりしを★

昔、雲居雁との仲が引き裂かれていた頃、夕霧はこの藤典侍だけを人知れず愛した。だ

★人並みの身分ならわが身にもわかることだろう結婚の苦しみを、（わからないので）あなたのために涙で袖を濡らします。

★他人の夫婦仲の不幸をこれまで気の毒だと同情したことはあっても、あなたが私を同情してくれるように私が他の人を同情して泣こうとは思わなかった。

が、雲居雁と結婚した後、藤典侍のもとに通うこともまれになり、次第に冷たくなっていった。

それでも、夕霧は二人の女性の間に大勢の子供を作った。

雲居雁には太郎君、三郎君、四郎君、六郎君の四人の若君と大君、中の君、四の君、五の君の四人の姫君、都合八人の子供がいる。

藤典侍には三の君、六の君の二人の姫君と、次郎君、五郎君の二人の若君と、四人の子供がいる。その数合わせて十二人。

それにしてもよくできたね、十二人も。

雲居雁との一途《いちず》な恋といっても、ちゃんと愛人はいたわけね、まったく。

御《み》法《のり》（巻之四十）

◉【御法】最愛の女性、紫の上ついに果てる

源氏五十一歳、紫の上四十三歳。紫の上は一時の大病から持ち直したものの、それからはめっきり弱って病気がちの日々を送っていた。紫の上は出家を強く願っていたが、最後まで源氏に許されなかった。

三月十日、紫の上発願《ほつがん》の法《ほ》華《け》経《きょう》千部の供養《くよう》が二条院で盛大に催《もよお》された。帝や東宮《とうぐう》、秋好《あきこのむ》中宮《ちゅうぐう》、明石中宮《あかしのちゅうぐう》、六条院の女君らが参集し、死期を悟《さと》った紫の上はそれとなく別れを告げる。

八月十四日、源氏と養女である明石中宮に看取られて、紫の上は静かに息を引き取った。

源氏は悲しんだの？

紫の上ほど、多くの人々に愛された人はいない。本来、宿敵《しゅくてき》のはずの六条院の女君たちでさえ、誰もが嘆き悲しんだ。興味深いのは源氏の有様《ありさま》だ。

それはもう正気を失うほど取り乱した。法事《ほうじ》すら執《と》り行うことができず、すべては夕霧《ゆうぎり》が立派に仕切る。往時《おうじ》の源氏の姿は見る影もない。長年連れ添った妻の死を境に、源氏の時代は完全に終わるんだ。

幻《まぼろし》（巻之四十一）

◉【幻】亡き紫の上を偲んで静かに日々を送る源氏

源氏は出家の意志を固めつつあったが、紫の上の死の衝撃があまりにも深かったので、逆に心を取り乱して、世を捨てることができないでいる。女が死んだために出家したとは思われたくないということもあった。

結局、源氏はずるずると出家を延《の》ばしてしまう。だがその間、蛍兵部卿宮《ほたるひょうぶきょうのみや》以外誰とも会うこともなく、紫の上が愛した二条院に籠《こ》もりきり、たまに六条院の女君たちと紫の上を偲《しの》んで日々を過ごした。そうした中で、源氏が自分の身辺を整理していく様子が、季節の風物を交えて、歳時記のように描かれる。

十二月になると、源氏はついに出家するときが来たと思い、歳末近く、源氏は紫の上からの手紙など、すべての恋文を焼いてしまう。

そして、十二月十九日から三日間に渡る仏名会《ぶつみょうえ》で、一年間誰にも見せなかった姿を、人々の前にさらす。

～　さて、僕の講義もそろそろ終わりだよ。この「幻《まぼろし》（巻之四十一）」では、紫の上が亡くなった後の一年　～

間が描かれている。

それで、源氏は出家したの？

たぶんね。というのは、次の巻が「雲隠《くもがくれ》」で、この巻は題名だけで本文が一行もないんだ。もちろん五十四帖の中には数えられていない。源氏はその後、嵯峨《さが》に隠遁《いんとん》して、二、三年後に死んだということになっているんだ。

あ〜あ、なんか源氏のいない世の中って、想像できないわ。

やっぱり存在感の大きな人だったんだね。

これで、源氏物語は本当に終わりなの？

実は、まだ先があるんだ。源氏を主人公とした物語は終わるけれど、物語の登場人物たちのその後を描いたのが、「匂宮《におうのみや》（巻之四十二）」「紅梅《こうばい》（巻之四十三）」「竹河《たけかわ》（巻之四十四）」の三巻で、これらは次の宇治十帖《うじじゅうじょう》のつなぎにもなっている。そして、「橋《はし》姫《ひめ》（巻之四十五）」から「夢浮橋《ゆめのうきはし》（巻之五十四）」までの十巻が、一般に宇治十帖《うじじゅうじょう》と呼ばれて、一つの物語になっているんだよ。

それって、面白いの？

うん、僕は好きだな。薫《かおる》と匂宮《におうのみや》（三の宮）を主人公にした悲しい物語なんだけど、源氏を中心としたこれまでの物語とはかなり趣《おもむき》が違っているんだ。

薫って、柏木と女三宮との間に生まれた不義《ふぎ》の子だよね？　匂宮って誰だったかな？

匂宮《におうのみや》は帝と明石中宮との間に生まれた三の宮で、源氏の孫にあたる。紫の上が生前この匂宮を大変かわいがる。匂宮はどちらかというと色好みで、源氏に似ているかなあ。

ということは、薫は柏木の子だから頭中将《とうのちゅうじょう》に似ているのね。

いい勘《かん》しているね。源氏と頭中将の二人の関係が子孫にも続いていく。

大の仲良しだけど、一番のライバルってやつだね。

源氏と頭中将がそうだったし、子供の夕霧と柏木も同じ、匂宮と薫もその関係を継《つ》いでいくんだ。

そして、やっぱり最後にひどい目に遭うのは頭中将の子孫のほうね。源氏って、しぶといんだから。

そうかもしれないね。それも一つの読み方だし、源氏物語ほどのスケールの大きな物語は、いろいろな読み方ができていいと思うんだ。

宇治十帖も読んでみたいな。

今度は自分の力で読んでごらん。もう君たちにはその力も知識もあるんだから。何度も何度もじっくり読んで味わうんだ。特に宇治十帖には言葉では言い表せないほどの深い憂愁《ゆうしゅう》がある。

それがわかれば、私も少しは大人の女になれるかも。ところで、結局、源氏って何だったのか

な？

若い頃の源氏って、ギラギラして何かに取り憑《つ》かれているようで怖かったね。

そうそう、どんなに輝いていても、なんか危ない感じがした。今となってはそれも魅力だけど。

それが、年をとるにつれて変わっていった。時には狡猾《こうかつ》で、時にはいやらしく、そしてどこか悲しかった。

源氏が出家を決意しながら、最後までこの世に執着《しゅうちゃく》した理由がわかる気がするわ。それだけ、背負っていたものが重たいのよ。

そして、紫の上が死んでからの源氏は、哀れで見る影もない。やっぱり、紫の上だけを本当に愛したのかな？

最初は顔も知らない亡き母桐壺更衣《きりつぼのこうい》、最愛の人藤壺《ふじつぼ》の宮の代用品だったかもしれない。けれど、いつの間にか源氏の心の中で大きな位置を占めていたのね。

それほど愛された紫の上が幸せだったかというと、そうとは限らないと僕は思う。紫の上だけは最後まで出家を許されない。ある意味では、最も救われなかった女性かもしれないんだ。

考えれば考えるほど、わかんなくなっちゃった。

本当に大きな物語というのはわからないものだと思うよ。すべてが理屈で説明できるものなんて、何度も何度も繰り返し読むに耐えないじゃないか。読めば読むほど、理解したと思ったら思うほど、新たな謎《なぞ》が生じてくるのが、源氏物語の凄《すご》さなんだ。そして、これほど再読しても飽きない、魅力に満ちた作品は、世界中探してもそれほどあるものじゃない。

そうね。私、源氏が好きだとか嫌いだとかいう主観的な読み方を捨てて、もう一度この物語を読み直してみようかな。何か新しい発見がある予感がする。

それがいいね。源氏物語は、読む人の世界観の広がりや深まりに応じて、それ相応の応え方をしてくれるはずだ。

紫式部は、人の心の奥底にある得体《えたい》の知れないものを、源氏という人間や物《もの》の怪《け》を使って見事に表現したんだね。そういった意味では、源氏も物の怪の一人かもしれない。だから、表面だけを見ていてはダメなんだね。もっと心の奥深いところでそれを受け止めていきたいな。それが文学の読み方っていうことだよね。

二人とも変わったね（笑）。表面だけで物事を割り切ることがなくなった。人の心って、実に不思議なものなんだ。それがわかったとき、文学への関心も芽生えてくるんじゃないかな。

主な登場人物

※【　】内は登場する巻

葵の上（あおいのうえ）
左大臣と大宮の娘。頭中将の妹。光源氏に嫁ぐ【桐壺】。物の怪に憑かれて死亡【葵】。

明石の君（あかしのきみ）
明石の入道と尼君の娘。光源氏に嫁ぎ【明石】、明石の姫君（後の明石中宮）を生む【澪標】。明石から大堰に移り【松風】、六条院の冬の御殿に住む【初音】。

明石中宮（あかしのちゅうぐう）
明石の姫君→明石女御→明石中宮
光源氏と明石の君の娘。紫の上の養女。今上帝に入内【藤裏葉】、東宮を生む【若菜上】。匂宮の母【横笛】。

明石の入道（あかしのにゅうどう）
明石の君の父。住吉の神の導きで明石の君を光源氏に嫁かせる【明石】。

秋好中宮（あきこのむちゅうぐう）
斎宮→梅壺女御→秋好中宮
六条御息所の娘。伊勢の斎宮をつとめた後【賢木】、光源氏の養女となり冷泉帝に入内【澪標】。絵合での勝利を経て【絵合】、中宮となる【少女】。六条院の秋の御殿に住む【初音】。

朝顔の姫君（あさがおのひめぎみ）
桃園式部卿宮の娘。賀茂の斎院を退いた後、言い寄る源氏を拒む【朝顔】。

浮舟（うきふね）
八の宮と中将の君の娘。薫に見初められ【宿木】、宇治に匿われる【東屋】。匂宮との愛に溺れ入水を決意する【浮舟】。生き残り出家して【手習】、面会を拒む【夢浮橋】。

右大臣（うだいじん）
右大臣→太政大臣
弘徽殿大后、朧月夜の父。桐壺院亡き後、朱雀帝の外戚として権勢を振るう。光源氏と朧月夜の密会を目撃【賢木】。太政大臣となった後、死去【明石】。

空蝉（うつせみ）
衛門督の娘。伊予介の後妻。光源氏と一度は結ばれるが【帚木】、その後拒み続ける【空蝉】。逢坂山で光源氏と再会した後出家【関屋】。二条東院に住む【初音】。

近江の君（おうみのきみ）
頭中将の落胤。成人してから引き取られるが【常夏】、物笑いの種となる【行幸】。

大君（おおいぎみ）
八の宮の娘。薫に言い寄られるが【椎本】、最後まで拒み通す。妹中の君を案じながら死去【総角】。

大宮（おおみや）
桐壺院の妹。左大臣の北の方。頭中将、葵の上の母。孫の夕霧と雲居雁の恋路を見守る【少女】。

落葉の宮（おちばのみや）

朱雀院と一条御息所の娘。柏木に降嫁【若菜下】。柏木の死後、後事を託された夕霧に言い寄られ結ばれる【夕霧】。

朧月夜（おぼろづきよ）

右大臣の娘。光源氏との禁断の恋に溺れる【花宴】。朱雀院の尚侍となるが、光源氏との逢瀬を重ね、右大臣に露見する【賢木】。朱雀院に続いて出家する【若菜下】。

女三宮（おんなさんのみや）

朱雀院の娘、藤壺中宮の姪、紫の上の従姉妹。光源氏に降嫁【若菜上】。柏木と密通【若菜下】、薫を生むが出家する【柏木】。

薫（かおる）

光源氏と女三宮の子（実は柏木の子）。匂宮とはライバル【匂宮】。大君に惚れるがかなわず【総角】、異母妹の浮舟を引き取る【東屋】。浮舟生存の知らせに横川に赴くが会えずに終わる【夢浮橋】。

柏木（かしわぎ）

頭中将と四の君の子。夕霧とはライバル。玉鬘に思いを寄せるが、実姉と知って断念【行幸】。女三宮を垣間見て【若菜上】、その姉落葉の君と結婚するが、満足できずに女三宮と密通【若菜下】。源氏の怒りを買い心労のあまり病死【柏木】。

桐壺院（きりつぼいん）

桐壺帝→桐壺院

朱雀院（母は弘徽殿大后）、光源氏（母は桐壺更衣）、冷泉院（母は藤壺中宮）の父。桐壺更衣と藤壺中宮を溺愛【桐壺】。朱雀帝に譲位後【葵】、崩御【賢木】。霊となって光源氏の都への復帰を促す【明石】。

桐壺更衣（きりつぼのこうい）
按察大納言の娘。桐壺帝に入内。光源氏の母。嫉妬に耐えかねて病死【桐壺】。

雲居雁（くもいのかり）
頭中将の娘。夕霧との幼い恋を引き裂かれるが【少女】、待ち続けて結婚【藤裏葉】、たくさんの子をもうける【夕霧】。

紅梅（こうばい）
頭中将と四の君の子。柏木の弟。按察大納言となり真木柱と再婚、一男三女を抱える【紅梅】。

弘徽殿大后（こきでんのおおきさき）
弘徽殿女御→弘徽殿大后
右大臣の娘。桐壺帝に入内。朱雀院の母。桐壺更衣に激しく嫉妬、光源氏の天敵となる【桐壺】。妹朧月夜との密会を知り激怒、光源氏都落ちの流れを決定づけた【賢木】。

弘徽殿女御（こきでんのにょうご）
頭中将と四の君の娘。冷泉帝に入内【澪標】。梅壺女御と寵愛を競うが敗れる【絵合】。

惟光（これみつ）
源氏の乳兄弟で腹心の部下。夕顔の葬儀を内密に執り行い【夕顔】、紫の上略奪の手配を整え【若紫】、光源氏の都落ちにも同行した【須磨】。五節の舞姫として娘の藤典侍を奉り、夕霧に嫁がせた【少女】。

左大臣（さだいじん）

左大臣→摂政太政大臣

頭中将、葵の上の父。葵の上を光源氏に嫁がせ、頭中将を右大臣の四の君と結婚さる【桐壺】。一度は左大臣を辞すが【賢木】、光源氏復権とともに摂政に就く【澪標】。

式部卿宮（しきぶきょうのみや）

兵部卿宮→式部卿宮

藤壺中宮の兄。紫の上の父【若紫】。光源氏を冷遇した仕返しに、娘の入内を阻止される【澪標】。

末摘花（すえつむはな）

常陸宮の娘。光源氏と結ばれる【末摘花】。光源氏の都落ちで後見を失い困窮を極める【蓬生】。二条東院に住む【初音】。

朱雀院（すざくいん）

一の宮→東宮→朱雀帝→朱雀院

桐壺院と弘徽殿大后の子。今上帝、落葉の宮、女三宮の父。即位するが、右大臣家の言いなりに【葵】。都落ちした光源氏を赦免【明石】。女三宮を源氏に降嫁させて出家【若菜上】。自ら女三宮を受戒【柏木】。

玉鬘（たまかずら）

頭中将と夕顔の娘。母と死別【夕顔】。乳母とともに筑紫に下るが、成長して上京、光源氏に引き取られる【玉鬘】。父と再会【行幸】、冷泉院に出仕する矢先に鬚黒に奪われる【真木柱】。

頭中将（とうのちゅうじょう）

頭中将→宰相中将→権中納言→内大臣→太政大臣→致仕大臣

左大臣と大宮の子。柏木、弘徽殿女御、雲居雁、玉鬘、近江の君の父。光源氏のライバル。都落ちした光源氏を訪ねる【須磨】。冷泉帝の寵愛を梅壺女御と競うが敗れ【絵合】、雲居雁と夕霧の幼い恋を裂く【少女】。玉鬘の裳着で光源氏と和解【行幸】、夕霧と雲居雁の結婚を許した【藤裏葉】。

中の君（なかのきみ）

八の宮の娘。大君の妹。匂宮と結婚【総角】、二条院に移る【早蕨】。薫の横恋慕を逸らすため浮舟の存在を知らせる【宿木】。

匂宮（におうのみや）

今上帝と明石中宮の子。薫とはライバル【匂宮】。薫の仲立ちで中の君と結ばれるが【総角】、夕霧の六の君を正妻に迎える【宿木】。浮舟との愛に溺れる【浮舟】。

八の宮（はちのみや）

桐壺帝の子。光源氏の異母弟。大君、中の君、浮舟の父。宇治の山荘で男手一つで姫君を育てる。薫と親交を重ね、姫君の将来を託し【橋姫】、山寺で死去【椎本】。

花散里（はなちるさと）

麗景殿女御の妹。桐壺院亡き後、光源氏と昔語り【花散里】。二条東院に移り【松風】、六条院の夏の御殿に住む【少女】。玉鬘の養育を担当する【玉鬘】。

光源氏（ひかるげんじ）

近衛中将→宰相→右大将→大納言→内大臣→太政大臣→准太上天皇

桐壺帝と桐壺更衣の子。夕霧、明石中宮、薫の父。冷泉院の実父。臣下に下り、恋愛遍歴を重ねるが、根底には紫の系譜（桐壺更衣・藤壺中宮・紫の上）への執着がある。都落ちの不遇時代を除けば、一貫して権力の座を昇り詰め、二条東院、六条院に女たちを集めて、栄華を極める。

髭黒（ひげぐろ）

右大将→右大臣→太政大臣

昇香殿女御の兄。今上帝の叔父。真木柱の父。玉鬘と強引に契りを交わすが、北の方は嫉妬して実家（式部卿宮邸）へ【真木柱】。今上帝即位で権力を手中に【若菜下】。

藤壺中宮（ふじつぼのちゅうぐう）

藤壺女御→藤壺中宮→藤壺の宮

先帝の娘。式部卿宮の妹。冷泉院の母。桐壺帝に入内【桐壺】。光源氏と密通【若紫】、冷泉院を生む【紅葉賀】。光源氏の懸想をかわして出家【賢木】。冷泉帝即位とともに女院となり【澪標】、死去【薄雲】。

蛍兵部卿宮（ほたるひょうぶきょうのみや）

桐壺院の子。光源氏の弟。玉鬘に思いを寄せるが【蛍】、夢破れる【真木柱】。真木柱と結婚するがうまくいかない【若菜下】。

真木柱（まきばしら）

髭黒の娘。母北の方に連れられ実家（式部卿宮邸）へ【真木柱】。蛍兵部卿宮と結婚するが【若菜下】、死別して紅梅と再婚、子供たちを育て上げる【紅梅】。

紫の上（むらさきのうえ）

若紫→紫の上

式部卿宮の娘。藤壺中宮の姪。北山の尼君に育てられるが光源氏に引き取られ【若紫】、事実上の正妻に【葵】。都落ちした光源氏の留守を守る【須磨】。明石の姫君（明石中宮）を養育【薄雲】、六条院の春の御殿に光源氏とともに住む【少女】、女三宮の降嫁で自らの運命を嘆き【若菜上】、出家を願うが許されないまま【若菜下】、光源氏に捧げた生涯を閉じる【御法】。

夕顔（ゆうがお）
常夏の女→夕顔
玉鬘の母。雨世の品定めで頭中将の話に登場【帚木】。素性を隠した光源氏と逢瀬を重ね、物の怪に憑かれて急死【夕顔】。

夕霧（ゆうぎり）
光源氏と葵の上の子。誕生と同時に母と死別【葵】、祖母大宮に育てられる。幼なじみの雲居雁との恋は、頭中将に引き裂かれるが【少女】、後に成就【藤裏葉】。柏木の遺言で落葉の宮を見舞ううちに情が移り【柏木】、六条院に引き取る【匂宮】。

冷泉院（れいぜいいん）
東宮→冷泉帝→冷泉院
桐壺院と藤壺中宮の子（実は光源氏の子）。朱雀帝即位とともに東宮に立ち【葵】、光源氏の後見で即位【澪標】。梅壺女御（秋好中宮）を寵愛【絵合】。母亡き後、自らの出生の秘密を知る【薄雲】。

六条御息所（ろくじょうのみやすどころ）
秋好中宮の母。先の東宮と死別し、光源氏の思われ人となる。葵祭の車争いで恥をかかされ、物の怪となって葵の上に取り憑く【葵】。娘の斎宮とともに伊勢へ下る【賢木】。帰京後、光源氏に娘の後見を託して死去【澪標】。紫の上危篤の際にも取り憑く【若菜下】。

【著者プロフィール】

出口 汪
（でぐち ひろし）


広島女学院客員教授・基礎力財団理事長・水王舎代表取締役。

関西学院大学大学院在学中、アルバイトで予備校の教壇に立ち、独自の論理的解法を駆使した授業でたちまち人気講師となる。博士課程修了後、旺文社ラジオ講座、代々木ゼミナール、東進衛生予備校講師として活躍。その間多くのベストセラー参考書を出版するとともに、ラジオ番組のパーソナリティーをつとめるなど多方面で注目を集める。論理力養成言語プログラム「論理エンジン」は、中学高校など500校以上で正式に採用されている。

主な著書に『システム現代文』シリーズ（水王舎）、『出口の現代文入門講義の実況中継』（語学春秋社）、『東大現代文で思考力を鍛える』（大和書房）、『教科書では教えてくれない日本の名作』（SBクリエイティブ）、『夏目漱石が面白いほどわかる本』（KADOKAWA）、『出口汪の「日本の名作」が面白いほどわかる』（講談社）、『「太宰」で鍛える日本語力』（祥伝社）など多数。著書は合わせて300万人を超える読者に読まれている。

○著者ホームページ
https://suiohsha.co.jp/index.html

○出口式論理アカデミー
https://academy.deguchi-mirai.jp/

○YouTube「出口の学びチャンネル」
https://www.youtube.com/channel/UCLMx6X6e66gt7rcL7y7e0Cw

○Xアカウント
出口汪＠元祖カリスマ予備校講師ーーらしい（@deguchihiroshi）

新版 世界一わかりやすい
『源氏物語』教室

2024年3月13日　初版第1刷発行

著　者　出口 汪
発行者　櫻井秀勲
発行所　きずな出版
東京都新宿区白銀町1-13　〒162-0816
電話 03-3260-0391
振替 00160-2-6333551
https://www.kizuna-pub.jp/

ブックデザイン　福田和雄（FUKUDA DESIGN）
イラスト　うかいえいこ
DTP　キャップス

印刷・製本　モリモト印刷

ISBN978-4-86663-232-2